현대시의 유형과
인식의 지평

현대시의 유형과 인식의 지평

송기한

지식과교양

사회가 진화함에 따라 인식 지평이 확대되는 것은 자연스러운 일이다. 발전한다는 것 혹은 발명한다는 것은 이전의 것에서는 찾아보기 힘든 어떤 새로운 영역의 부상이라 할 수 있다. 그러한 영역의 확대는 시선의 확장에 연결되고 결국에는 인식의 확장으로까지 이어진다. 그러나 인식 지평의 확대가 물질적인 것을 앞선다든가 혹은 뒤진 채 나타난다고 표나게 말할 수는 없다. 물질 이전의 세계가 있고, 물질 이후의 세계도 있으며, 또 그러한 현상들을 초과하는 인간의 상상력도 있기 때문이다.

그러한 도정과 인식의 발전구조를 문학의 영역에 좁히면, 언어적 인식지평과 곧바로 연결시킬 수 있다. 물상들의 새로운 발견은 언어의 탄생과 밀접한 관계를 갖고 있기 때문이다. 그런 뜻에서 현대시에 반영되는 인식들은 사회의 진보에 따라 다양하게 스펙트럼을 구성하면서 확장되어 왔다고 할 수 있다. 이는 형식과 내용 모두의 측면에서 그러했다.

현대시의 특성을 규정하는 것은 내용과 형식 모두에서 가능한 일이다. 이는 전근대적 양식과의 비교에 의해서 특히 구별되는 일이다. 근대 이전의 시가들이 형식적인 측면에서는 주로 정형률에 의존해 있었고, 내용적인 국면 또한 당시를 지배했던 사유들로부터 크게 벗어나지 않았다. 이른바 구심성이 요구되는 것들만이 시가 속에 틈입할 수 있었고, 기타의 것들은 철저하게 배제되었기 때문이다. 그러한 협소성과 한계성, 혹은 배제성이 근대 이전 시가의 특성이었다.

그러나 현대시가 등장하면서 사정은 일변하게 된다. 이전의 양식에서는 감당하기 힘든 정서적, 혹은 물적 요인들이 작품 속에 등장하기 시작한 것이다. 예전의 시형식과 시정신으로는 소화하기 힘들 정도로 인식 지평들이 넓어진 것이다. 이전의 경우와 달리 현대시에는 다양한 형태의 인식들이 녹아들어가 있다. 이런 다양성은 근대 이전의 구심적 세계에서는 볼 수 없는 것들이다. 그렇기에 그러한 인식지평의 확대와 현대시의 소재적 혹은 주제적 개화현상은 또다른 의미에서의 근대적 양상이라 할 수 있을 것이다. 근대는 협소한 틀을 철저하게 부정한다. 따라서 그것의 특성은 단순성이 아니라 다양성이며, 영원성이 아니라 일시성으로 구현된다.

소재가 풍부해졌다는 것, 그에 따른 사유의 폭과 깊이가 달라졌다는 것은 근대성의 제반 원리를 떠나서는 설명하기 어려운 것들이다. 사상적 깊이와 소재의 풍부성이야말로 근대성이 또다른 증거이기 때문이다. 따라서 현대시에 나타난 여러 형식적 국면과 내용적 국면에 대한 이해는 근대를 바라보는 또다른 시선이 아닐 수 없다. 그러한 응시의 잣대로서 눈여겨 보아야 할 것이 현대시에 등장하는 소재의 확장이랄까 다양성이다.

이전의 시기와 차질되는 소재의 발견이야말로 인식의 새로운 단계를 말해주는 준거틀이며, 새로운 인식소가 아닐 수 없을 것이다. 이전과 차질되는 그러한 다양성 자체가 근대의 제반 사유로 설명가능한데, 그 가운데 가장 주목의 대상이 되는 것이 바다이다. 바다의 의미화는 접점에서 형성된다. 여기서 접점이란 하나의 공간과 다른 공간을 연결하는 점이지대이다. 근대란 일단 점이지대에서 예민해지고, 그 존재성을 부상시킨다. 폐쇄성과 개방성이 만나는 곳이 바다이다. 따라서 그것은 근대를 받아들이는 통로이며 세계성으로 향하는 길이 된다.

익히 알려진 대로 근대 이전의 한국 문학은 대륙지향적인 것이었다. 대륙이 선보인 장르들에 대한 모방이나 그 내용의 구현 등이 근대 이전의 당대를 대표하는 규율이었다. 그러나 근대는 원심성을 그 주된 특징으로 하고 있는 사회이다. 원심성이 소용돌이칠 때, 이전 시기를 지배했던 구심적 모델은 붕괴되기 십상이다. 그 붕괴의 끝에 서 있던 것이 바다이다. 바다지향성의 문학이 탄생하는 것도 이 순간이다. 따라서 바다지향성이야말로 근대시를 형성하는 핵심이며, 또한 세계성으로 나아가는 주요한 도정이라 할 수 있다. 이는 소재의 차원에서도 그러하고 내용의 차원에서도 그러하다.

어찌 바다 뿐이겠는가. 계몽과 낭만, 전원, 이상, 유미주의 등 근대를 표방하는 이 모든 것들은 이전의 시기와 차질되는 대표적인 아이콘들이 아닐 수 없는 것이다. 이 책은 근대로 나아가는 도정에 놓인 일련의 소재와 주제, 혹은 방법적 의장을 탐색했다. 그러한 길이 근대를 알고 그것의 실체를 드러내는 과정이기 때문이다.

이 책의 가치랄까 의미는 근대성의 탐색과 관련이 있다. 그것은 지금 여기의 존재들과 불가분의 관계에 있기 때문이다. 현대시에 대한 그러한 시선과 인식을 통해서 근대의 내적 본질을 이해할 수 있다면, 그것의 시사적 의미나 자리매김에 있어서 더없이 큰 현대시의 자산이 될 것이라 믿어 의심치 않는다.

2013년 봄을 맞이해서

송기한

| 목차 |

머리말 5

제1부

애국계몽주의와 근대시
1. 위기와 계몽 17
2. 문명개화의 의지—'바다'와 '철도', 그리고 '소년' 19
3. 조선주의라는 자의식의 등장 25

유미주의와 순수시
1. 미적 욕망 31
2. 세계 너머의 절대 순수 33
3. 세계 내 순수의 세계 40
4. '죽음'의 세계와 현실, 그리고 미의식 43

전원시와 목가적 유토피아
1. 도시문학의 안티테제로서의 전원시 50
2. 반근대로서의 전원시 53
3. 유토피아로서의 전원시 57
4. 현실도피로서의 전원시 61

자연과 낭만적 이상주의

1. 낭만주의의 개념적 특성 65
2. 한국시에서의 낭만주의 69
3. 낭만주의의 시적 구현 73

1930년대의 시와 리얼리즘

1. 시와 현실성 80
2. 리얼리즘 시의 등장 81
3. 단편서사시의 장르적 성격 92
4. 한국시에서 리얼리즘의 의의 99

1930년대의 시와 모더니즘

1. 논의의 배경과 초점 102
2. 한국 모더니즘의 수용과 전개 104
3. 1930년대 모더니즘 문학의 특성 109
4. 1930년대 모더니즘 문학의 의의 121

생명파와 생명의지의 구현

1. 생명파와 생명의 문제 123
2. 존재론적 측면에서의 생명의 의미 125
3. 사회적 외연이 확장된 생명의 의미 132

제2부

실존적 한계와 낙원의식
1. 현대와 유토피아 141
2. 낭만주의적 꿈과 이상 144
3. 근대와 유토피아 148
4. 현실과 실천으로서의 유토피아 156
5. 서정시에서의 유토피아의 의의 160

근대시의 반대륙성과 바다지향성의 의미
1. 근대와 바다 162
2. 근대의 계승과 좌절로서의 바다 164
3. 근대의 부정적 좌표로서의 바다 173
4. 현대시에서의 바다의 의의 179

존재의 근원으로서의 땅(흙)의 의미
1. 문학 속의 흙 181
2. 종교적 대상으로서의 흙의 의미 183
3. 반도시 정서로서의 흙의 시학 186
4. 이데올로기서의 흙의 시학 190
5. 역사철학적 의미로서의 흙 193

불교적 윤회와 윤리성의 시적 구현
1. 문학과 불교 197
2. 평등 지평으로서의 불교와 『님의 침묵』의 세계 199
3. 형이상학적 초월로서의 윤회의 의미 204
4. 허무의식 혹은 구도로서의 무소유의 감각 209
5. 불교적 상상력의 시사적 의의 213

제3부

해체담론과 근대성의 관계

1. 해체의 근대적 의미 217

2. 해체철학의 계보학 219

3. 해체의 정신과 방법 222

4. 근대시사와 해체시의 구현 226

시의 시간성의 구현과 그 의미

1. 현대시와 시간성 231

2. 시간의 두가지 의미맥락 234

  1) 문학적 시간과 자연적 시간 234

  2) 시간의 근대적 맥락 236

3. 현대시에 구현된 시간의 맥락들 239

  1) 서정시와 시간의 지속 239

  2) 서정시와 무시간성 244

시적 감각와 시어의 특성

1. 낯설게하기와 인식 감각의 확장 253

2. 신비평과 정서적 순화의 언어 256

3. 시어의 사회성 259

4. 시어의 탈구조성 264

서정시학의 이념적 특성

1. 서정주 문학에서의 시론의 위치 269
2. 동양적 세계내의 시 창작법 272
   1) 지, 정의 통합과 시심의 표현 272
   2) 시각적 영상과 운율의 창조 276
3. 동양적 시세계의 특성과 안정된 서정성 280
4. 서정주의 서정 시학 284

『만인보』의 장르적 성격

1. 『만인보』의 자계와 시적 의장 288
2. 이야기 시의 계통과 『만인보』 292
3. 『만인보』의 장르적 특성과 그 시사적 의미 296

찾아보기 305

제1부

애국계몽주의와 근대시
유미주의와 순수시
전원시와 목가적 유토피아
자연과 낭만적 이상주의
1930년대의 시와 리얼리즘
1930년대의 시와 모더니즘
생명파와 생명의지의 구현

현대시의 유형과 인식의 지평

애국계몽주의와 근대시

1. 위기와 계몽

　육당에 의해 주재된 『소년』이 창간된 지도 100여년의 세월이 흘렀다. 1908년에 창간호가 나왔으니 정확히는 102년이 되었다. 이 잡지는 개화기에 간행되었던 기존의 잡지나 신문에 비해 여러 가지 면에서 기념비적인 것이었다. 첫째는 이 잡지의 주재자가 문인이었다는 점이다. 개화기에 창간된 제반 신문 잡지들이 주로 비문학인에 의해 시도되었다는 사실을 감안하면 이는 매우 예외적인 현상이라 할 수 있다. 그리고 두 번째는 『소년』이 근대적 형태의 문화 전담 잡지였다는 점이다. 문인들에 의한, 문인들만의 잡지가 등장했다는 것은 개항 이후 여러 형태로 모색되던, 문학에 대한 근대적 의미 추구 노력에 어느 정도 부응하는 계기를 가져다주었다는 데에 그 의미가 있는 것이었다. 세 번째는 이 잡지가 의도한 이념이랄까 지도방향에 관한 것이다. 『소년』 창간호에는 "우리 大韓으로 하야곰 少年의 나라로 하라. 그리하랴 하면 能히 이 責任을 勘當하도록 그를 教導하여라"는 권두언이 적혀있다. 이 글에서 알 수 있는 것처럼, 잡지 『소년』은 그 창간 목적이 소년에 대한 사회적 기대와 그 교화에 있음을 뚜렷이 밝히고 있는 것이다.

잡지 『소년』에서 가장 주목되는 부분이 이 권두언이다. 또한 그것은 『소년』을 창간한 육당의 사유체계를 엿보는 일이기에 그 의미가 있다. 근대 초기 한국 문단을 이끈 주체는 육당 최남선과 춘원 이광수임은 익히 알려진 일이다. 이들이 활동한 시기를 세칭 2인문단시대라 일컫는 것도 이들의 문학적 공과를 일러주는 좋은 레테르라 할 수 있다. 근대 초기 문단의 두 중심이었던 육당과 춘원이 만난 것은 1907년 2월 동경에서였다. 그리고 두 번째 만남은 2년 후 홍명희의 소개로 이루어지는데 역시 동경에서였다. 이 두 번의 만남이란 우연적인 것이기도 하지만, 경우에 따라서는 매우 필연적인 것이기도 한 사건이었다. 한국 근대문학의 운명이랄까 표정을 이 둘 사이에서 읽어내기는 것은 그리 어려운 일이 아닌 까닭이다. 게다가 이들에게는 동일한 조건과 상황 속에서 길러져 나온 시대의 선구자라는 감각에서는 거의 대등한 의식을 보여주기까지 했다. 이 의식이란 다름아닌 계몽주의자로서의 그것이다.

1900년대 조선의 현실적 기반이 계몽주의를 필연적으로 요구하고 있었음은 주지의 일이다. 그렇다고 이들이 추구한 계몽주의가 18세기 전후로 서구에서 꽃피웠던 것과 동일한 차원의 것이라든가 하는 인식은 전혀 근거가 없다. 서구의 계몽주의가 탈미신화나 자아의 절대적 권능 함양과 같은 과학주의에 기반하고 있음에 비하여 조선의 계몽주의는 그런 합리주의 정신과는 거리가 멀기 때문이며, 또한 이들의 정신적 사유가 역사의 객관적 필연성에 기반한 시민계급의 정서에 뿌리를 두고 있는 것도 아니기 때문이다. 이들의 계몽주의는 순전히 조선이라는 내적 환경과 한반도라는 정치지리학적 기반 위에서 형성된 것이다.

2. 문명개화의 의지 — '바다'와 '철도', 그리고 '소년'

육당과 춘원의 정신세계를 한마디로 규정하는 것은 대단히 어려운 일이긴 하지만, 이들이 추구했던 정신의 근간이 계몽주의에 그 뿌리를 두고 있는 것은 틀림없는 사실이다. 이들의 계몽주의가 역사적 토대와 과학적 근거와는 무관한 것이긴 하지만, 상승하는 부르주아 계층의 그것임은 분명하다고 할 수 있다. 이 계층들은 중세적 위계질서의 계층망을 뚫고 나온 최초의 지배계급인 시민층들에 해당된다. 따라서 이들의 정신적 특색은 선민의식으로 규정할 수 있는데, 이 의식은 이들 이외의 계층을 열등한 것으로 간주하는 속내가 담겨있다는 사실 또한 부인하기 어렵다. 이 똑똑한 우등 의식이 선민의식이며, 역사적 필연으로 형성된 상승기의 부르주아 의식, 바로 그것이었다.

육당 등이 중산층에 속해 있었다는 점, 근대 문물을 다른 어느 계층보다 빨리 접촉했었다는 점, 유학생 계층이라는 점은 모두 그러한 선민의식과 불가분의 관계에 놓인 것이라 할 수 있다. 자생적인 계몽의 토대가 미미했다는 사실은 육당과 춘원의 의식형성에 있어 매우 중요한 의미를 갖는다. 내적 계기없이 고양된 이들의 계몽의식은 그 시작부터 서구의 그것과 다소 거리감이 있을 수밖에 없었다는 뜻이다. 따라서 이들이 주도한 계몽이란 본질보다는 이미 이루어진 것,

곧 현상만을 보는 한계로부터 자유롭지 못했다. 즉 그들의 시야를 지배한 것은 눈앞에 보이는 현상일 뿐 속 깊은 본질에 대해서는 무감각할 수밖에 없었다는 것이다. 따라서 이들에게 탈미신화와 같은 근대의 역동적 흐름이나 합리주의 같은 이성의 절대전능이란 있을 수 없는 것이었다. 그들의 눈에 들어온 것은 이미 만들어진 근대만이 전부일 뿐이었다. 그러한 인식을 보여주는 대표적인 사례가『소년』창간호에 실린 육당의「해에게서 소년에게」이다.

> 처─ㄹ썩, 처─ㄹ썩, 척, 쏴─아.
> 따린다, 부슨다, 문허바린다.
> 태산(泰山) 같은 높은 뫼 집채 같은 바윗돌이나
> 요것이 무어야, 요게 무어야.
> 나의 큰 힘 아나냐 모르나냐 호통까지 하면서
> 따린다, 부슨다, 문허바린다.
> 처─ㄹ썩, 처─ㄹ썩, 척, 튜르릉, 콱.
>
> 처─ㄹ썩, 처─ㄹ썩, 척, 쏴─아.
> 내게는 아모 것 두려움 업서
> 육상(陸上)에서 아모런 힘과 권(權)을 부리던 자(者)라도,
> 내 앞에 와서는 꼼짝 못하고
> 아무리 큰 물건도 내게는 행세하지 못하네.
> 내게는 내게는 나의 앞에
> 처─ㄹ썩, 처─ㄹ썩, 척, 쏴─아. 처…ㄹ썩, 처…ㄹ썩, 척, 쏴…아.
>
> 나에게, 절하지, 아니한 자가,

지금까지, 없거든, 통기하고 나서 보아라.

진시황, 나팔륜, 너희들이냐,

누구누구누구냐 너희 역시 내게는 굽히도다,

나하고 겨룰 이 있건 오너라.

처⋯ㄹ썩, 처⋯ㄹ썩, 척, 튜르릉, 콱.

육당, 「해에게서 소년에게」 부분

근대가 자생적인 것이 아니라 밖에서 만들어진 것일 경우, 그리고 그것이 내적 토양 속에 곧바로 뿌리내리지 못하는 경우, 그렇지만 이 근대가 너무나 큰 매력으로 느껴질 때, 이를 받아들이고자 하는 시인의 선택은 그리 많아 보이지 않는다. 이 매력적인 근대를 선망하고 곧바로 이를 끌어들이는 방식밖에는 없었다. 그 받아들이는 통로 내지 길만을 인식하는 것이 가장 효과적인 방법이었다는 의미이다. 곧 현상을 간취해내고 이를 곧바로 인식하는 대상이야말로 근대에 대한 이들의 인식을 가장 효과적으로 보여주는 매개였을 것이다. 따라서 열린 개방성을 그 특징으로 하는 '바다'가 이들의 시야에 우선적으로 들어온 것은 당연한 일이 아니었을까. 그것은 근대를 어느 정도 성취한 일본으로 가는 통로였으며, 그러한 근대를 받아들일 수 있는 창구 역할을 했기 때문이다. 따라서 '바다'란 그러한 근대를 받아들이는 좋은 매개항이었고, 이에 대한 예찬은 근대에 대한 예찬 혹은 선망의식과 곧바로 연결되는 것이었다.

「해에게서 소년에게」에서 '바다'는 문명개화의 상징으로 표현된다. 또한 그 구성부분인 '파도'는 그러한 문명의 힘을 대변하는 상관물이다. '바다'의 성격이 이러한 것이라면, "태산같은 높은뫼"나 "집채같은 바윗돌"은 관습이나 전통 등 소위 미신적인 것에 가까운 것이 된다. 또한 "아무런 힘과 권을 부리던 자" 역시 동일한 의미역에 속하는 경우이다. 육당은 근대의 열망을 '바다'로 표현했고, 이를 통해 조선의 미개화된 현실을 진화시켜 나아가려 했다.

본질이 아니라 현상의 측면에서 이들이 발견한 근대가 '바다'였다면, 근대의 또다른 축이었던 '철도' 역시 이들에게 똑같은 경우로 다가온다. 1900년대 들면서 일제는 침략과 약탈의 수단으로 조선에 철도를 부설하기 시작했다. 경인선이 처음 열리고 경부선이 개통된 것이 이 무렵의 일이다. '바다'가 근대를 받아들이기 위한 통로였다면, 철도는 그러한 근대가 이루어 놓은 결과물에 해당된다. '바다'가 근대에 대한 막연한 선망 정도에 그치는 것이라면, '철도'는 그러한 근대를 구체적으로 보이게끔 한 실체가 된다. '철도'가 근대의 중요한 척도 가운데 하나가 되는 것은 속도 때문이다. 봉건 시대와 산업화 시대를 구분짓는 가장 중요한 특징이 이 속도에 있음은 잘 알려진 일이다. 그렇기에 '철도'로 상징되는 근대의 모습은 과학의 유토피아를 꿈꾸었던, 근대의 이상을 실현코자 했던 계몽주의자들에겐 선망의 대상이 아닐 수 없었다.

> 우렁차게 토해낸 기적소리에
> 東大門을 등지고 떠나나가서
> 빨리부는 바람의 형세같으니
> 날개가 진 새라도 못따르겠네
>
> 늙은이와 젊은이 섞여앉었고
> 우리네와 외국인 같이탔으나
> 內外親疎 다같이 익히지나니

조그마한 딴세상 절로 일웠네

關王廟와 蓮花蜂 둘너보는중
어느덧에 龍山驛 다다렀구나
새로 일 운 저자는 모다 일본집
二千餘名 日人 여기산다네

육당, 「경부철도노래」 1-3연

오오와다 타케키(大和田健樹)의 『滿韓鐵道歌』를 모방해서 창작했다는 최남선의 「경부철도노래」이다. 육당이 이 시가를 만든 것은 여러 가지 계기가 있었지만, 그 중요한 이유 가운데 하나는 철도에 대한 예찬 혹은 신비로움 때문이었다. "우렁차게 토해낸 기적소리"라든가 "빨리부는 바람의 형세같으니/날개가진새라도 못따르겠네" 같은 표현은 철도에 대한 선망의 감수성 없이는 불가능한 것이다. 뿐만 아니라 "어느덧에 용산역 다다렀구나"라는 인식에 이르면, 철도의 속도에 대한 육당의 신비로운 인식은 그 절정에 이르게 된다.

물론 철도에 대한 이러한 예찬의 감수성은 육당 혼자만이 소유한 감각은 아니었다. 이런 정서는 춘원의 경우에도 똑같이 나타나기 때문이다. 춘원이 철도를 근대의 상징으로 이해한 것은 잘 알려진 일이다. 그의 대표작 『무정』이 그러하다. 이 작품은 철도에서 시작되어 철도에서 서사구조가 종결된다고 할 만큼 철도를 효과적으로 이용하고 있다. 이 작품의 절정은 문명개화로 가는 도정인 삼랑진역에서의 회동 장면이다. 폭우로 열차가 더 이상 나아가지 못할 때, 작품의 등장인물들이 이곳에서 외친 것은 조선에 대한 문명개화의지였다. 철도란 춘원에게는 없어서는 안될 중요한 서사구조였을 뿐만 아니라 그의 계몽주의적 이상을 실현하는 중심 사유였다.

육당과 춘원의 계몽주의는 현상에 기반한 것이었고, 또 우월한 선민의식이 발동한 결과에서 비롯되었다. 또 역사철학적인 국면에서 보면 상승하는 시민의식에서 얻어진 것이었다. 계몽의 주체라는 관점에서 보면, 이들의 토대는 중산층의식과 시민의식이었고, 상승기에 처한 부르주아들이었다. 이들은 이러한 역동적 주체를 우월한 선민의식에서 찾았을 뿐만 아니라 그 구체적인 실체를 '소년'의 이미지에서 발견해내기도 했다. 특히 육당의 사유체계에서 '소년'이 중요한 비중을 차지하는 것도 이 때문이다. '소년'이란 현재의 조건을 뚫고 나아가는 상승하는 주체라는 점을 감안하면 육당이 발견한 소년의 이미지는 매우 합당한 것이라 할 수 있다. 육당이 주간한, 근대적 의미에서의 최초의 잡지가 『소년』인 것도 이와 무관하지 않은데, 이렇듯 '소년'의 이미지는 육당 시의 중심테마 가운데 하나가 된다.

> 크고도 넓은고도 영원한 太陽
>
> 自由의 少年大韓 이런德으로
>
> 빛나고 뜨거웁고 剛健한 太陽
>
> 自由의 對韓少年이 이런힘으로
>
> 어두운 이세상에 밝은광채를
>
> 삐다난 구석없이 더져두어서
>
> 깨끗한 기운으로 타게하라신
>
> 하늘의 부친職分 힘써다하네
>
> 바위틈 산골中 나무끝까지
>
> 自由의 큰소리가 부르짖도록
>
> 소매안 주머니속 가래까지도

自由의 맑은 기운 꼭꼭타도록

육당, 「少年大韓」 부분

인용시에서 육당은 '소년'을 태양에 비유했다. 그런데 이 '소년'은 단순한 '소년'이 아니라 하늘의 직분까지 부여받은 존재이다. 또한 '깨끗한 기운을 받아서' 바위틈이나 산골 혹은 나무끝까지 자유의 큰 소리가 울리도록 계도하고 계몽하는 주체로도 묘사되고 있으며, 억센 손발과 검붉은 얼굴을 가진 생산의 주체, 노동의 주체로 그려지기도 한다(「新大韓少年」).

'소년'이 진행중인 주체, 발전하는 주체의 이미지와 분리되기 어려운 것이라면, 소년에 대한 육당의 사유는 시대적 맥락과 분리되기 어려워 보인다. 우월한 선민의식을 드러낼 매개로서 소년만큼 좋은 이미지도 없었기 때문이다. '소년'은 중세를 닫고 근대로 나아가는 최초의 근대인으로 육당에 의해 거듭 태어나고 있는 것이다.

3. 조선주의라는 자의식의 등장

개화초기의 계몽주의가 내적 필연과 무관한 것이었음은 '바다'와 '철도'와 같은 현상적인 이미지를 통해서 이해할 수 있었다. 근대 초기의 계몽주의자들은 근대의 제반 양상을 이성이나 합리주의 같은 초월적 관념보다는 즉자적이고 가시적인 현상에서 찾았다. 조선의 근대화가 다분히 외세에 기대고 있었다는 것, 그리하여 근대화의 진행이 불구화된 모습을 띤 채 전개된 것임은 잘 알려진 일이다. 식민지 시대에 이해된, 근대에 대한 이러한 실상은 육당과 춘원의 시대도 예외적인 것은 아니었다. 특히 일제에 의한 국권 침탈의 위기라는, 점증되는 위협들은 근대에 대해 막연히 찬양하는 것으로는 어느 정도 한계를 가질 수밖에 없었다. 이들이 전개한 계몽주의가 조선적 특수성 속에서 새로운 활로를 찾아야 하는 것은 이런 저간의 사정이 있었다. 그것은 곧 '조선주의'라는 민족적 상황에 대한 인식이었다.

물론 자국어라는가 민족주의에 대한 인식이 근대의 제반 양상 가운데 하나임은 부인할 수 없을 것이다. 근대 초기 서구에서 사유된 방언에 대한 인식과 민족주의에 대한 열풍은 근대의 또다른 표징이었기 때문이다. 이에 근거를 둔다면, 조선의 계몽주의는 두가지 의미망이 중첩되어 나타났다고 할 수 있다. 민족주의라는 근대의 보편적 특성에다가 국가의 위기라는 정치지리학적 특수성이 가미된 모습이 조선의 민족주의라는 사실이다. 이런 현실을 직시하게 되면, 현상에 대한 막연한 예찬과 드러난 현상만을 가지고 민중을 계도하고 계몽하기란 대단히 어려웠을 것이다.

기숙사의 모든 방에 불들은 꺼지었다
공부에 피곤한 아이들은 이불속에서
아직도 산술문제를 생각하고 있다
더러는 벌써 잠이들었다

나는 사감의 등불을 들고
발소리 안나게 모든 방을 돌아야한다
혹 방문이 열리지나 아니하였나
이불을 차던지지나 않었나

귀여운 아들들아 딸들아

꿈이라도 평안하게 잘들 자거라

과부와 같은 조선이 너희들 밖에 무엇을 바라랴 아이들아

나는 새벽종을 친다, 아이들아

애처러운 너희들의 단잠을 깨우거니와

일어나거라, 일어나 하루의 힘을 또 기르자

과부와같은 조선이 너희를 부르나니

춘원, 「사감」 전문

춘원의 이 시가 이야기 하고자 하는 '소년' 이미지는 육당의 그것과 크게 다르지 않다. 건강한 주체로서 소년에 대해 가지고 있는 기대치가 그러하고, 계몽주의적 발상 또한 그러하기 때문이다. 그러나 앞의 정서와 다른 점은 열악한 실체로서의 조선에 대한 발견이다. 춘원은 조선을 '과부'로 표현하고 있는데, 이는 그의 필생의 주제 가운데 하나였던 '부권상실'의식과 연계된다. 부권의 상실이란 곧 국가의 부재를 의미하며 이와 곧바로 맞닿아 있었던 것이 춘원문학의 핵심이기 때문이다.

그러나 초기의 막연한 기대와 예찬이 조선에 대한 발견이나 조선이라는 암울한 현실 인식으로 발전된 것은 춘원만이 아니다. 육당이 나아간 곳도 조선이라는 아우라였다. 근대 초기 이후 이들의 계몽의식은 '바다'와 같은 열린 세상이 아니라 '조선'이라는 울타리 속에 철저하게 갇히게 된다. 조선의 국토에 대한 발견과 조선 정신 혹은 조선혼에 대한 육당의 발견은 이런 점에서 그 의미가 있는데, 그는 「태백산과 우리」에서 "우리 목숨의 근원"을 태백산에서 발견하는가 하

면, 조선 호랑이에서 조선의 기상을 읽어내면서(「조선범」) 조선의 실체에 대한 뚜렷한 인식을 하게 된다.

육당과 춘원의 시야에 조선이 각인되고 인식되었다는 것은 다른 한편으로는 그 대항적 요소에 대한 이해와 불가분의 관계에 놓이는 문제이다. 일본 제국주의에 대한 새로운 인식인데, 아이러니컬하게도 그 매개항에 놓여있는 것이 '철도'였다. 철도는 근대에 대한 예찬의 대상이었다. 그런데 철도를 인식하면 할수록 이들의 시야에 들어간 것은 그 뒤편에 감추어진 조선의 열악한 현실이었다. 물론 그 어두운 현실의 그림자를 드리운 것은 일본 제국주의였다. 예찬하면 할수록 다가오는 제국주의의 실체, 긍정과 부정의 이 아이러니컬한 상황의 중심에 놓여진 것이 '철도'였던 것이다.

> 부산을 떠나는 급행열차에는 조선사람은 123등을 통털어서 6~7인밖에 없었다. 하도 적기로 헤어보았다
>
> 대구를 지나더니 열세사람이 되었다. 여기가 어딘가. 과연 조선인가.
>
> 춘원, 「조선열차」 전문

> 이편저편 보는중 모르난틈에
> 어느덧에 천안역 다다랐도다
> 온양온천 여기서 삼십리이니
> 목욕하러 가는이 많이 내리네
>
> 인력거와 轎子가 준비해있어
> 가고옴에 조금도 어려움없고

정결하게 꾸며논 여관있으나

이는 대개 일본인 영업이라니

육당, 「경부철도가」 21-22연

춘원의 「조선열차」는 소설 『무정』에서 그가 그토록 신봉했던, 근대의 상징이었던 '철도'의 이미지와는 매우 상반되는 인식을 보여준다. 춘원은 철도의 뒤안길에 감추어졌던 조선에 대한 인식을 새롭게 한 것이다. 그것은 조선에 대한 뼈아픈 현실이었다. 철도의 빠른 속도감에 경이로운 인식을 보인 육당의 경우도 후기에 내려오면서는 춘원과 똑같은 인식을 보여준다. 철도를 통해 육당이 본 것은 빠르게 침투해 들어오고 있는 일본 제국주의의 실체였기 때문이다.

근대의 보증수표였던 '철도'는 이제 경이로움의 대상이 아니었다. 또한 근대를 대변하는 매개가 될 수 없었을 뿐만 아니라 제국주의 침략을 위한 도구로만 인식되고 있었다. 철도는 근대의 이상을 담아내기도 했지만 다른 한편으로는 그 뼈아픈 좌절 역시 내포하고 있었던 것이다. 육당을 비롯한 근대주의자들에게 철도는 이상과 좌절을 동시에 포지하는 아이러니컬한 대상이었다.

육당과 춘원은 1900년대 이후 2인 문단시대를 연 한국 최초의 근대 계몽주의 문학가였다. 이들의 의식은 선민의식이었고, 상승하는 근대 시민의식에 그 바탕을 두고 있었다. 이 우둥한 의식으로 조선의 미신화된 현실과 의식을 극복하고자 했다. 그런데 이들이 응시한 것은 근대의 본질이 아니라 현상뿐이었다. '바다'와 '철도', 그리고 '소년'의 모습은 그러한 단면들이었다. 이들은 이 단면을 선민의식과 결부시켜 조선을 근대화시키려 했다. 그러나 현상이 가져다 준 인식은 이들에게 뼈아픈 좌절을 안겨주었는바, '철도'는 그 상징적 단면이 되었다. '철도'라는 현상을 접할수록, 아니 여기에 깊이 침윤될수록 이들에게 다가왔던 것은 조국의 슬픈 현실들뿐이었기 때문이다. 그럼에도 이들이 펼쳐보였던 근대의 이상과 계몽의 기획이 전연 엉뚱한 것이었다고 할 수 없을 것이다. 이들이 펼쳐보인 상승기의 시민의식들은 시대가 부여한 최대의 과제이자 의무였으며, 이들은 이러한 의무를 그 나름대로 충실히 수행했기 때문이다.

유미주의와 순수시

1. 미적 욕망

인간은 모태와의 분리로부터 실존적인 생명을 부여받는다는 점에서 근원적으로 상실과 결핍을 내재한 존재라 할 수 있다. 이렇게 무의식적으로 잠재되어 있는 상실의식은 인간으로 하여금 끝이 없는 욕망의 선로에 서있게 한다. 상실과 결핍이 근원적인 층위에서 발로하는 것이기에 욕망은 애초에 채워질 수 없는 무엇으로 존재하는 것이다. 욕망의 실현은 충족되는 것에 있는 것이 아니라 욕망의 재생산, 욕망의 순환운동과 함께 일어나는 것이라는 지젝(Slavoj zizek)의 언술 또한 욕망의 존재방식이라는 측면에서 동궤에 자리하는 것이라 할 수 있다.

지젝은 대상이 결여되어 있을 때가 아니라 오히려 우리가 대상에 너무 가까이 다가감으로써 결핍 자체를 상실할 위험에서 불안이 도래한다고 하였다. 결국 인간 존재는 결핍을 메우고자 하는 과정 그 자체에서 존재의 의미와 행복을 느낄 수 있다는 이야기이다. 물론 구도 행위를 통해 욕망의 사슬에서 벗어나고자 하는 경우도 있을 수 있다. 그러나 이는 초탈에 대한 염원, 즉 욕망에서 벗어나고자 하는 마음 그 자체가 또 하나의 욕망의 이름으로 자리하고 있는 것이라 할 수 있다. 인간은 개별주체에 따라 물질이나 사랑, 자아의 고양, 종교, 예술 등 실현하고자 하는 욕망의 대상이 다르지만 어쩌면 인간은 무의식적으로 근접할 수는 있어도 완전하게 일치할 수 없는 상태, 곧 언제나 계획, 의지의 단계에만 머무를 수밖에 없게 되는 '절대'의 경지를 욕망의 실현 단계로 설정하고 있는지도 모르는 일이다. 다시 말하면 욕망 실현의 지연이 인간의 존재를 구동하고 있다는 의미이다.

절대 순수나 아름다움(美)에 대한 욕망 또한 인간이 끊임없이 추구해온 대상 중의 하나이다. 이 아름다움에 대한 인식은 예술과 관계된 감각의 층위에서의 개념으로도, 또 선이나 진리와 같은 존재적 차원의 개념으로도 자리하고 있다. 그 중에서도 도덕성이나 윤리, 유용성과 같은 외적인 목적과는 무관한 심미적 경험을 주관하는 미의식적 경향을 우리는 유미주의라 부른다. '예술의 자기 충족성', '예술을 위한 예술', '예술지상주의' 등과 같은 유미주의와 관련된 구호에서도 간취되는바 예민한 감수성, 고질화된 상실감, 채워지지 않는 욕망에 민감한 의식세계의 심미적 자아는 예술이나 미의 숭배로 인한 삶 혹은 현실의 상실이라는 위험을 배태하게 된다. 이러한 심미적 자아에게 현실세계란 불완전한 세계, 상실·부재·결핍의 세계인 것이다. 그러므로 심미적 자아는 미의 완전한 세계, 절대의 세계, 이상향의 세계를 나름대로 마련해 두게 되며, 이러한 자아에게서는 세계와의 단절 혹은 현실세계에서 이상향에 대한 우울한 동경이나 비애를 발현하는 특징을 볼 수 있다. 이러한 특징을 대표하는 시인들이 김종삼과 김영랑이다. 그 각각의 시적 특색이 어떻게 발현되는지 살펴보자.

2. 세계 너머의 절대 순수

심미적 자아에게 세계는 욕망의 갈증을 심화시키는 공간일 뿐이며 이러한 부재와 상실의 현실에서 벗어나고자 심미적 자아는 환상을 차용하거나 미적 이상향의 세계를 설정해 두고 몰입하게 된다고 한다. 이러한 유미주의적 관점에서 우리 시문학사를 살펴 볼 경우 '절대 순수'의 세계를 미적 이상향으로 설정한 시인을 발견할 수 있는데 그가 바로 김종삼이다. 절대 순수는 이 세계에는 존재하지 않는, 존재할 수 없는 상태이다. 절대 순수의 개념은 의미화 되기 이전, 창조 이전의 원초적인 상태를 의미하는 것이기 때문이다. 우리는 김종삼의 시에서 이러한 절대 순수의 의미를 간취해 낼 수 있다.

김종삼의 작품세계에서 절대 순수를 지향하는 양태는 형식적인 면과 내용적인 면으로 나누어 살펴볼 수 있는데 그 중 형식적 측면은 그의 시의 특징이라 할 수 있는 난해함과 긴밀하게 관련되어 있다. 그의 시의 난해함은 시행 사이의 생략과 비약, 의미를 유추하기 어려운 여백들, 불완전한 구문이라는 독특한 시형식에서 기인하고 있기 때문이다.

얼마전부터

집한채를 〈보켓트〉에

집어넣은 채 〈뻐스〉가

달렸다. 바람 맞은

자전〈거〉도 달렸다

거치어 온

各 要所에는 사람들의

尺數보다 注射器가

擴大되는 都市를

지나 가서

조금 더 깊숙이

드러와 大森林이 되었고

몇 棟위 지붕 위에板子 집이 架設되어

비둘기 臟의 重疊 같은

不完全 하지는 않았던

달리어 온 終點은

地名 不詳이란 地點들

을 거치어 온

〈뻐스〉의 終點이란 理由

인 것이다.

김종삼, 「종달린 자전거」 부분

언어의 존재이유는 의미의 전달에 있다. 그러나 위의 시에서는 의미를 전혀 이끌어 낼 수 없다. 소통이 전연 불가능하다는 뜻이다. 이는 '집한채를 〈보켓트〉에/ 집어넣은 채' 달리는 '뻐스'라든가 '尺數보다 注射器가/ 擴大되는 都市'와 같이 은유를 구성하는 대체언어의 부적절성에서 기인하는 것이기도 하고, 행구성에 있어서 '되었/ 고' 나 '地點들/ 을'과 같이 구문 중간에 분절한다거나 주술 호응의 부조화 등과 같은 통사적 관계의 파기에서 오는 것이기도 하다. 야콥슨 식으로 말하자면 위 시는 유사성의 원리에 의한 선택의 축과 인접성의 원리에 의한 결합의 축 모두를 철저하게 파괴해서 의미의 접근을 막고 있다.

위 시의 형식적 특징이나 일종의 형태시로 보이는 김종삼의 또다른 시「돌각담」을 보면 그의 작품들은 다분히 포스트모던적이라 할 수 있다. 포스트모더니즘에서 언어는 의미화 되지 않는다. 이는 근대의 좌절에서 비롯된 것으로, 언어로부터 의미를 배제시켜 궁극적으로는 의미화 되기 이전의 언어, 언어의 원초적 순수상태로 되돌아가는 것을 의미한다. 김종삼 시의 형식적 특징 또한 이러한 맥락에서 이해될 수 있는데, 그 특징은 두 가지로 의미화할 수 있다. 하나는 의미소통의 불가능성을 통한 세계와의 단절의식을 드러내고 있다는 것이고 다른 하나는 언어의 '절대 순수'의 상태를 체현하고 있다는 측면에서이다. 그러나 이 두 가지 의미는 독립적인 것이 아니다. '절대 순수'의 상태가 현실 세계에는 존재할 수 없는 것이라고 할 때 원초적인 절대 순수의 상태로 들어가기 위해서 세계와의 단절은 필연적이라 할 수 있기 때문이다.

내용 없는 아름다움처럼
가난한 아희에게 온
서양 나라에서 온
아름다운 크리스마스 카드처럼

어린 羊들의 등성이에 반짝이는

진눈깨비처럼

김종삼, 「북치는 소년」 전문

김종삼의 시에서 형식적인 측면에서는 세계와의 단절이 추상적으로 제시되고 있다면 내용적인 측면에서는 자아의 세계와의 단절이 더욱 구체적으로 드러나고 있다. 위 시의 '내용 없는 아름다움'이 이를 단적으로 예증해 준다. 여기에서 '내용'이란 시니피앙에 결합된 시니피에, 즉 의미를 이르는 것일 수도 있고 구체적인 현실을 의미하는 것일 수도 있다. 전자라면 '아름다움'이란 의미화 되기 이전, 언어의 순수한 상태에 대한 '아름다움'이 될 터이고, 후자라면 그것은 현실적 삶의 고통이 배제된 상태의 아름다움이 될 것이다. 전자이든 후자이든 시적 자아의 미의식에는 세계와의 단절의식이 배태되어 있음을 확인 할 수 있다. '가난한 아희'에게 '서양 나라'나 '아름다운 크리스마스 카드'는 현실과는 동떨어진 대상이다. '어린 羊들의 등성이'에 내리는 '진눈깨비'도 현실적이라면 '아름다움'보다는 고난을 표상하는 상관물에 가깝기는 마찬가지이다. 그러나 위시에서는 이러한 고통의 현실을 배제하고 '아름다움', '반짝임'으로 묘사되고 있다. 시적 자아의 미의식에는 현실세계가 제거되어 있는 것이다.

구름 덩어리 앝은 엉ㄴ 저리

植物이 풍기어 오는

유리 溫室이 있는

언덕쪽을 향하여 갔다.

안쪽과 周圍라면 아무런
기척이 없고 無邊하였다.
안쪽 홈 바닥에는
떡갈나무 잎사귀들의 언저리와 뿌롱드 빛깔의 果實들이 평탄하게 가
득 차 있었다.

몇 개째를 집어보아도 놓였던 자리가
썩어 있지 않으면 벌레가 먹고 있었다.
그렇지 않은 것도 집기만 하면 썩어갔다.

거기를 지킨다는 사람이 들어와
내가 하려던 말을 빼앗듯이 말했다.

　　당신 아닌 사람이 집으면 그럴 리가 없다고-.

　　　　　　　　　　　　　　김종삼, 「園丁」 부분

머지않아 나는 죽을 거야
산에서건
고원지대에서건
어디메에서건
모짜르트의 플루트 가락이 되어
죽을 거야
나는 이 세상엔 맞지 아니하므로
병들어 있으므로
머지않아 죽을 거야

끝없는 평야가 되어

뭉게구름이 되어

양떼를 몰고 가는 소년이 되어서

죽을 거야

김종삼, 「그날이 오면은」 전문

김종삼의 시에서 세계는 병과 죄, 고통으로 뒤덮여 있는 곳이다. 따라서 시적 자아는 현실세계에 병자로, 죄인으로, '불구의 영혼'(「刑」)으로 존재하며 세계에 대한 부정의식을 발현하고 있다. 「園丁」에서 화자는 감염원이다. 즉 화자의 손에 닿기만 하면 멀쩡했던 과일도 썩어간다. '거기를 지킨다는 사람'의 '당신 아닌 사람이 집으면 그럴 리가 없다'는 말은 「그날이 오면은」에서 '나는 이 세상엔 맞지 아니하'다는 화자의 진술과 동일한 의미망에 자리하는 것이다. 이 세계에 맞지 않는 화자는 병들어 있고 '그치지 않는 전신의 고통이 하늘에 닿'(「刑」)을 지경이다. 이러한 현실을 등지고 시적 자아가 선택한 이상세계는 바로 죽음의 세계이다. 그러나 김종삼의 시에서 죽음의 세계는 삶 뒤에 오는 종말을 의미하지 않는다. 오히려 창조되기 전의 근원의 세계, 절대 순수의 세계를 의미한다.

石膏를 뒤집어 쓴 얼굴은

어두운 晝間.

부魃을 만난 구름일수록

움직이는 나의 하루살이 떼들의 市場

짙은 煙氣가 나는 뒷간.

주검 一步直前에 無辜한 마네킹들이 化粧한 陳列窓

死産.
소리나지 않는 완벽.

김종삼, 「十二音階의 層層臺」 부분

싱그러운 거목들 언덕은 언제나 천천히 가고 있었다

나는 누구나 한번 가는 길을
어슬렁어슬렁 가고 있었다

세상에 나오지 않은
악기를 가진 아이와
손쥐고 가고 있었다

너무 조용하다.

김종삼, 「풍경」 전문

'死産'이란 모태에서 죽은 채로 세상에 나오는 것을 의미한다. 그런데 보편적으로는 부정적으로 인식되는 상황이 김종삼의 시에서는 '소리 나지 않는 완벽'으로 표현되어 있다. 자아가 세계에 죄인으로, 병자로 존재한다는 것과 죽음이 절대 순수의 세계를 표상한다는 점을 상기할 때 죽은 채로 세상에 나온다는 것은 이 세계에 존재할 수 없는 절대 순수의 상태를 체현하는 것에 다름 아니다. 이러한 맥락에서 '死産'은 '완벽'이 될 수 있는 것이다. 작품 「풍경」의 화자가 가고 있는 길, '누구나 한 번 가는 길' 또한 죽음의 길이다. 그런데 주목할 점은 이 죽음의 길을 가고 있는 화자가 '손쥐고' 있는 인물이 '세상에 나오지 않은' 아이라는 것이다. 인용된 작품들에서 우리는 죽음의 세계가 삶 뒤의 종말이 아니라 생겨나기 전의 근원의 세계, 소리조차 없는 원초적 절대 순수의 세계라는 것을 발견해 낼 수 있다. 이처럼 김종삼의 시에서 죽음은 고요, 안식과 연결되어 긍정적인 세계로 그려지고 있으며 시적 자아가 끊임없이 지향하는 미적 근원의 세계이다.

3. 세계 내 순수의 세계

유미적 시경향의 작가를 하나 더 꼽으라면 김영랑이 될 것이다. 김종삼, 김영랑 두 시인이 '유미적'이라는 어휘에, 그리고 시와 음악의 호응이라는 공통점으로 한 데 묶이기는 하나 시적 경향이나 분위기, 창작기법 등에 있어서는 큰 차이를 보인다. 가령 김종삼의 시가 소통 불가능의 양태로 세계와의 단절을 체현하고 있음에 반해 김영랑의 시는 오히려 뛰어난 시어의 구사로 농도 짙은 공감을 획득하고 있다는 것이 그 예가 될 것이다. 이처럼 두 시인은 작품의 다각적인 면에서 큰 차이를 보이나 순수의 세계를 미적 기반으로 삼고 있다는 점에서는 동궤에 놓여있다고 할 수 있다. 그런데 김종삼이 창조 이전의 세계 혹은 '세계 너머의 세계'에서 순수의 세계를 찾고 있다면 김영랑은 '내 마음', 자연과 같은 '세계 내'의 대상에서 순수의 경지를 발견한다. 이와 같이 순수의 세계를 세계 너머에서 찾고 있느냐 세계 내에서 찾고 있느냐의 차이는 시인의 세계인식과 현실과의 관계 양상을 드러내는 것으로 '순수'라는 기표는 같지만 그 안에 내포된 기의는 전혀 다른 것으로 귀결되게 된다.

 잘 알려진 대로 김영랑의 시에는 '내 마음'이라는 어휘가 많이 등장한다. '돌담에 속삭이는 햇발'이나 '풀아래 웃음짓는 샘물'(「돌담에 속삭이는 햇발」), '맑은 새암'(「마당 앞 맑은 새암」), 정한 '샘물'과 맑은 '밤'의 기운(「제야」) 등은 모두 '마음'을 표상하는 상관물들로 자연물을 통해 내면의 맑음, 순결, 순수 등을 표현하고 있다.

 내 마음을 아실 이
 내 혼자 마음 날 같이 아실 이
 그래도 어데나 계실 것이면
 내 마음에 때때로 어리우는 티끌과
 속임없는 눈물의 간곡한 방울방울
 푸른 밤 고이 맺는 이슬 같은 보람을
 보밴 듯 감추었다 내어 드리지

 아! 그립다
 내 혼자 마음 날 같이 아실 이
 꿈에나 아득히 보이는가
 향 맑은 옥돌에 불이 달아
 사랑은 타기도 하오련만
 불빛에 연긴 듯 희미론 마음은
 사랑도 모르리 내 혼자 마음은

김영랑, 「내 마음을 아실 이」 전문

 위 시에서 시적 자아의 '마음'은 세계와 단절되어 있음이 드러난다. '내 혼자 마음 날 같이 아실 이', 즉 자아와 동일화 될 수 있는 타자는 현실에서는 존재하지 않고 '꿈에나 아득히 보이는' 것이 전부이기 때문이다. 이러한 '내 혼자 마음'은 '사랑'조차도 모르는, 철저한 고립 속에 존재하고 있는 것이다. 영랑의 시에서도 현실은 상처, 병듦, 외로움, 서러움의 세계이며 '세상에 태어났음을 원망 않고 보낸/ 어느 하루가 있었던가'(「毒을 차고」)고 탄식할 만큼 고통스러운 세계이다. 김영랑 시의 시적 자아는 이러한 세계에 대한 부정의식을 발현하며 그 대립적 세계로 '마음'으로 표상되는 자연을 상정한다. 자연의 아름다움과 순수함은 고통의 현실을 '망각'할 수 있게 해 주며 극치의 황홀감으로 시적 자아를 인도한다.

김영랑 시의 순수의 세계는 김종삼 시의 그것과는 다르게 세계 내에 존재하는 것에서 정립된다. 이는 김종삼 시의 순수의 세계가 결코 닿을 수 없는 '절대'의 세계, 불변의 세계인 데 반해 김영랑의 그것은 가변적일 수 있다는 의미이다. 다소 단선적인 분석이기는 하나 위 시에서 '내 마음'은 불변의 순수의 세계로 상정되어 있는 것이 아니라 '때때로 어리우는 티끌'에서 드러나는바 끊임없이 정화해야 하는 가변적인 세계인 것이다. 자연의 맑고 깨끗한 정경과 아름다움에 대한 황홀감 또한 영원하거나 불변적인 것이 아니다. 모란이 피기까지 시적 자아는 봄을 기다리지만 '모란이 뚝뚝 떨어져 버리는 날'은 반드시 오게 되어 있고 그러한 날 자아는 봄을 여읜 설움에 잠기게 되고 만다. 또한 언젠가 '천지에 모란은 자취도 없'이 사라지게 되고 시적 자아의 '뻗쳐 오르던 보람'도 무너져 내린다. 이러한 연유에서 봄으로 표상되는 자연은 '찬란한 슬픔'이 되는 것이다.

4. '죽음'의 세계와 현실, 그리고 미의식

지쳐 원망도 않고 산다

대체 내 노래는 어디로 갔느냐

가장 거룩한 것 이 눈물만

아신 마음 끝내 못 빼앗고

주린 마음 끄득 못 배불리고

어차피 몸도 피로워졌다

바삐 관에 못을 다져라

아무려나 한줌 흙이 되는구나

김영랑, 「한줌 흙」 부분

어느날 어느때고

잘가기 위하여

평안히 가기 위하여

몸이 비록

아프고 지칠지라도

마음 평안히 가기 위하여

일만 정성

모두어보리.

멋없이 봄은 살같이 떠나고

중년은 하 외로워도

이 허무에선 떠나야 될 것을

살이 삭삭

여미고 썰릴지라도

마음 평안히

가기 위하여

아! 이것

평생을 닦는 좁은 길.

김영랑, 「어느날 어느때고」 전문

걷던 걸음 멈추고 서서도 얼컥 생각키는 것 죽음이로다

그 죽음이사 서른살 적에 벌써 다 잊어버리고 살아왔는디

웬 노릇인지 요즘 자꾸 그 죽음 바로 닥쳐온 듯만 싶어져

항용 주춤 서서 행길을 호기로이 달리는 行喪을 보랐고 있느니

−중략−

망각하자 − 해본다 지난날을 아니라 닥쳐오는 내 죽음을

아! 죽음도 망각할 수 있는 것이라면

허나 어디 죽음이사 망각해질 수 잇는 것이냐

길고 먼 世紀는 그 죽음 다 망각하였다지만

김영랑, 「망각」 부분

    죽음에 관한 의식이 발현된 시를 비교해 보면 두 시인의 순수의 세계에 대한 인식의 차이가 보다 명징하게 드러난다. 김영랑의 시에서 죽음은 현세계에서 느끼는 허무와 긴밀하게 관련되어 있다. 위 시들에서 현세계는 시적 자아가 '지쳐 원망도 않고 사'는 '멋없는 봄'이며 '허무'이다. '마음' 또한 자연 정경의 황홀함에 심취해 있던 순수의 상

태가 아니라 주리고 피로한 '마음'일 뿐이다. 현세계가 허무인 것은 가변적인 세계 내에서 순수의 세계를 상정할 때부터 이미 전제된 것이라 할 수 있다. 지나온 시적 자아의 삶은 순수의 세계를 갈망하며 '평생을 닦는 좁은 길'이었으나 '내 노래는 대체 어디로 갔는'가, 남은 것은 허무뿐이다.

김영랑의 시에서 죽음은 이러한 허무 끝에 생각할 수 있는 종말인 것이다. 죽음이 종말을 의미하는 것이기에 김영랑 시의 죽음의식에는 두려움이 내재되어 있다. 이는 작품 「망각」에서 확인할 수 있는데 '걷던 걸음 멈추고 서서도 얼컥 생각키는 것'이 죽음이고, 피할 수는 없지만 가능하다면 '망각'이라도 하고 싶은 것이 죽음이다. '망각하자' 스스로 다짐하는 대상이 '지난 날'이 아니라 '죽음'이라는 것은 그만큼 죽음에 대한 두려움, 회피하고 싶어하는 자의식이 강하다는 의미이다.

나 꼬마 때 평양에 있을 때
기독병원이라는 큰 병원이 있었다
뜰이 더 넓고 푸름이 가득 차 있었다.
나의 할머니가 입원해 있었다
입원실마다 복도마다 계단마다
언제나 깨끗하고 조용하였다
서양 사람이 설립하였다 한다
어느 날 일층 복도 끝에서
왼편으로 꼬부라지는 곳으로 가 보았다
출입문이 반쯤 열려 있었다
아무도 없었다 맑은 하늘색 같은 커튼을 미풍이 건드리고 있었다.

가끔 건드리고 있었다.

바깥으론 몇 군데 장미꽃이 피어 있었다

까만 것도 있었다

실내엔 색깔이 선명한

예수의 초상화가 걸려 있었고

널찍하고 길다란 하얀 탁자 하나와 몇 개의 나무의자가 놓여져 있었다.

먼지라곤 조금도 찾아볼 수 없었다

딴 나라에 온 것 같았다

자주 드나들면서

매끈거리는 의자에 앉아보기도 하고 과자조각을 먹으면서 탁자 위에
뒹굴기도 했다

김종삼, 「아데라이데」 부분

인용한 시는 화자의 '꼬마때' 경험을 그린 것으로 위 내용은 꼬마의
눈에 비친 '안치실'을 묘사한 것이다. '맑은 하늘색 같은 커튼', '미풍',
선명한 색깔의 '예수의 초상화', '먼지라곤 조금도 찾아볼 수 없'는 청
결함 등은 죽음의 구체적인 현시라 할 수 있는 주검이 있는 공간을
밝고 긍정적인 분위기로 전환하는 장치들이다. 화자는 이 죽음의 공
간에서 의자에 앉아보고 과자조각을 먹고 탁자에 뒹굴기도 하면서
평안한 시간을 보낸다. 화자는 이 공간에서 보낸 시간을 '큰 병원'이
라는 병과 고통으로 가득찬 세계가 아닌 '딴나라'에 온 것 같았다고
회상한다.

　이처럼 김종삼의 시에서는 시적 자아가 세계와의 단절의 과정을
거쳐 '절대 순수'에의 지향으로 나아가고 있기 때문에 그의 시에서 절
대 순수의 세계를 표상하고 있는 죽음은 대체로 긍정적이고 밝다. 그

러나 김영랑 시의 죽음은 김종삼 시의 그것처럼 맹목적으로 지향하는 세계이자 불변하는 '절대'의 세계, 원초적 근원의 세계가 아니라, 절망적 현실에서 자포자기 하는 심정으로 선택하는 도피처와 같은 것이며 그럼에도 자아에게 두려움으로 다가오는 세계이다. 김영랑의 경우처럼 죽음이 두려움으로 자리한다는 것은 그리고 현실에 대해 허무를 느낀다는 것은 그만큼 현실에 대한 애착이 많다는 역설적 의미를 배태하고 있는 것이다.

김종삼의 시에서 현실을 배제하고 절대적인 미의 세계로 기투된 자아가 발현되고 있다는 점에서 시인은 보다 철저한 유미주의자였다고 할 수 있겠고, 김영랑의 경우는 시의 영역 안에 삶의 영역이 포함되어 있고 따라서 그의 미의식은 오히려 삶에 대한 강한 애착을 토대로 하고 있었다고 할 수 있겠다. 욕망의 실현이라는 층위에서 본다면 김종삼은 애당초 그 실현이 끊임없이 유보될 수밖에 없는 경지를 미적 이상향으로 상정한 것이 되고 김영랑은 너무 근접하여 그 결핍의 대상이 사라질 수 있는 경지에 상정한 셈이 되는 것이다.

 전원시와 목가적 유토피아

한국 시에서 전원시의 특성과 그 전개를 찾아보는 것은 그리 어려운 일이 아니다. 지금 현재뿐만 아니라 그 기원 역시 오랜 역사를 갖고 있다. 조선의 사대부들이 한번쯤은 창작했을 법한 시들 역시 전원시였다. '강호가도'라는 말에서 알 수 있는 것처럼, 모두 전원과 관계된 것들이었기 때문이다. 뿐만 아니라 우리 시가의 초기 모습인 「황조가」 등도 그 소재를 쫓아가다 보면 모두 전원적 특성과 매우 긴밀한 관계를 맺고 있음을 보게 된다.

이렇게 광범위한 시기에 걸쳐 있는, 전원적 특성을 갖고 있는 작품들을 모두 전원시의 범주에 넣어도 큰 무리는 없을 것이다. 어차피 인간이란 자연으로 표상되는 전원과는 상호 분리되어 살 수 없기 때문이다. 그러나 전원시의 범주를 이렇게 확장시키게 되면, 자연을 소재로 한 시들, 혹은 자연의 정서를 담은 시들을 모두 전원시에 넣을 수밖에 없고, 또 먼 고대 초기시에 이르기까지 전원시에 포함시킬 수밖에 없는 결과를 초래하게 된다. 이렇게 확장된 전원시들을 두고, 전원의 특색을 담은 어떤 시로 특화해서 설명하는 것은 무리가 따를 수밖에 없을 것이다.

실상, 전원이 본질적 의미를 갖기 시작한 것은 근대 이후의 일이다. 근대 이전의 삶이란 것이 궁극적으로는 자연의 일부를 이루고 있는 것이어서 표나게 그들의 삶을 전원적이다, 자연적이다 할 만한 특별한 이유가 없었다. 삶이 곧 전원의 장에서 마련되었고, 전원은 삶의 또 다른 이름이었기 때문이다. 그런 일치된 삶에서 전원 따로 삶 따로를 이야기하는 것 자체가 모순일 수밖에 없지 않은가.

전원을 포함한 자연과 인간이 분리되기 시작한 것은 근대 이후의 일이다. 자연의 기술적 지배가 인간으로 하여금 전원적 삶으로부터 떨어져 나오게 했거니와 이 단절 속에서 전원은 새로운 형이상학적 의미를 띠게 되었다. 과학과 기계의 전능전지한 힘으로 무장한 인간들이 자연을 휘저어도 결코 가질 수 없었던 힘과 희망들이 전원 속에 내재되어 있음을 알게 된 것이다. 전원은 계몽과 과학만으로는 어찌할 수 없는 전능성을 가지고 있었던바, 인간들은 비로소 전원의 그 광대한 실체를 비로소 깨닫기 시작한 것이다. 전원시가 추구하는 시적 세계가 원초성이나 영원성 혹은 유토피아 지향성을 드러내는 것은 모두 이와 밀접한 관련이 있다.

전원은 근대성의 제반 사유체계와 분리될 수 없는 것이고, 이런 전제에 설 때, 비로소 전원의 본질적 의미가 형성된다고 하겠다. 전원이 어떤 형태로든지 인간의 생활과 연관을 지니는 삶의 터전으로 의미화된다는 것도 이런 맥락에서이다.[1]

---

1 이건청, 『한국 전원시연구』, 문학세계사, 1986,10, p. 11.

전원이 근대의 맥락 혹은 삶의 맥락과 분리될 수 없는 것이라면, 한국 근대시에서 전원시의 양상들은 다음 몇 가지로 분류하는 것이 가능하지 않을까 한다. 첫째는 반도시로서의 전원문학이다. 도시시가 있으니까 전원시가 있는 것처럼, 단지 전원생활이 좋아서 쓰여지는 소박한 형태의 시들이 반도시시로서의 전원시이다. 두 번째는 반근대로서의 전원시이다. 근대는 일시성, 순간성, 파괴성을 그 특징으로 한다. 근대의 이런 위반의식과 불구화된 모습들은 반대로 전원의 영원성과 원초성을 갈망케 함으로써 근대적 의미의 전원시를 새롭게 태동시키도록 만들었다. 셋째는 유토피아로서의 전원시이다. 전원시들이 훼손되지 않은 세계에의 그리움을 표방한다는 점에서 유토피아 지향성을 갖는 것은 당연한 일이다. 특히 1920년대 한국 낭만주의자들이 기원했던 미지의 세계는 이 유토피아 의식의 정점에 해당한다.

그리고 마지막으로는 현실도피로서의 전원지향이다. 이는 일제 강점기와 불행한 현대사를 경험한 한국적 특수성에서 흔히 이해되는 부분이 아닐 수 없다. 불온한 현실들은 시인들로하여금 보다 온전한 세계, 보다 깨끗한 세계로의 지향을 추동시켜왔다. 이런 의식들이 이상향으로서의 전원을 찾게 만든 것은 당연하다고 할 수 있을 것이다.

1. 도시문학의 안티테제로서의 전원시

도시 드라마가 있으면 농촌드라마가 있고, 도시소설이 있으면 농촌소설이 있듯이 농촌시의 존재, 보다 구체적으로는 농촌의 생활상을 담은 전원시들은 주로 반도시적 정서에 기반을 두고 있다. 근대화

가 진행되면서 낳은 변화 가운데 가장 큰 것은 이른바 도시화 현상이
다. 도시의 형성과 그에 따른 도시로의 인구 집중화현상을 일찍이 보
들레르는 군중속의 고독 현상에서 읽어낸 바 있거니와 도시는 근대
를 설명하는 데 있어서 없어서는 안 될 중요한 요소 가운데 하나가
되었다. 어쩌면 자본주의의 혁명이 일구어낸 최대의 산물이 도시화
라 할 정도로 도시는 근대성의 대표적 상징이 되었다.

도시문학의 안티테제로서 전원문학이 태동하는 근거도 여기에서
이다. 도시생활의 부정적인 모습들은 인간으로 하여금 농촌생활로
눈을 돌리게끔 만들었다. 도시에서는 찾을 수 없는 삶의 여러 긍정적
인 모습들을 전원의 아름다움 속에서 찾아보려 하는 것이다. 이런 탐
색의 눈길에서 주의해서 보아야 할 것이 전원생활의 즐거움에 관한
것이다. 그런데 이 즐거움 속에는 어떤 사유 깊은 의미의 세계나 철
학적 폭은 감각되지 않는다는 점이다. 이런 시선들은 근대성의 사유
속에 편입된 형이상학적인 관념의 세계와는 거리가 멀다는 뜻이다.
그러한 양상을 굳이 근대성의 사유 속에 구동하는 인식체계로 설명
할 수 있을지도 모르겠지만, 전원생활의 즐거움에 대한 단순한 표명
은 도시의 생활과의 거리두기일 뿐이다.

> 나는 해져서 어슷어슷한 논ㅅ길로
> 소몰고 소리하며 돌아옵니다
> 하루종일 꼴베기에 시달린 두 다리로
> 오막살이 내 집에 반짝이는 불을 보면
> 가볍게 성큼성큼 디뎌집니다.
>
> 나는 해져서 어슷어슷한 논ㅅ길로

소몰고 소리하며 돌아옵니다
나를 기다리고 계신 어머님께
풀꽃으로 花環을 만들어 들고,

어머니는 나의 이 선물을 받으시고
나의 이마에 입맞춰 주시겠지요

나는 해져서 어슷어슷한 논ㅅ 길로
소몰고 소리하며 돌아옵니다
가슴은 幸福에 가득 넘치고
서쪽엔 초승달이 걸려 있습니다

장만영, 「歸路」 전문

인용시는 그저 전원이 좋아서 그것을 시로 표현한 장만영의 「歸路」이다. 한 폭의 아름다운 풍경화같이 느껴지는 이 작품은 현실에서 오는 고통이나 갈등도 없고, 삶의 힘겨움도 느껴지지 않는다. 객관적 상황이 열악한 시기에 창작한 것임에도 불구하고, 그런 편편치 않은 정서가 전연 느껴지지 않는 것이 이상할 정도로 안온한 느낌을 준다. 서정적 자아는 날이 밝자 논에 나가서 하루 종일 김을 매고 저녁이 되어서 돌아온다. 힘든 노역에 하루의 일상을 정리하는 푸념정도는 있을 법한데도 그런 것이 전혀 토로되어 있지 않다. 즐겁게 일하고 돌아오는 나를 반갑게 맞아주실 어머니와, 거기서 얻어지는 삶의 보람으로 가득차 있을 뿐이다. 시인의 이런 의식은 어디에서 나온 것일까. 다음의 글을 보면, 전원에 대한 시인의 창작 의도가 반도시적 서정에 기대고 있음을 쉽게 알 수가 있다.

서울생활에서 어지간히 고달픈 생활을 하던 나는 향수병도 병이려니와 몸과 마음이 지칠대로 지쳐 이 이상 견딜 수 없게 되고 말았다. 시골에 있을 때는 그처럼 가고 싶고 보고 싶던 서울이요 동무들이건만 몇 해를 고생하고 나니 참말로 객지에서 죽고 말 것 같았다.[2]

장만영 시인이 전원으로의 도피는 순전히 도시 생활의 염증에서 비롯된 것이었다. 여기에다가 자신이 태어난 곳에 대한 향수병까지 겹쳐지면서 시인만의 고유한 전원시를 만들어내게 된 것이다. 따라서 반도시 문학의 안티테제로 구동되는 전원시들에는 전원에 대한 막연한 찬양과 동경으로 채색된다. 전원은 시인이 추구해야 할 최고의 이상이며, 가치로 다가온다. 이런 관념 속에는 근대의 여러 사유에서 길러지는 역동성이나 사회의 구조적 모순에 대한 인식이 전연 사유되지 않는다. 전원에 대한 막연한 찬양, 전원 생활에 대한 끝없는 즐거움의 세계만이 노래되는데, 시인이 존재하는 이유는 전원이 있기 때문이며, 전원시는 그러한 시인의 존재이유를 말해주는 수단일 뿐이다.

2. 반근대로서의 전원시

근대는 속도를 중심으로 한 일시성과 순간성의 세계를 그 특징으로 한다. 근대를 불안으로 인식하고 파편적 사유의 핵심적 동인으로 판단하는 것도 그러한 휘발성의 세계 때문이다. 계몽이라는 원대한

---

2 장만영, 자작시 해설집, 『이정표』, 신흥출판사, 1958.

계획이 인간 모두에게 위대한 비전과 희망으로 다가왔다면, 근대에 대한 여러 반성적 담론들은 거의 등장하지 않았을 것이다. 그러나 근대에 대한 안티담론은 등장했고, 그것도 대단한 물결로 전지구인의 사유를 휘감아 돌고 있다. 탈근대성의 담론이나 근대성의 논쟁들은 어쩌면 그러한 근대의 희망과 꿈이 더 이상 기대치로 자리잡지 못한 것에 그 원인이 있지 않았나 생각된다.

근대에 대한 불신과 그 통합적 상상력에 대한 그리움의 정서가 시인들을 휘감아 들어올 때, 가장 먼저 등장하는 것이 전원의 완결성이다. 물론 이 때의 전원이란 근대의 파편성과 일시성을 초월하는 통합성과 영원성의 상징이 된다. 전원의 근대의 사유 속에 편입되어 그 초월적 의미를 갖는 것은 여기서 찾을 수 있다.

> 어머니
> 당신은 그 먼 나라를 알으십니까?
>
> 깊은 삼림대를 끼고 돌면
> 고요한 호수에 흰 물새 날고
> 좁은 들길에 야장미 열매 붉어
>
> 멀리 노루새끼 마음 놓고 뛰어 다니는
> 아무도 살지 않는 그 먼 나라를 알으십니까?
>
> 그 나라에 가실 때에는 부디 잊지 마셔요
> 나와 같이 그 나라에 가서 비둘기를 키웁시다

어머니

당신은 그 먼 나라를 알으십니까?

산비탈 넌지시 타고 나려오면

양지밭에 흰 염소 한가히 풀 뜯고

길 솟는 옥수수밭에 해는 저물어 저물어

먼 바다 물소리 구슬피 들려오는 아무도 살지 않는 그 먼 나라를 알으

십니까?

어머니 부디 잊지 마서요

그때 우리는 어린 양을 몰고 돌아옵시다

(---)

양지밭 과수원에 꿀벌이 잉잉거릴 때

나와함께 고 새빨간 능금을 또옥 똑 따지 않으렵니까?

신석정, 「그 먼 나라를 알으십니까」 부분

인용신는 신석정의 「그 먼 나라를 알으십니까」 이다. 여기서 '먼 나라'란 두말할 필요없이 유토피아이면서 반근대성이 지향해야 할 최종목표이다. 이를 서양적 의미에서 에덴동산이나 황금시대로 해석할 수도 있고, 또 동양적 의미로는 무릉도원으로 이해할 수도 있다. 그리고 문명과 대척점에 서 있는 반문명적인 낙원으로 인식할 수도 있을 것이다. 전자의 경우가 근대 이전의 세계, 곧 자연이 기술적으로 지배되기 이전의 세계에서 이루어진 것임을 감안하면, 신석정의 시에서는 후자에 좀 더 가깝게 느껴진다. 따라서 '먼 나라'는 인간에 의해 변형되지 않은 인간 이외의 모든 현상을 지칭하는 원형적 세계

라 할 수 있다.

신석정의 초기 시세계들은 전원시적 모양새를 잘 갖추고 있는데, 그 사유의 틀들은 노장사상에서 빌려온 것이다. 그의 시집『촛불』이 간행될 무렵, 신석정은 노장 사상을 비롯한 동양사상에 대해 깊은 관심을 보여준 바 있다.

> 한문 공부를 하는 한편 노장철학을 섭렵해 보려고 무진 애도 써보고 도연명의 소박한 시를 애독하는가 하면 타고르의 세계에 파묻히던 때도 바로 그때였다[3]

창작에 열중하면서 노장사상에 대해 알려고 무진 애를 썼다는 이 언급은 그가 이 사상에 많은 관심을 보였다는 것을 말해준다. 자연의 질서 속에 편입된다는 것은 인위적인 것의 상실의식과 밀접한 관련 양상을 갖고 있다. 나와 너를 구분하는 상대적 분포와 구분이야말로 반노장적 사유인 반면, 너와 나는 둘이 아니고 만물이 서로 연관되어 있다고 보는 절대적 입장은 노장 사상의 핵심이 된다. 즉 자연으로의 절대적 관계회복, 그러한 회복을 가능케 하는 '되돌아감의 행위', 그리고 모든 것이 상호 연결되어 있다는 관계론적 사유가 노장적 자연 인식의 궁극이기 때문이다.

노장사상에 근거를 둔 신석정의 전원적 유토피아는 이 작품에서 보듯 '먼 나라'로 구현된다. 이곳은 깊은 산림대와 고요한 호수가 있고, 야장미가 피어 있으며 노루새끼가 마음껏 뛰어다니며, 아무도 살지 않는 나라로 표상된다. 이를테면 문명으로 대표되는 그 어떤 것도

---

3 신석정,『전집』5권, p. 396.

물들어 있지 않은, 자연의 시원적 의미가 되살아나는 곳이다. 이 공간 속에 합일되기 위해서는 '어린 양'과 더불어 와야 하는데, 이때 동물과 인간, 자연과 문명의 평화로운 공존은 상대적 구분을 뛰어넘는 절대적 통일의 세계로 구현된다. 인간은 문명적 요소를 상실한 순수 자연의 상태, 곧 상대적 분포나 구분이 없는 순일한 자연인이 되어야 한다. 즉 나와 너의 대립자의식이 무화되어야만 하는 것인데, 이럴 때에라야 비로소 그 '먼 나라'에 입성할 수 있다는 것이다. 이런 관계론적 질서와 완벽한 동일화의 세계야말로 근대 모더니즘이 추구한 비파편화된 세계, 엘리어트가 갈망한 연속의 세계가 아닐까 한다.

이렇듯 자연과의 동일화는 신석정의 시세계에서 은유 이상의 의미를 갖는다. 자연과의 절대적 관계항의 회복은 근대적 삶의 좌절에 대한 영원한 보상의 심리와 맞물리는 것이다. 신석정은 근대적 우울과 좌절을 자아의 내면 속에 파편화시킨 것이 아니라 자연이라는 거대 질서 속에서 이를 해소해보려는 노력을 기울였다. 따라서 신석정의 전원시들은 근대의 파편성을 치유하는 반근대적 맥락에서 이해할 수 있을 것이다.

3. 유토피아로서의 전원시

전원을 찾는다는 것은 어찌 보면 유토피아에 대한 그리움에서 시작된다. 현실에서 충족하지 못한 원망 등을 현실 이외의 다른 세계에서 구하는 것인데, 이럴 경우 가장 많이 상상해 볼 수 있는 것이 목가적인 아름다운 풍경이기 때문이다. 그렇기에 전원시는 어떤 형태로든 유토피아적인 성향을 가질 수밖에 없다.

유토피아란 모든 인간이 꿈꾸는 궁극이다. 이 꿈은 꼭 시인이 아니더라도 인간이면 한번쯤 꿈꾸고 도달하고 싶은 이상향일 것이다. 유토피아에 도달하고자 하는 열망이 표면적인가 아니면 이면적인가에 다르긴 하겠지만 이런 욕망을 가장 강하게 드러낸 집단은 아마도 낭만주의자들이 아닐까 한다.

낭만주의자들은 시적 자아를 거의 신의 경지에까지 올려놓으며 출발한다. 이런 전지전능한 자아는 대상을 마음대로 주관화하여 감정을 자유자재로 발산시킨다. 이 끝없는 꿈들은 서정시를 감정의 홍수로 범람케 하여 작품을 감정의 축제로 만들어버린다. 하지만 이들의 무소부지한 전능의 힘들은 또다시 현실의 벽 앞에서 좌절하고 말게 된다. 인간이란 결국 신이 될 수 없으며 유한한 존재라는 것을 곧바로 알아차리기 때문이다.

그리하여 이 좁힐 수 없는 간극에서 낭만적 아이러니가 발생한다. 전일한 자아이되 전일한 자아가 될 수 없다는 이 아이러니칼한 상황이야말로 낭만주의자들로 하여금 그러한 현실로부터 탈출코자하는 그리움의 정서를 낳게 한다. 이른바 동경의 문제가 발생하는 것이다. 시간적 의미의 동경이나 관념적 의미의 동경, 공간적 의미의 동경이 그러한데, 유년에의 회귀나 사랑 혹은 미지의 공간에 대한 그리움은 이들이 추구했던 가장 이상화된 모델들이다. 특히 미지의 공간에 대한 그리움은 현실과 대비되는 완벽한 모형으로 추구되는데, 전원은 이 가운데 가장 대표적인 공간으로 구현된다.

산 너머 남촌에는 누가 살길래
해마다 봄바람이 남으로 오네

아 ~ 꽃피는 사월이면 진달래 향기

밀 익은 오월이면 보리 내음새

어느 것 한가진들 실어 안 오리

남촌서 남풍 불 때 나는 좋데나

산 너머 남촌에는 누가 살길래

저 하늘 저 빛깔이 그리 고울까

아 ~ 금잔디 넓은 벌엔 호랑나비 떼

버들 밭 실개천엔 종달새 노래

어느 것 한가진들 실어 안 오리

남촌서 남풍 불 때 나는 좋데나

김동환, 「산 너머 남촌에는」 전문

우리 시사에서 낭만주의가 가장 왕성하게 일어난 시기는 1920년대이다. 독립에의 꿈이 좌절되고, 낙관적 전망을 상실한 것이 이 시기이다. 이런 좌절의식은 시인들에게 감정의 과잉노출이라든가 꿈 혹은 미지의 공간에 대한 동경, 사랑 의식 등을 강요했다. 그런데 이런 감수성들은 반이성주의에 토대한 낭만주의적 속성, 바로 그것이었다. 또한 일제 강점기라는 열악한 현실, 특히 3·1운동 실패에 따른 현실 도피 욕구는 낭만주의의 발생근거였던 사회적 혼돈을 잘 설명해주는 요인들이라 할 수 있다. 이런 요인들이 결부되어 1920년대 한국적 낭만주의가 꽃을 피우기 시작했다.

소월과 파인을 비롯한 민요시 운동은 이런 배경 하에서 출발했다. 인용시는 김동환의 대표작품으로서 1920년대의 시대적 분위기를 담고 있는 작품이다. 작품 속에 나와 있는 '산 넘어 남촌'은 알 수 없는 미지의 공간이며 지금의 불온한 현실과는 대비되는 완벽한 곳으로 구현된다. 이곳은 꽃피는 사월이면 진달래 향기가 나고 오월이면 향긋한 보리냄새가 나는 등어느 것 한가지도 빠지지 않고 완벽하게 구현되는 전일적 공간으로 나타난다. 이런 이상화된 공간에의 열망은 비슷한 시기에 활동했던 소월의 시에서도 확인해 볼 수 있다.

엄마야 누나야 강변 살자
뜰에는 반짝이는 금모래 빛
뒷문 밖에는 갈잎의 노래
엄마야 누나야 강변 살자

김소월, 「엄마야 누나야」 전문

이 작품에서 '강변'은 '남촌'과 등가 관계에 있는 공간이다. 강변 역시 현실의 공간에서는 결코 찾아볼 수 없는 이상향이다. 뜰에는 반짝이는 금모래 빛이 있고 뒷문 밖에는 갈잎의 노래가 펼쳐지는 완벽한 공간으로 상상되기 때문이다. 시적 화자는 가족 주체들을 부르며 이곳에 살고자하는 욕망을 드러낸다. 이런 맥락에서 '강변'은 관념과 현실의 괴리가 만들어낸 꿈의 공간, 곧 유토피아이다.

낭만적 아이러니는 영원하고자 하는 인간의 희망이 빚어낸 산물이다. 마찬가지로 거기서 촉발된 동경은 '남촌'이나 '강변'과 같은 이상적 전원을 상상적으로 구현시키는 계기가 되었다. 이곳은 낭만적 아이러니를 극복할 통합의 공간인데, 이런 인식의 근간에는 전원이 완벽한 질서를 구현하는 실체라는 인식이 깔려있다. 요컨대, 그곳은 태초의 에덴동산과 같은 곳, 완벽한 실체로서의 유토피아 공간이다.

4. 현실도피로서의 전원시

현실이 불안하고 혼란스러울 때 그 대안으로 흔히 생각해 볼 수 있는 것이 현실 너머의 세계이다. 사회가 어지러울 때 불려졌던 '청산에 살자'라는 말은 그 모범적인 사례이다. 여기서의 '청산'은 혼돈된 현실에 대한 안티담론의 성격을 갖는다. 이런 전원에 대한 그리움은 그 동기가 사회적인 것에서 비롯된다는 점에서 강한 현실성을 가질 수밖에 없으며, 서구 전원시에서 흔히 원용되는 아르카디아적인 장소에 가깝다. 아르카디아는 "완전했던 과거와 불완전한 현재의 접점에 존재하는 곳이며, 앞으로 존재해야 할 장소"[4]로 인식되어 왔다.

우리 현대사는 다른 어느 지역과 비교할 수 없을 만큼 심한 질곡의 역사를 거쳐 왔기에 이상향으로서 많은 아르카디적인 장소가 탐구되어 왔음은 쉽게 짐작할 수 있는 일이다. 1920년대의 낭만주의자들이 구가했던 미지의 공간에 대한 그리움도 실상은 현실도피와 어느 정도 관련이 있는 것이며, 근대에 대한 반담론으로 전일한 목가적 세계를 탐색한 신석정의 경우도 이 의식과 분리하여 논의하기 어려운 것이 사실이다. 전원에의 탐닉이 현실도피와 일정한 관련이 있는 것이라면, 이를 좀더 표나게 문제삼은 사례를 찾아보는 것도 가능할 것이다. 가령, 노천명과 김달진의 경우도 여기에 속하고 청록파의 목월도

---

4 이건청, 앞의 책, p. 123.

여기서 논의할 수 있을 것이다. 특히 목월은 자신의 전원 탐색이 현실과의 길항관계 속에 놓여있는 것임을 분명하게 말한 바 있어 눈길을 끄는 시인 가운데 하나이다.

> 나는 「청노루」를 쓸 무렵, 그 어둡고 불안한 시대에 푸근히 은신할 수 있는 〈어수룩한 천지〉가 그리웠다. 그러나, 한국의 천지에는 어디에나 일본 치하의 불안하고 바라진 땅이었다. 강원도를, 혹은 태백산을 백두산을 생각해 보았다. 그러나 그 어느 곳에도 우리가 은신할 한 치의 땅이 있는 것 같지 않았다. 그래서 나 혼자의 깊숙한 산과 냇물과 호수와 봉우리와 절이 있는 〈마음의 자연〉 지도를 간직했던 것이다.[5]

이 글은 자신의 대표작 「청노루」를 해설한 것으로서 자신의 시적 동기가 어둡고 불안한 시대에 있음을 밝히고 있는 글이다. 이 글의 키포인트는 불안한 시대에 푸근히 은신할 수 있는 〈어수룩한 천지〉에서 찾아진다. '어수룩한 천지'는 글 속에 나타나 있는 대로 어떤 구체적인 장소도 아니고 멋진 장소도 아니다. 시인은 일제시대라는 암울한 시절을 기댈 수 있는 조선의 천지를 찾았다고 했다. 그런데 한국의 천지는 어디나 일본 치하의 불안하고 바라진 땅이어서 그 어느 곳에도 우리가 은신할 한 치의 땅이 존재하지 않았다는 것이다. 그리하여 나 혼자의 깊숙한 산과 냇물과 호수와 봉우리와 절이 있는 〈마음의 자연〉 지도를 간직했다는 것이다. 그의 자연시들은 이렇게 탄생했는데, 그것은 다름 아닌 현실도피의식 때문이었다고 한다. 이런 인식하에서 만들어진 것이 그의 대표작 「청노루」라고 한다.

---

5 박목월, 「청록집의 자작시 해설」, 『보랏빛 소묘』, 1958.

머언 산 청운사
낡은 기와집

산은 자하산
봄눈 녹으면

느릅나무
속잎 피어가는 열두 구비를

청노루
맑은 눈에

도는
구름

「청노루」 전문

이 작품에서 묘사된 공간은 뭔가 정교하고 복잡한 곳이 아니다. 또 불안한 현실에 대응하기 위한 어떤 멋진 자연을 드러내기 위한 시적 의장도 없다. 그냥 동화처럼 펼쳐진 아름다운 세계가 있을 뿐이다. 이곳의 공간은 현재의 불합리한, 일상의 피로에서 탈출하여 그저 편안하게 안주할 수 있는 공간이면 족한 그런 곳으로만 그려져 있다. 시인은 자연의 궁극적 의미라든가 역사철학적 사유내에서 편입되는 형이상학적 의미를 탐색해 들어가지 않았다. 불구화된 현실에 대한 대타의식적인 영혼의 평화만 있으면 그만이라고 판단하고 있는 것이다.

목월은 현실도피를 위한 공간을 그려내면서 사실적 자연을 재현해내지 않고 허구적 자연을 내세웠다. 재현적 자연이 아닌 창조된 자연인 것이다. 시인은 사실 속에서, 즉 있는 자연 속에서 어떤 형이상학적 의미 탐색이나 초월적 의미를 읽어내지 않고, 존재하지 않는 자연 그 자체 속에서 의미의 그림을 만들어내었던 것이다. 이는 불합리한 현실로부터 이상향을 추구한 시적 동기 바로 그 자체라 할 수 있다.

목월은 현실을 도피할 목적으로 있는 자연을 재현하지 않았다. 그가 인식한 자연이란 일제강점기라는, 불온한 때가 묻어 있는 것이기에 묘사할 수 없었다는 것이다. 대신 그가 찾은 것은 상상 속의 자연, 곧 창조된 자연이었다. 그것은 일제의 더러운 때가 묻지 않아 깨끗했다. 이런 도피의식이 「청노루」의 동화적 세계를 만들어낸 것이다. 이렇듯 목월에게 있어서 전원이란 현실 도피의 공간으로 직조되었던 것이다.

자연과 낭만적 이상주의

1. 낭만주의의 개념적 특성

문학을 창작하는데 있어서나 문학을 연구하는데 있어서 '낭만적'(romantic)이라는 용어만큼 흔히 사용되는 예도 드물다. 약방의 감초처럼 쓰인다는 것은 보편적인 것이라는 뜻도 되고 별반 특색이 없다는 뜻도 된다. 반면 언제나 통용된다는 것은 지극히 소중한 것이라는 의미도 된다. 한약에서 가장 일반화된 약재가 감초이듯이 문학에서 가장 일반화된 어휘는 '낭만주의적'이라는 용어가 아닌가 한다.

낭만적이라는 용어가 이렇게 광범위하게 소용된다는 것은 그것이 문학에 있어 본질적인 요소, 아니 가장 중요한 요소라는 사실을 역설적으로 말해주는 것이 아닐까 한다. 문예학의 규범적 잣대로 기능하고 있는 서구에서 낭만주의가 언제 시작되었는가 하는 것에 대한 논란이 쉽게 종지부를 찍지 못하는 것도 이 용어가 함의하고 있는 의미의 다의성 때문이다. 여기서 낭만주의의 기원과 그것의 역사적 전개에 대해 이야기하는 것은 글의 성격상 무관한 것이기에 이 용어에 함의되어 있는 의미와 그것의 한국적 전개양상에 관해서만 살펴보기로 하겠다.

우리 문학계에서 낭만주의적이라는 용어는 크게 세가지 층위로 나누어 설명하는 것이 가능하지 않을까 한다. 우선 가장 큰 범위에서의 '낭만주의적'이라는 것이 갖는 의미이다. 문학에 접근하는 태도 가운데 가장 소박한 것이 낭만주의적 흐름으로 보는 것이다. 가령, 어느 누군가가 문학을 전공한다 혹은 작품을 쓴다고 했을 경우 감수성 짙은 시선이나 정서로 대하는 사례가 여기에 속한다. 물론 문학을 이런 범주에 넣어서 생각하게 되면, 문학의 존립요건이 대단히 궁색해질 수밖에 없는 것이 사실이다. 그럼에도 문학하면 낭만으로 간주하는 저간의 흐름들이 엄연히 존재하고 있는 것은 부인할 수 없는 현실이다. 문학을 이렇게 '낭만주의적인 것'으로 치부하는 것이 '낭만주의'가 함의하는 가장 큰 개념이라 할 수 있다.

두 번째는 예술사의 관점에서 본 낭만주의이다. 낭만주의란 익히 알려진 대로 무질서적인 것, 감성적인 것, 카오스적인 것을 그 기본 속성으로 하고 있다. 그 반대에 선 것이 고전주의다. 고전주의는 질서적인 것, 이성적인 것, 디오니소스적인 것을 그 특징으로 하고 있다. 독일의 대표적 문예학자인 슐레겔에 의하면, 인류가 지구상에 등장한 이후 전개된 예술사의 흐름들은 질서적인 것과 무질서적인 것이 교체 반복되어 왔다고 한다. 말하자면 고전적인 것과 낭만적인 것이 교대되면서 예술사의 흐름을 이끌어 온 셈이 된다. 낭만주의적 혹은 낭만주의를 이렇게 예술사의 맥락에서 이해하면, 중개념 정도의 낭만주의가 될 것이다.

세 번째는 소개념으로서의 낭만주의이다. 이는 어느 특정 시기에 발생했던 문예학적 흐름으로서의 낭만주의다. 서구에서 낭만주의가 태동하던 시기는 대략 18세기 전후로 알려져 있다. 특히 독일 중심의 낭만주의는 서구 예술사에서 빼놓을 수 없는 중요한 기틀을 마련한 것으로 알려져 있다. 어떤 계기와 경로를 통해서 낭만주의가 발생했는가 하는 점에 대해서는 여러 다양한 의견이 있는 것이 사실이긴 하지만, 크게 보면 다음 두가지 요인들이 그 계기가 되지 않았나 생각된다. 첫째는 사회적 혼돈이다. 이 시기에 서구 사회가 여러 정변과 혼란으로 휩싸여 있었던 것은 잘 알려진 일이다. 이런 혼란한 현실로부터 도피코자 한 욕망이 새로운 사회나 이상향을 갈망하게 되었고, 그것이 낭만주의가 지향하는 동경의 문제와 자연스럽게 결합되었던 것으로 보인다. 그리고 다른 하나는 예술사의 흐름이다. 인류의 예술이 고전적인 것과 낭만적인 것과의 교체 반복이라 했거니와 그 시기가 이때와 교묘히 맞아떨어졌다는 점이다. 물론 시기가 꼭 들어맞는다고 해서 이 시기만의 것이 낭만주의라고 이해하는 것은 어불성설이다. 늘 있어왔던 것이 아니라 이 때는 다른 어느 시기보다도 보다 집단화되고 체계화된 문학그룹들이 형성되었다는 사실을 주목할 필요가 있을 것이다. 프랑스, 영국, 독일 등 서구 대부분의 국가에서 낭만주의라고 불리우는 속성들이 동시다발적으로 등장한 것이 이때이다. 여기서 발생한 사조가 가장 적은 범주에 속하는 낭만주의이고, 문학 연구 영역에서 흔히 조명받는 분야이다.

문학을 지극히 협소한 영역으로 가두는 대개념으로서의 낭만주의나 예술사의 교체 반복으로 당연히 나타나는 중개념으로의 낭만주의는 실상 연구가치로서의 의미를 갖지 못한다. 지극히 일반화되고 상식적인 것들에 대해 어떤 무거운 의미 부여를 하는 것만큼 허망한 일도 없기 때문이다. '낭만주의적'이라 할 때, 우리가 가장 관심을 갖는 것은 마지막 소개념으로서의 낭만주의이다. 사조란 특정 시기에 국한되는 것이면서 그 이외의 시기를 벗어나면, 유효성이 떨어지는 것이기 때문이다. 그럼에도 역사적으로 실재한 낭만주의야말로 현재의 추세를 진단하고, 또 그것이 존재했던 전후의 사조를 점검하고 이해하는데 매우 유효한 잣대임은 분명하다고 할 수 있을 것이다.

낭만주의의 형성요인을 사회적인 것과 예술사적인 것에서 찾을 수 있다고 했다고 했는데, 중요한 것은 이런 것들이 원인이 되어서 이 사조가 지향하는 목표랄까 의도랄까 하는 것이 무엇인가 하는 점이다. 사회적인 원인에 의한 것이든 혹은 예술사적인 맥락에서 촉발되었든 간에 낭만주의의 발생동기 가운데 가장 중요한 것은 '결핍'의 감수성이다. 그것이 사회적인 맥락과 관계된 것이든 인간 존재론적인 것에 관계된 것이든 이 감수성이야말로 낭만주의를 지탱하는 근본 축이 아닐 수 없다. 혼란스러운 사회와 그 대안으로서 등장하는 새로운 세계에 대한 열망이란 바로 결핍의 감수성을 떠나서는 성립할 수 없는 것이고, 낭만적 사유의 핵심인 낭만적 아이러니 역시 이 정서를 떠나서는 설명할 수 없기 때문이다.

낭만주의를 이렇게 규정할 경우 또 하나 떠오르는 의문은 그것이 태동했던 역사적 시기 확정에 관한 문제이다. 그리고 그것을 한국 시단에 적용할 경우 어느 때, 어느 부류의 사람들을 이 사조적 특성으로 분류할 수 있을 것인가의 문제가 제기된다. 자아와 세계의 화해할 수 없는 간극이 문학의 창작 동기 가운데 하나이기에 단순히 결핍의 정서를 드러내보였다고 해서 이를 곧바로 낭만주의로 묶어내는 것은 대단히 어려운 일이기 때문이다. 물론 개개인의 시인들에게서 '낭만주의적' 성향을 추출해내는 것은 쉬운 일이다. 인간이란 존재론적 고

독을 필연적으로 내재한 채 피투된 존재이기 때문이다.

그리고 다른 하나는 낭만주의가 하나의 사조인 이상, 그룹화 혹은 집단화의 성격과 분리시킬 수 없다는 점이다. 이는 낭만주의적 속성을 개개인의 성향에서 찾아내는, 그리하여 개별화되는 오류로부터 어느 정도 벗어나게 해주는 장치가 되기도 한다. 어떻든 낭만주의도 그것이 하나의 주의(主義)를 표방하는 이상, 그룹화된 성격이 있어야 한다는 것이다.

반고전주의, 반이성주의에 대한 안티의식에서 출발한 낭만주의가 지향하는 것은 감정의 거침없는 발산과, 결핍의식과 이에 따른 낭만적 아이러니에서 빚어지는 동경(憧憬)의 문제가 중심 테마가 된다. 이런 내포적 특성과 더불어 낭만적 성향이 집단의 형태로 나타날 때, 이를 낭만주의의 문학적 현현이라 규정할 수 있을 것이다.

2. 한국시에서의 낭만주의

한국 시단에서 이런 성격을 갖는 낭만주의가 언제 시작되었고, 여기에 소속된 문인들 혹은 그룹화된 문인들이란 누구인가에 대해서 속단하는 것은 매우 어려운 일이다. 아주 적은 규모로라도 이런 형태의 문학적 성향을 보인 그룹들은 얼마든지 있어왔기 때문이다. 실상 한국 시단에서 하나의 사조로서의 낭만주의와 이를 문학적 규범의 장으로 처음 해석된 사례는 1920년대 펼쳐진 일련의 문학적 조류들이다. 서구의 그것과 다른 한국적 낭만주의라는 전제가 붙어있긴 하지만, 1920년대 펼쳐졌던 민요시인들의 시세계가 낭만주의의 일반적 속성인 감성적 세계인식, 현실도피, 동경, 원시성의 탐구, 민족주의, 복고주의적 성향을 드러냄으로써 낭만주의가 요구하는 제반 사항들을 어느 정도 담아내었다고 보는 것이다.[1] 20년대 시인들이 보여주었던 감정의 과잉노출이라든가 꿈 혹은 미지의 공간에 대한 동경, 사랑 의식 등은 분명 반이성주의에 토대한 전일한 감수성을 드러내는, 낭만주의적 속성과 꼭 맞는 요인들이기 때문이다. 또한 일제 강점기라는 열악한 현실, 특히 3·1운동 실패에 따른 현실 도피 욕구는 낭만주의의 발생근거였던 사회적 혼돈을 잘 설명해주는 것이 아닐 수 없다. 여기에다 『백조』파들이 보였던 병적 낭만주의가 추가된다.

1920년대의 민요시파들의 시인이나 『백조』파의 시인들이 낭만주의를 표방한 적은 한번도 없다. 다만 그들의 글과 작품을 통해서 낭만주의적 속성을 이끌어내고, 이를 서구적 기준으로 잰 결과 이들의 성향이 낭만주의적 성향을 가졌다고 판단하고 있는 것이다. 이런 맥락에서 1930년대 『문장』파 시인들의 경우를 20년대와 버금가는 낭만주의적 그룹으로 묶어내는 것이 가능하지 않을까 한다. 『문장』파 문인들이 기본 주조가 상고주의(尙古主義)에 있었음은 익히 알려진 바 있거니와 이는 현실 도피나 현실 우회 혹은 현실 초월의 전략과 불가분의 관계에 놓이는 것이었기 때문이다. 이때의 현실이란 이성의 영역이자 의식의 영역이었으며, 보다 넓게는 제국주의의 토양이었다. 이들이 상고정신이란 이름으로 집단화를 이루었다는 점, 그리고 '자연'이라는 보다 분명한 테제를 바탕으로 시의 의미역을 이루어냈다는 점에서는 1920년대보다 더 '낭만주의적' 성향을 지녔다고 할 수 있을 것이다. 1920년대의 민요시인들이 하나의 주의로 이합집산한 적도 없고 어떤 문학적 이념을 바탕으로 공통의 목소리를 낸 적도

---

1 자세한 것은 오세영, 『한국낭만주의시연구』, 일지사, 1990 참조.

없었기 때문이다. 반면『문장』파의 경우는 상고정신이라는 뚜렷한 정신세계를 구축했고, 또『문장』이라는 잡지 하에 결속되어 있었으며, '자연'이라는 뚜렷한 소재를 문학의 자산으로 가지고 있었다.

특히 한국시사에서 '자연'이 문학의 소재가 된 것은 대단히 큰 의미가 있는 것이 아닐 수 없다. 물론 이 소재가 우리 시가에 처음 등장한 것은 근대 이전부터이다. 아니 우리 시의 주된 소재가 자연이었다고 할만큼 문학의 큰 줄기를 이루어온 것이 사실이다. 멀리는「황조가」로부터 가까이는 조선의 '강호가도'의 시에 이르기까지 자연이라는 소재는 우리 시가의 주된 흐름이었다.

우리 시의 중심 소재였던 '자연'이란 어떤 함의를 갖고 있는 것일까. 우선, 자연이 의미를 갖는 것은 근대 이후의 일이다. 자연과 문명의 이항대립이 성립되는 경우에만, 자연이란 그 존재의의를 갖고 있다는 뜻이다. 이러한 이항대립이 성립되지 않는 근대 이전의 경우 자연이란 특별한 의미를 갖지 못한다. 자연은 그저 연군지사를 꿈꾸는 아우라 정도로만 인식될 뿐, 자연으로부터 역사철학적인 맥락을 읽어내는 것은 거의 불가능에 가까웠다.

'자연'이 낭만주의적 테마의 장으로 이끌려들어오는 것도 실상 근대라는 의미역을 떠나서는 가능하지 않은 일이다. 근대는 욕망이고, 파괴이고, 분열의 세계를 조장하는데, 그 매개역을 담당하고 있는 것이 자연이다. 자연은 근대라는 괴물의 먹이에 불과하다. 그런데 이제 근대는 한계를 드러냈고, 그 근대로부터 무한히 포식당해온 자연은 구출의 대상이 되어 안쓰럽게 고개를 내밀고 있다. 자연이 반이성주의, 혹은 반계몽주의의 표상이 된 것도 이 때문인데, 이러한 면들은 사실상 낭만주의적인 속성과 거의 맞닿아 있다는 점에서 주목의 대상이 아닐 수 없다. 낭만주의가 계몽주의나 이성중심주의와 다른 반계몽의식, 반이성주의에 뿌리를 둔 감성의 영역을 매우 중요시 하기 때문이다.

또 하나는 모든 인간마다에 내재되어 있는 존재론적 영역이다. 인간은 욕망하기에 본질적으로 억압된다고 한다. 이 말은 인간이란 근원적으로 어떤 무엇을 다 채우지 못한 한계를 갖고 있다는 뜻으로 이해된다. 인간을 이해하는 낭만주의적 사고 태도도 이와 비슷하다. 낭만주의에서는 인간을 거의 신과 같은 위치로 올려놓는다. 일종의 주관의 전능이라는것이 나타나는데, 이 거침없는 주관의 기관차는 어느 영역이든 꿰뚫고 나아가려 든다. 이른바 모든 대상은 주관의 질주 속에 파묻혀 들어오는 것이다. 그러나 완벽해보이는, 주관에 의한 전일적 환상은, 인간이란 근원적으로 한계를 가질 수밖에 없는 존재라는 현실영역에 부딪히게 된다. 낭만적 아이러니가 발생하는 지점도 이 부분이다. 반면 자연이란 어떠한가. 자연은 전일적 질서, 통합적 세계가 완벽하게 구현되는 곳이다. 우주의 이법과 질서로 이야기할 때, 자연만큼 완벽한 것이 또 어디 있겠는가. 낭만주의가 요구하는 근원에의 향수 혹은 대상을 구할 때 자연이 첫 번째 모방의 대상으로 떠오르는 것은 여기에 그 원인이 있다고 하겠다. 그리고 다른 하나는 현실의 영역이다. 우리 시가에서 사회가 혼탁하고 어지러울 때, 소위 '청산에 살어리랏다'라는 자연도피의식은 우리 역사만큼이나 오랜 시원을 갖고 있다. 자연은 사회에 정반대의 위치에 있는 공간이다. 이 둘 사이의 관계는 길항적인 것이어서 한쪽이 올라가면 다른 쪽은 내려간다. 자연에 회귀하고자 하면, 사회는 그만큼 못마땅한 것이 된다. 이는 낭만주의가 태동했던 발생론적 동기와 거의 동궤에 놓이는 것이 아닐 수 없다. 꿈이나 동경의 세계야말로 유토피아 부재를 떠나서는 설명할 수 없는 것이기 때문이다.

　자연은 완벽한 대상과 사유의 모델이라는 점에서 낭만적 속성과 분리되기 어렵게 연결되어 있다. 1920년대 민요파 시인들이나 일부 시인들이 자연에 기대어 낭만적 속성과 그 이념적 실현을 기도한 것 역시 자연이 갖는 이런 함의 때문이다(자세한 것은 이미순, 「1920년대 한국 낭만적 자연시 연구」 참조, 서울대 대학원, 1995).

　『문장』파 시인들이 펼쳐보인 시의 소재가 자연이었고, 이를 통해서 현실 초월의 전략을 구사했음은 잘 알려진 일이다. 가람이 난초의 향기 속에 자의식을 소멸시킨 것, 상화가 골동품의 취미 속에서 고전의 늪 속으로 빠져들어간 것, 지용이 백록담의 유폐된 세계로 나아간 것 등은 1930년대 말의 객관적 사회 상황과 떼어놓고 설명하기 어려운 부분들이다. 이들 뿐 아니라 한국 시단에 소위 '청록파'라는 뚜렷한 시사적 흐름을 남겨놓은 박목월 등도 마찬가지의 경우이다. 특히 지용의 지도와 영향 하에서 등단한 '청록파'를 낭만적 자연시의 표상으로 지칭하는 것이 가능한 것도 이런 이유때문이다. 이렇게 판단하는 근거는 이들이 표방한 자연시들이 1920년대 민요시인들의 자연시보다도 더 명확하게 자연의 의미와 그 근대적 맥락을 읽어냈기 때문이다. 뿐만 아니라 이들은 낭만주의의 가장 근본적 이념 가운데 하나인 동경의 문제를 자연을 통해서 아주 다층적으로 드러내기도 했다.

3. 낭만주의의 시적 구현

　청록파의 자연관을 이야기할 때 가장 먼저 운위되는 시인이 목월이다. 목월 시에 나타난 자연의 특색은 묘사적이기보다는 창조적인

데 있다. 그가 문학의 가장 오래된 창작방법인 미메시스적 기법을 포기하고 자연을 새롭게 창조한 이유는 어디에 있었을까. 목월은 자신의 자작시해설에서 자신이 만들어낸 자연에 대해 이렇게 말한 적이 있다. 청운사는 내 판테지의 산에 있는 절이라는 것과 그가 청노루를 쓸 무렵 그 어둡고 불안한 시대에 푸근히 은신할 수 있는 '어수룩한 천지'가 그리웠다고 했다. 그러나 한국의 어느 곳이나 일본 치하의 불안하고 바라진 땅이었다는 것이다. 그리하여 일본 치하에 없는 새로운 자연을 만들어서 여기에 기투하려 했다는 것이다. 목월의 이 말을 곧바로 받아들이게 되면, 사회적 요인이 원인이 되어 자연을 인유했다는 것이고, 그 가운데 미메시스적 자연이 아니라 창조적 자연을 자신의 시의 의장으로 만들었다는 것이다. 말하자면 자연을 낭만적 동경의 대상으로서 받아들였다는 것이다.

山은
九江山
보랏빛 石山

山桃花
두어송이
송이 버는데

봄눈 녹아 흐르는
옥같은 물에

사슴은

암사슴
발을 씻는다.

박목월, 「山桃花1」 전문

　현실의 외피를 완전히 벗어던진 곳, 우주의 이법과 인식의 완결성을 이루어낼 수 있는 객관적 자연조차 시인의 인식을 사로잡지 못할 때, 목월이 기댄 것은 이렇듯 자신의 사유속에서 창조된 자연이었다. 그러나 목월이 새롭게 만들어낸 창조적 자연으로부터 어떤 철학적 의미를 이끌어내는 것은 매우 어려운 일이다. 그는 자연을 창조하는 것, 곧 현실의 어떤 흠결로부터 벗어난, 깨끗한 자연만을 만들어내는 데에만 그 목적이 있었기 때문에, 우주의 이법이나 철학적 원리를 굳이 포장하여 자연속에 대입시킬 필요는 없었을 것이다. 그는 자연을 새롭게 창조한 다음, 그곳에 다가가고자 하는 응시의 시선만이 있었을 뿐이다. 따라서 여기서 대상에 대한 시적 자아의 개입이 나타나지 않는 것은 당연한 것이라 하겠다.

　반면, 조지훈은 이와 정반대의 자연관을 제시하면서 낭만적 상상력의 또다른 층위를 제시해준 경우이다. 지훈은 자연을 새롭게 인식하거나 묘사하거나 하는 등 창조적인 국면에는 별다른 관심을 보이지 않았다. 그의 자연은 있는 그대로의 자연을 시에서 묘파해내면서 그러한 자연과 자아의 긴장관계를 시로써 표현했다. 이런 관점은 반계몽주의적 자연에 가까운 것이다.

　실눈을 뜨고 벽에 기대인다 아무것도 생각할 수가 없다

　짧은 여름밤은 촛불 한 자루도 못다 녹인 채 사라지기 때문에 섬돌 우

에 문득 석류꽃이 터진다

　꽃망울 속에 새로운 우주가 열리는 波動! 아 여기 太古적 바다의 소리 없는 물보래가 꽃잎을 적신다
　방안 하나 가득 석류꽃이 물들어온다 내가 석류꽃 속으로 들어가 앉는다 아무것도 생각할 수가 없다

조지훈, 「花體開顯」 전문

인용시에서는 근대적 주체로서의 자아가 거의 감각되거나 의식되지 않는다. "내가 생각하기에 존재한다"는 근대적 주체관이란 여기서 아무 쓸모없게 된다. "아무것도 생각할 수 없기에" 나는 존재하지 않는 사유만이 표백되어 있다. 그러한 자아 소멸은 입몽과 각성, 그리고 다시 입몽의 형식으로 이루어지는데, 이를 다시 개념화하면, 무의식 → 의식 → 무의식의 과정을 따르고 있는 것이다. "실눈을 뜨고 벽에 기대이는 것"은 가수(假睡) 상태이고, 이는 반쯤 잠든 상태로써 의식과 무의식의 경계에 놓인다. 그러나 의식이 사상된 것이라는 점에서는 거의 무의식에 가깝다고 하겠다. 무의식이란 의식이 거세된, 반자아의 상태이다. 근대가 만들어 놓은 자아나 주체, 의식 등이 희석됨으로써 개체적 감각이 사라지게 되는 형상이다. 이러한 정점에서 시적 자아는 자연과 자연스럽게 만나고, 자연과 교융하며, 결국은 자연의 일부로 되돌아가 그것과 하나가 된다.

지훈의 이런 자연은 지용의 「백록담」을 거의 빼닮은 것이다. 또 자연과 자아가 하나가 되어 자아가 의식되지 않는다는 점에서 반계몽주의적인 것이기도 하다. 요컨대 지훈은 일회성과 순간성으로 특징지어지는 근대의 속성을, 자연이 포지하는 영원의 감각으로 초월

하고자 한 것이다. 이는 존재론적 완전이라는 인간의 꿈을 드러내는 것이면서 문명과 자연의 이원적 대립을 초월하고자 하는 욕망이 빚어낸 낭만적 동경의 결과라 할 수 있다. 현실도피에의 욕망이 목월의 경우에는 사회적인 동기에서 촉발된 것이었다면, 지훈의 경우에는 역사철학적인 동기에 의한 것이었다.

청록파의 시인 가운데 박두진의 자연관은 주로 산문정신에서 찾아진다. 산문정신이란 흔히 원심적 속성에서 찾아진다. 이는 반규칙화의 정신이고 반동일화의 정신이다. 원심적인 힘과 부채살처럼 뻗어나가는 다양한 역동성들이 어우러지는 것이 산문정신의 핵심이다. 그러나 산문정신의 특성은 있는 그대로의 것을 그대로 제시한다는 미메시스적 측면에서도 찾아진다. 생략과 압축이 비뚤리고 왜곡되는 현상을 필연적으로 수반할 수밖에 없는 것이라면, 산문정신은 있는 그대로의 것을 드러내는 특장을 보인다. 여기에는 어느 하나의 국면도 소홀히 되거나 제외되지 않고 모두가 수평적으로 제시되는 평등의 정신 또한 내재되어 있는 것이다. 시인이 산문의 그러한 기능적 특성을 시의 기법으로 인유한 것은 주로 후자의 맥락에서이다.

박두진은 현실세계에서 어떤 것이 왜곡되거나 뒤틀리는 것에 대해 반대해 왔다. 그는 특정 공간을 묘사할 때도 그곳에 있는 모든 것을 그대로 나열하는 수법을 즐겨 사용했다. 어느 하나가 아니라 모든 것이 제시되고 그것이 하나의 유기체를 이루면서 전일적 실체를 만들어가는 것을 최고의 이상으로 여겼던 것이다.

　　아랫도리 다박솔 깔린 山 넘어 큰 山 그 넘엇 山 안 보이어, 내 마음
　둥둥 구름을 타다.

우뚝 솟은 山, 묵중히 엎드린 山, 골 골이 長松 들어 섰고, 머루 다랫 넝쿨 바위엉서리 얽혔고, 삿삿이 떡갈 나무 억새풀 우거진 데, 너구리, 여우, 사슴, 山토끼, 오소리, 도마뱀, 능구리 等 실로 무수한 짐승을 지니인,

山, 山 山들! 累巨萬年 너희들 沈黙이 흠뻑 지리함즉 하매,

山이여! 장차 너희 솟아난 봉우리에, 엎드린 마루에, 확 확 치밀어오를 火焰을 내 기다려도 좋으랴?

핏내를 잊은 여우 이리 등속이, 사슴 토끼와 더불어 싸릿순 칡순을 찾아 함께 즐거이 뛰는 날을, 믿고 길이 기다려도 좋으랴?

박두진, 「香峴」 전문

박두진이 묘사하는 산은 우뚝 솟은 산만이 있는 것이 아니고 묵중히 엎들여 있는 산도 있고, 골짜기가 많은 산도 있다. 뿐만 아니라 이 산 속에는 어느 하나의 동물이 아니라 너구리, 여우, 사슴 등 온갖 동물들도 있다. 그가 묘사하는 자연이란 이렇듯 어느 특정 국면이나 사물에만 한정되지 않는다. 산에 대한 이런 묘사방식은 박목월의 그것과는 매우 다르다. 압축과 생략, 가공의 자연이 목월적인 산이라면, 박두진의 산은 압축과 생략이 없는 있는 그대로의 사물이 모두 구현되는 자연이다. 그는 이런 것을 평등의 정신이라 생각한 듯하다. 실제로 그의 시에서는 드러나는 자연이란 위계질서의 힘이 거의 느껴지지 않는다. 가령, 다음과 같은 표현이 이를 잘 말해준다. "핏내를 잊은 여우 이리 등속이, 사슴 토끼와 더불어 싸릿순 칡순을 찾아 함

께 즐거이 뛰는 날"이란 낙원 동산을 일컫는다. 태초에 하느님이 이 땅을 창조했을 때에는 약육강식이라든가, 육식동물이 따로 존재하지 않았다고 한다. 평등과 평화만이 구현되는 에덴동산만이 있었다는 것인데, 시인은 그러한 유토피아를 "믿고 길이 기다려도 좋으랴"는 원망을 드러낸다.

박두진은 자연을 새롭게 창조하고 그것을 막연히 그리워하는 자연으로 그리지 않았다. 또 지훈의 경우처럼 있는 그대로의 자연을 묘사한 다음, 그 속에 자아를 무장해제 시키는 수법을 사용하지도 않았다. 그는 최초의 에덴동산이 그러했듯 그러한 자연을 자신의 작품 속에 그려놓고 그 세계의 도래를 갈망했다. 그의 사유 속에서는 성서의 에덴동산이 그려지고 그곳의 도래를 갈망하는 동경의식이 맴돌고 있었던 것이다. 이는 낭만주의자들이 흔히 말하는 미지의 공간에의 그리움과 똑같은 정서라고 할 수 있을 것이다.

1930년대 낭만적 자연을 드러내는 방식은 이처럼 매우 상이했다. '청록파'라는 똑같은 레테르에 묶여있었음에도 불구하고 다양하게 차질되는 자연에 대한 그러한 형상화방식은 우리 시사를 매우 풍부하게 해주는 일대 사건이었다. 박목월은 창조된 자연을 통해서, 조지훈은 자연과의 일체화를 통해서, 박두진은 선험적 자연에의 회귀의지를 통해서 낭만적 동경을 드러내 보인 것이다. 이들의 이러한 동경의식은 그것이 사회적 요인에 의해서, 혹은 근대적 맥락에서, 그리고 존재론적인 사유구조에 의해서 이루어졌다는 점, 그리고 하나의 주의(-ism)로 지칭될 수 있을만큼 집단화의 성격을 지니고 있었다는 점에서 한국적 낭만주의의 한 현상으로 이해해도 가능하지 않을까 한다.

1930년대의 시와 리얼리즘

1. 시와 현실성

시를 어떻게 표현할 것인가하는 문제는 작가의 세계관과 주관성, 그리고 인식에 의해서 결정한다. 대상을 조직하고 그 조직된 대상을 주관이라는 프리즘을 통해서 표출하는 것이 시적 표현의 궁극인 것이다. 이런 정의에 기대게 되면 시에서 할 수 있는 표현은 관념, 이미지, 사물, 사건 등등이 된다. 이들 표현의 대상들은 순수 서정시나 모더니즘 시 혹은 포스트모더니즘의 시, 리얼리즘의 시등에 상관없이 모두 구현된다. 그럼에도 여기서 한가지 특징적으로 구분되는 것 가운데 하나가 사건이다. 사건은 서사적 요건 가운데 하나이기 때문에 시의 표현 대상으로는 매우 부적절한 것으로 사유되어 왔다. 시가 서정적 황홀을 붙잡아내는 순간의 양식이기에 사건을 단일한 시간성으로 초점화하는 것은 매우 어렵기 때문이다.

그럼에도 리얼리즘적인 요소에서는 사건의 중요성을 전연 배제할 수가 없다. 그것은 다음 두가지 이유 때문에 그러하다. 하나는 주관성의 배제이다. 서정시가 주관적 정서에 의해 기반된 양식임에는 분명한 것이기는 하지만, 리얼리즘적인 성향의 시에서는 주관의 요소가 반드시 긍정적인 것으로만 기능하지는 않는다. 리얼리즘의 시가 의사소통이 주된 목적이긴 하나 과도한 주관은 오히려 그러한 소통을 불가능하게 할 수도 있기 때문이다. 다른 하나는 그럼으로써 제기되는 객관화의 문제이다. 사건이 개입됨으로써 리얼리즘적 경향의 시는 이들 경향의 시에서 타부시하는 주관의 요소로부터 어느 정도 벗어날 수 있게 해준다. 사건이 리얼리즘 시에서 중요한 시적 의장으로 중요시하게 되는 것은 이런 이유 때문이다.

한국 시단에서 리얼리즘에 의한 형상화 방법, 곧 리얼리즘 시에 대한 양식화의 역사는 꽤 오래된 편이다. 1920년대 초반에 시작되어 계속 이어오다가 1980년대에 이르러 꽃을 피웠다. 그럼에도 서정시에서 리얼리즘이 가능한가의 여부가 완전히 종결된 것은 아니다. 그 많은 논란에도 불구하고, 그 실현가능성 여부는 여전히 의문부호를 남기고 있기 때문이다. 따라서 여기서는 다만 그 실현가능성 여부를 최초로 탐색했던 1920년대의 진보적 문학경향을 일별함으로써 이를 다시 한번 환기하고자 한다.

2. 리얼리즘 시의 등장

우리 문단에서 리얼리즘의 경향을 띤 문학이 처음 등장한 것은 1920년대 전후이다. 3·1운동이후 성장하기 시작한 사회주의 사상

의 영향으로 현실에 대한 관심이 확산되기 시작한 때도 이때부터이
다. 그러한 추세에 따라 문학 역시 민족의 모순을 타개하는 데 기여
해야 한다는 인식이 자리잡게 되고 그 일환으로 이러한 경향의 시들
이 생산되기 시작한 것이다.

1920년대 초반에 활동했던 경향시의 작가들로는 김형원, 조명희,
김기진, 이상화 등이 있었다. 그 중 선구를 차지한 것은 김형원이다.
그의 시의 특징은 처음으로 가난이라든가 노동자를 시의 소재로 삼았
다는 데 있다. 이때 그가 쓴 작품으로는「죽음의 美」(開闢, 1921.2.),
「無産者의 絶叫」(開闢, 1921.6.),「숨쉬이는 木乃伊」(開闢, 1922.3.)
등이 있다. 다음은 그 대표작 가운데 하나인「햇빛 못보는 사람들」
이다.

> 햇빛은 누리의 구석구석에
> 빈틈없이 비추는 햇빛이다.
> 오! 그러나 그러나
> 햇빛 못 보는 사람들!
> 그대들은 얼마나 不幸일까.
>
> 春夏秋冬의 분별조차 없이
> 어름 위 바람이 살을 찌르는
> 흰곰만 사는 북극에도
> 아! 慈悲한 햇빛은
> 구석구석에 비추인다.
>
> 새벽별을 머리 우에 이고

저녁달 그림자를 밟으며
저마다 바쁜 듯이 돌아다니는
새하얀 친구들의 얼굴들이여
오! 햇빛 못 보는 얼굴들이어

나는 疑心이 벌컥 난다
그대들은 囚人이나 아닌가
저 鐵窓속에서 손발까지 묶인
法의 反逆者나 아닌가
아! 나의 疑心은 더욱 깊어간다

그대들의 次序대로 記錄하면
官吏 富者 有識階級
商人 小作人 勞動者-
나의 마음대로 記錄하면
깨인놈 자는놈 일하는놈 노는놈-.

모든 階級의 친구들이여
그대들은 어찌하야
絶對로 許諾하는 햇빛-
숨김없는 男性的 사랑을-
그렇게 모지게 싫어하는가.

그대들 중에 누구는
이렇게 말하는 나를

> 살 깊이 원망할 것이다.
>
> 世上 철모르는 所謂 詩人아
>
> 좀더 世上을 알으라」고.

김형원, 「햇빛 못보는 사람들」 부분

인용시는 초기 김형원 대표작이다. 햇빛 못보는 사람들이라는 은유적 표현을 통해 이 시대를 살아가는 무산자들의 고통을 표현하고자 했다. 물론 이런 인식적 지평이 어떤 세계관의 철저나 역사에 대란 적실한 통찰에서 얻어지는 것은 아니다. 지금 여기의 즉자적 인식을 통해 얻어지는 주관적 정서가 이 시의 주조를 결정하고 있기 때문이다.

김형원은 이들 초기 작품을 통해서 현실의 부조리성을 폭로하고 세계 인식의 지평을 넓혀나갔다. 팔봉 김기진 역시 「花岡石」(開闢, 1924.6.), 「누구나왓스면」(東亞日報, 1924.1.) 등에서 이와 유사한 세계 인식을 보여주었다. 특히 1924년 〈開闢〉에 발표한 「白手의歎息」의 경우는 행동하지 않는 지식인의 관념성을 비판한 최초의 시로서, 소위 신경파의 문학의 도래를 알렸다.

1920년대 초반에 전개된 현실주의 시들의 특색은 자연발생적인 것이었다. 이를 두고 신경향파라 명명했음은 잘 알려진 일이거니와 신경향이란 곧 지금까지의 경향과는 다른 새로운 경향을 일컫는다. 이는 작품 속에 구현된 가난이라든가 노동자 혹은 농민의 현실과 불가분의 관계에 놓이는 것이었다. 어떻든 신경향파의 문학은 현실상에 대한 즉자적인 반영과 감정적 대응에서 촉발된 것이었다. 그러나 이념이 정착되고 새로운 조직이 형성되면서 신경향파 문학은 새로운 단계를 맞게 된다. 1925년 염군사와 백조 후신인 파스큘라의 통합체로 탄생한 카프의 등장 이후 경향 문학은 새로운 단계를 맞이하는 것이다. 카프 결성 이후의 시들은 미래에 대한 낙관적인 비전과 함께 역사적 방향성을 갖기 시작했다. 이러한 변화는 조직 형성이 시 창작에 새로운 방향, 곧 이상주의적 미래상이 표명된 결과에 의한 것이다. 그러나 이러한 세계관 역시 아직은 초보 단계에 머문 것에 불과하다. 구체적 세계관이나 역사의 객관적 필연성에 대한 인식이 뚜렷이 나타나지 않은 까닭이다.

카프가 결성된 직후에는 박팔양이나 김창술, 유완희 등이 활발한 시작활동을 보여주었다. 반면 1920년대 초반에 왕성하게 활동했던 김형원은 거의 시를 쓰지 않게 된다. 그의 이러한 변화는 아마 세계관상의 혼란이나 세계관의 불철저와 관련이 있는 듯 싶다. 또한 김기진이나 조명희는 각각 평론과 소설로 장르의 변화를 모색했다. 이런 변화는 아마 장르상의 한계에서 필연적인 선택이 아니었던가 생각된다. 잘 알려진 것처럼 서정시는 개인의 정서를 주로 다루는 장르이다. 따라서 서정시는 현실의 제반 모순이나 삶의 총체성 같은 문제를 취급하는 데 있어 어느 정도 한계를 갖는 것이 사실이다. 서정시로서는 마르크스주의를 전부 수용할 수 없었다는 것, 그것이 이들로하여금 장르의 변환을 모색하게 한 결과가 아니었나 생각된다.

카프는 1927년에 이르러 제 1차 방향전환을 한다. 그런데 이때의 방향전환은 경향시의 흐름을 크게 뒤흔들게 된다. 이를 계기로 카프는 조직구성원들에게 보다 분명한 계급의식을 가질 것, 이를 토대로 투쟁의 전선에 나아갈 것을 요구했다. 조직의 구심체로서 카프는 이때부터 지도비평의 역할을 충실히 하기 시작한 것이다. 이 시기에 활동한 시인으로 김해강, 박팔양, 김창술 등을 들 수 있고 또한 신진 시인으로 임화가 있었다. 카프의 전 역사를 비춰보건데 임화의 등장은 조직의 측면에서나 문예창작상의 측면에서 일대 사건이 아닐 수 없었다.

목적의식기를 거친 리얼리즘의 시들은 민중에게 계급사상을 전파하고 민중을 고양시켜야 한다는 임무를 갖게 되었다. 이른바 세계관과 창작방법이 일치해야 한다는 철저한 지도성을 가져야했다. 그런데 그러한 교조성이랄까 세계관 우위의 현상은 작품의 형상화와 심각한 괴리를 낳고 만다. 우선, 민중의 생활 정서가 사상과 맞물리지 못하면서 이념과 작품은 따로 분리되어버렸다. 이념은 이념대로 작품은 작품대로 분리되면서 일원론적 예술론은 자리를 잃게 되었다. 즉 관념적 구호만이 남용됨으로써 소위 문학적 맛이랄까 형상화는 전연 도외시되어 버린 것이다. 이러한 상황에서 시인들은 자신의 창작방법을 어떻게 정립해야 하는가에 대해 모색하기 시작했다. 이러한 딜레마는 마르크스주의적 세계관과 창작의 원리가 제대로 교호하지 못한 결과에서 비롯된 결과이다.

이론과 창작의 불일치 혹은 모색의 과정에서 새로운 장르에 대한 탐색이 필연적으로 요구되기 시작했다. 이 때 등장한 것이 임화였다. 그는 「네街里의順伊」, 「우리옵바와火爐」등 지금까지와 다른 전연 새로운 양식의 시를 발표하게 된다.[1] 그리고 팔봉은 이들 시를 두고 '단편서사시'라 명명하면서 뼈다귀 시 논란을 불러일으켰던 프로시가 탐색해야 할 새로운 시 양식이라 극찬하기에 이른다.[2] 팔봉의 이와 같은 접근은 카프 내에서 이념을 확고히 하는 단계에서 벗어나 그

---

[1] 임화는 1927년 후반에 접어들면서 이전의 다다이즘 시와 결별하고 마르크스 사상에 입각한 시를 쓰게 된다. 또한 1929년 『朝鮮之光』에 이들 시를 발표하면서 가장 중심적인 프로시 작가로서의 입지를 굳히게 된다.

[2] 팔봉, 「단편서사시의 길로」, 『조선문예』, 1929.5.

러한 이념을 민중에게 더욱 효과적으로 뿌리내릴 수 있는 방법은 무엇인가에 대해 문제의식이 형성되고 있었음을 의미한다. 그리하여 임화의 작품이 등장한 시기를 전후하여 시에 있어서의 민중성 문제와 관련한 예술 대중화론이 논의되기 시작했다.

임화 시에 대한 팔봉의 논의는 프로시의 대중화 논의로 확대된다. 대중화론은 소설과 시 등 장르 전반에 걸쳐 전개되었다. 대중화론의 중심인물은 팔봉 김기진이었다. 그는 프로 문학이 이론 위주의 생경한 작품만을 양산했다고 하면서 이는 세계관이 앞선 결과로 이해했다. 작품에 대한 세계관의 우위는 작품을 대중으로부터 유리시켰고, 그 당연한 결과로 창작 자체가 위축되었다는 점과 일제의 검열로 프로 문학의 창작 자체가 위협을 받는 결과를 가져왔다고 했다. 그리하여 그 대안으로 제시한 것이 프로 문학이 통속화되어야 한다는 주장이었다.[3] 통속화란 대중화의 다른 이름이다. 통속이란 문학이 대중 속으로 들어가 대중의 정서와 합일하고 이들의 범주로부터 한치도 벗어나지 않는 문학의 상태를 의미한다. 카프 문학이 통속화되어야 한다는 것은 카프 문학이 특정한 작가와 독자의 범주를 넘어서서 생산이나 수용의 국면보다 광범위한 영역을 아울러야 한다는 것, 곧 수평적 통일을 뜻했다.

팔봉의 대중화 주장은 소설보다는 시장르에 집중되었다. 그 계기가 임화의 「우리 오빠와 화로」였음은 앞서 지적한 바 있거니와 「프

---

3 1928년부터 1930년까지 金八峯은 「通俗小說小考」(조선일보, 1928.11.13.)를 비롯하여 「大衆小說論」(동아일보, 1929.4.), 「프로詩歌의 大衆化」(문예공론, 1929.6), 「藝術의 大衆化에 대하여」(조선일보, 1930.1.) 등 프로 문학의 대중화와 관련한 일련의 논문을 발표한다. 팔봉 외에도 朴完植, 柳白鷺, 閔丙微 등이 이 논의에 참여했다. 그러나 임화, 김남천, 안막 등 소장파들은 팔봉을 대중추수주의자라 하여 그를 비판하는 입장에 섰다.

로詩歌의 大衆化」에서 그 이론적 결실을 보게 된다. 이 글에서 김기진은 프로시가 대중과 친해지기 위해서는 가창될 수 있는 '詩歌'의 형식을 취할 것과 '흥미가 가미되어야 한다'고 하였다.[4] 팔봉은 「우리 오빠와 화로」에서 이러한 대중적 요소가 있음을 발견하고, 그러한 대중성을 곧 통속성이라 이해한 것이다. 그리고 그것이 대중과 유리된 카프 시가 나아갈 새로운 길임을 제시하였다. 그러나 정작 당사자인 임화는 김기진과는 전연 상반된 입장을 보인다. 그는 자신의 시편들이 낭만주의적이고 소시민적 오류를 범하고 있다고 자기비판하고 오히려 김기진을 개량주의자이고 대중추수주의자라고 몰아부친다.[5] 김기진과 임화의 주장을 놓고 누가 옳으냐 그르냐 하는 것은 우문에 불과하다. 김기진을 우익편향이라고 인식하는 것도, 임화의 작품을 그 자신의 언급처럼 소시민이라 하는 것도 어불성설이다. 물론 이념의 순도에 따르면 팔봉은 불철저하고 임화는 자기모순의 함정에 빠진 것이라 말할 수도 있을 것이다. 그러나 이는 어디까지나 대중과 이념의 거리좁히기에서 나온 이상 팔봉의 주장도 어느 정도 설득력이 있는 것이 사실이다. 중요한 것은 임화의 입장이다. 중요한 것은 평론가 혹은 이론가로서의 임화와 시인으로서의 임화가 구별되어야 한다는 점이다. 이론이나 세계관은 논리의 세계이다. 논리란 하나의 오차도 허용하지 않는다. 원인이 있으면 결과가 있어야 하고, 결과가 있으면 반대로 원인이 있어야 한다. 이런 인과론의 세계에서 우연이랄까 정서와 같은 비논리적, 감정적 세계의 일탈은 허용되지 않는다. 그러나 시는 정서가 우선되는 세계이다. 정확히 논리의 세계와는 곧

---

4 김팔봉, 「프로詩歌의 大衆化」, 『문예공론』, 1929.6.

5 임화, 「濁流에 抗하여」, 朝鮮之光, 1929.8.와 「金基鎭君에게 答함」, 조선지광, 1929. 11.

바로 연결되지 않는다는 뜻이다. 「우리 오빠와 화로」를 두고 빚어진 세계관과 창작 방법의 모순은 여기에 그 원인이 있다. 논리의 세계에서 설명할 수 없는 정서의 세계가 「우리 오빠와 화로」를 지탱하고 있었던 것이다. 따라서 임화 자신이 이 작품을 두고 모순에 빠진 것은 장르상의 차이에서 빚어진 당연한 결과였다.

대중화론은 목적의식기에 있었던 프로문학의 논의 가운데 가장 중요한 쟁점에 해당된다. 이를 계기로 임화를 중심으로 한 소장파들이 카프의 실권을 장악했기 때문이다. 이것이 카프의 2차 방향전환인 볼셰비키화이다.

이 시기에 활동했던 시인들이 임화, 권환을 비롯하여 박세영, 김창술, 이찬 등이다. 이들은 '전위의 눈으로 세계를 볼 것'을 창작의 중심 과제로 삼았다. 이 시기 시들은 선전, 선동의 시를 쓰더라도 목적의식기와는 다른 양상을 보여준다. 맑시즘의 이념을 추상적으로 드러내는 것이 아니라 민중의 생활이라든가 투쟁의 현장과 결부시켜 묘사하고 있기 때문이다.

네가 지금 간다면, 어디를 간단 말이냐?

그러면, 내 사랑하는 젊은 동무.

너, 내 사랑하는 오직 하나뿐인 누이동생 순이.

너의 사랑하는 그 귀중한 사내,

근로하는 모든 여자의 연인 .

그 청년인 용감한 사내가 어디서 온단 말이냐?

눈바람 찬 불쌍한 도시 종로 복판에 순이야!

너와 나는 지나간 꽃 피는 봄에 사랑하는 한 어머니를

눈물나는 가난 속에서 여의었지!

그리하여 이 믿지 못할 얼굴 하얀 오빠를 염려하고,

오빠는 가냘픈 너를 근심하는

서글프고 가난한 그날 속에서도

순이야, 너는 마음을 맡길 믿음성 있는 이 곳 청년을 가졌었고

내 사랑하는 동무는.

청년의 연인 근로하는 여자 너를 가졌었다.

겨울날 찬 눈보라가 유리창에 우는 아픈 그 시절,

기계 소리에 말려 흩어지는 우리들의 참새 너희들의 콧노래와

언 눈길을 걷는 발자국 소리와 더불어 가슴속으로 스며드는

청년과 너의 따뜻한 귓속 다정한 웃음으로

우리들의 청춘은 참말로 꽃다웠고

언 밤이 주림보다도 쓰리게

가난한 청춘을 울리는 날

어머니가 되어 우리를 따뜻한 품속에서 안아 주던 것은

오직 하나 거리에서 만나, 거리에서 헤어지며

골목 뒤에서 중얼대고 일터에서 충성되던

꺼질 줄 모르는 청춘의 정열 그것이었다.

비할 데 없는 괴로움 가운데서도

얼마나 큰 즐거움이 우리의 머리 위에 빛났더냐?

그러나 이 가장 귀중한 너 나의 사이에서

한 청년은 대체 어디로 갔느냐?

어찌 된 일이냐?

순이야, 이것은 .

너도 잘 알고 나도 잘 아는 멀쩡한 사실이 아니냐?

보아라! 어느 누가 참말로 도적놈이냐?

이 눈물 나는 가난한 젊은 날이 가진

불쌍한 즐거움을 노리는 마음하고

그 조그만 참말로 풍선보다 엷은 숨을 안 깨치려는 간지런 마음하고,

말하여 보아라, 이곳에 가득 한 고마운 젊은이들아!

임화, 「네거리의 순이」 부분

인용시는 임화의 대표작 가운데 하나인 「네거리의 순이」이다. 구체적인 사건 속에서 민중의 암울한 정서를 잘 드러내고 있다. 또한 그러한 정서들이 현재의 좌절과 미래에 대한 단순한 기대가 아니라 보다 실천적인 장 속에서 구현된다. 이 시의 말미에서 그런 실천의 의지가 잘 드러나게 되는데, "어서 너와 나는 번개처럼 두 손을 잡고,/내일을 위하여 저 골목으로 들어가자"는 그 단적인 보기가 된다. 이때의 임화의 작품들은 정서 위주의 시들이긴 하되, 그것이 맑시즘과 결부됨으로써 이전 시에서 보였던 관념 위주의 시세계로부터 벗어나고 있다. 임화 뿐 아니라 권환의 「우리를가난한집여자라고」나 「少年工의노래」, 김명순의 「勞動者인나의아들아」 등도 공장에서의 민중의 애환과 투쟁의 정서를 주된 내용으로 한 작품들을 발표했다. 이를 통해서 알 수 있는 것처럼, 이 시기의 작품부터 시적 자아가 노동자 등 민중과 밀착되기 시작했고 그들의 생활에서 비롯된 감정이 계급 모순의 인식 하에 형성되고 있음을 알 수 있다.

한국 시단에서 카프의 등장은 분명 획기적인 사건이었다. 문학과 사회의 관련 양상이라든가 시에서의 민중성 혹은 당파성의 실현여부

는 이후 진보적 진영의 시세계를 예단하는 주요 잣대가 되었다. 그 일단을 제공한 것이 대중화논의였다. 대중화란 용어를 진보문학과 굳이 결부시키지 않는다해도 그것이 유효성을 갖는 것은 시와 독자와의 영원한 함수관계 때문이다. 독자없는 시란 상상할 수 없는 것이기에 대중화론은 수용자적인 국면에서 매우 중요한 것이 아닐 수 없었다. 따라서 그것은 미학 이상의 어떤 함의를 갖고 있는 것이라 할 수 있다.

3. 단편서사시의 장르적 성격

시와 현실의 관계를 조망하고 이를 문학성의 관점이나 시사적 관점에서 논의할 때 가장 중요한 비중을 차지하고 있었던 것은 대중화논의이다. 시와 독자와의 관계설정에서 시작된 카프의 대중화는 미학상의 중요한 함의를 갖고 있었다. 리얼리즘에 관한 논의가 주로 산문의 영역에서 논의되었고 그 유효성 여부가 중요한 잣대고 있는 실정에서 시와 리얼리즘의 영역은 이 사조에서 매우 낯선 영역이었던 것이 사실이었다. 리얼리즘이란 산문이 주체가 되는 것이지 시가 그 주체로 나설 수 있는 것이 아니었기 때문이다. 이런 관점에서 대중화론과 함께 제기된 단편서사시 논쟁이 중요한 미학상의 준거틀이 된다고 하겠다.

리얼리즘의 관점에서나 혹은 서정시 전반의 틀에서 진행된 논쟁 가운데 가장 획기적인 것이 단편서사시논란이다. 이 논쟁은 경향시의 방향성에 대한 것이면서도 리얼리즘 시의 창작방법, 곧 표현의 층위와 관련된 매우 중요한 비평적, 문학원론적 논쟁이었다는 점에서 주목을 요하는 대목이 아닐 수 없었다.

'단편서사시'라는 명칭은 임화의 「우리 오빠와 화로」를 읽고 난 팔봉의 '신선한 충격'에서 비롯된 것이었다.[6] 이를 필두로 팔봉은 1928년부터 지속적으로 「통속소설소고」, 「대중소설론」, 「프로시가의 대중화」 등의 글을 통해서 프로 문예 장르의 대중화 방법에 관한 의견을 개진하는데, 그 주안점은 「단편서사시의 길로」의 연장선에 놓이는 것들이다. 그런데 흥미로운 것은 임화와 팔봉의 관계이다. 팔봉이 단편서사시에 관한 글들을 발표할 때, 임화 역시 「우리 오빠와 화로」 및 「네거리의 순이」, 「젊은 순라의 편지」, 「우산 받은 요코하마의 부두」 등 일련의 시들을 똑같이 썼다는 사실이다. 이들 작품들은 팔봉 자신의 대중화론과 맞아떨어지는 것이어서 팔봉은 이들 시들을 칭찬하면서 자신의 논리를 전개시켜나간다는 점이다. 「단편서사시의 길로」(조선문예, 1929.5)에서 팔봉은 임화의 이들 일련의 작품들이야말로 프로시가의 참된 모습이자 프로시가가 나아가야 할 대중화의 길이라고 선언하고 있기 때문이다.

> 사랑하는 우리 오빠 어저께 그만 그렇게 위하시던 오빠의 거북 무늬 질화로가 깨어졌어요
> 언제나 오빠가 우리들의 '피오닐' 조그만 기수라 부르는 영남(永南)이가
> 지구에 해가 비친 하루의 모~든 시간을 담배의 독기 속에다
> 어린 몸을 잠그고 사온 그 거북 무늬 화로가 깨어졌어요

---

6 「단편서사시의 길로」, 조선문예, 1929.5.

그리하여 지금은 화(火)젓가락만이 불쌍한 영남(永男)이하구 저하구 처럼

똑 우리 사랑하는 오빠를 잃은 남매와 같이 외롭게 벽에 가 나란히 걸렸어요

오빠,

저는요, 저는요, 잘 알았어요

왜,그날 오빠가 우리 두 동생을 떠나 그리로 들어가신 그날 밤에

연거푸 말은 궐련[卷煙]을 세개씩이나 피우시고 계셨는지

저는요, 잘 알았어요 오빠,

언제나 철 없는 제가 오빠가 공장에서 돌아와서 고단한 저녁을 잡수실 때 오빠 몸에서 신문지 냄새가 난다고 하면

오빠는 파란 얼굴에 피곤한 웃음을 웃으시며

---네 몸에선 누에 똥내가 나지 않니--하시던 세상에 위대하고 용감한 우리 오빠가 왜 그날만

말 한 마디 없이 담배 연기로 방 속을 메워 버리시는 우리 우리 용감한 오빠의 마음을 저는 잘 알았어요

천정을 향하여 기어올라가던 외줄기 담배 연기 속에서---오빠의 강철 가슴 속에 박힌 위대한 결정과 성스러운 각오를 저는 분명히 보았어요

그리하여 제가 영남(永男)이의 버선 하나도 채 못 기웠을 동안에

문지방을 때리는 쇳소리 마루를 밟는 거칠은 구둣소리와 함께 가 버리지 않으셨어요

그러면서도 사랑하는 우리 위대한 오빠는 불쌍한 저의 남매의 근심을

담배 연기에 싸 두고 가지 않으셨어요

　오빠---그래서 저도 영남(永男)이도

　오빠와 또 가장 위대한 용감한 오빠 친구들의 이야기가 세상을 뒤집
을 때

　저는 제사기(製絲機)를 떠나서 백 장에 일 전짜리 봉통(封筒)에 손톱
을 부러뜨리고

　영남(永男)이도 담배 냄새 구렁을 내쫓겨 봉통(封筒) 꽁무니를 뭅니
다

　지금, 만국지도 같은 누더기 밑에서 코를 고을고 있습니다

　오빠---그러나 염려는 마세요

　저는 용감한 이 나라 청년인 우리 오빠와 핏줄을 같이 한 계집애이고

　영남(永男)이도 오빠도 늘 칭찬하던 쇠같은 거북무늬 화로를 사온 오
빠의 동생이 아니예요

　그리고 참 오빠 아까 그 젊은 나머지 오빠의 친구들이 왔다 갔습니다

　눈물 나는 우리 오빠 동무의 소식을 전해 주고 갔어요

　사랑스런 용감한 청년들이었습니다

　세상에 가장 위대한 청년들이었습니다

　화로는 깨어져도 화(火)젓갈은 깃대처럼 남지 않았어요

　우리 오빠는 가셨어도 귀여운 '피오닐' 영남(永男)이가 있고

　그리고 모든 어린 '피오닐'의 따뜻한 누이 품 제 가슴이 아직도 더웁습
니다

　그리고 오빠---

　저뿐이 사랑하는 오빠를 잃고 영남(永男)이뿐이 굳세인 형님을 보낸

것이겠습니까

　슬프지도 않고 외롭지도 않습니다

　세상에 고마운 청년 오빠의 무수한 위대한 친구가 있고 오빠와 형님
을 잃은 수없는 계집아이와 동생

　저희들의 귀한 동무가 있습니다

　그리하여 이 다음 일은 지금 섭섭한 분한 사건을 안고 있는 우리 동무
손에서 싸워질 것입니다

　오빠 오늘 밤을 새워 이만 장을 붙이면 사흘 뒤엔 새 솜옷이 오빠의
떨리는 몸에 입혀질 것입니다

　이렇게 세상의 누이동생과 아우는 건강히 오늘 날마다를 싸움에서 보
냅니다

　영남(永男)이는 여태 잡니다, 밤이 늦었어요 …

　　─ 누이동생

임화, 「우리 오빠와 화로」 전문

　문학원론적인 측면에서 보면, 본디 서사시란 영웅의 일대기를 시
간의 흐름에 따라 기술한 것이다. 시간적으로는 고대 사회이고, 내용
은 신화나 건국의 이야기와 같은 초현실적인 세계를 담고 있다. 따라
서 임화의 시편들은 '서사시'의 범주에 놓인다기보다는 장편 서정시
적 경향을 보인다고 해야 옳을 것이다. 그럼에도 팔봉이 '서사시'라
명명한 것은 임화의 시에 '소설적 사건'이 있다고 보았기 때문이다.

여기에서 팔봉은 '사건'을 '서사성'이나 '이야기성'과 같은 산문적인 것으로 인식함으로써 임화의 시를 곧 '서사시'로 이해했던 것이다. '단편'이라는 명칭도 실상 '소설'을 기준으로 한 것이다. 따라서 시가 소설과의 단순 비교에서 단지 분량 정도의 개념으로 사용한 것이라고 볼 수 있다.'단편서사시'라는 명칭은 소위 리얼리즘 소설과의 대비에 의해 만들어진 임의적인 것이지 장르 자체의 성격에서 도출된 것은 아니다.[7]

　이러한 전제하에서 단편서사시와 그것의 리얼리즘적 가능성을 운위하기 위해서는 우선 몇가지 조건이 전제되어야 한다. 첫째는 사건성이다. 임화의 작품에서 팔봉이 발견한 것도 우선 '사건'이다. 그는 이것이야말로 독자에게 통속적인 재미를 줄 여지가 있다고 했는데, 임화의 「우리 오빠와 화로」는 "그 골격으로서 있는 사건이 現實的이고, 現在的이요 오빠를 부르는 누이동생의 감정이 조금도 空想的, 誇張的이 아니며, 전체로 현실, 분위기, 감정의 파악이 객관적, 구체적으로 되었고 그리고 그것은 한 개의 통일된 정서를 전파하는 동시에 감격으로 가득 찬 한 개의 생생한 소설적 사건을 眼前에 전개하고 있는 것"[8]으로 인식하고 있는 것이다. 사건이란 보편성이 전제된다.

---

7 '단편서사시'라는 명칭과 관련해서 그 장르적 특징에 대해서는 여러 논자들에 의해 탐색된 바 있다. 정재찬은 '단편 서사시'는 서정적, 서사적, 극적 성격이 혼재되어 있으며 서사지향성을 지닌 미정형 상태로 규정하고 있으며(「1920~30년대 한국 경향시의 서사지향성 연구」, 서울대 석사, 1987), 남기혁은 '단편서사시'의 서사시란 잘못된 개념임을 밝히고 서정시의 하위 장르라고 규정하고 있다(「임화시의 담론구조와 장르적 성격 연구」, 서울대 석사, 1992). 한편 장부일은 서사시의 개념을 유연하게 사용할 때 임화의 시편들은 이에 귀속시킬 수 있다고 판단하고 있다(『한국 근대 장시 연구』, 서울대 박사, 1992). 이렇듯 하나의 장르를 놓고도 인식주체의 세계관이나 연구태도에 따라 다양한 형태로 개념화되고 있다.

8 김기진, 「단편서사시의 길로」, 『조선문예』, 1929.5, p. 48.

나와 너가 함께 공유할 수 있는 것은 사건이기 때문이다.

둘째는 객관성이다. 여기서 객관성이라고 표나게 강조하고 있는 것은 서정시에서 가장 일반화되어 있는 주관성의 문제와 밀접한 연관관계를 갖고 있다. 일반적으로 서정시란 대상의 자아화로 특징지어지는 장르이다. 그렇기에 주관의 개입이 다른 어떤 장르보다 심하게 일어난다. 리얼리즘 계통의 시에서 주관이 압도하는 경우, 이 경향의 시가 추구하는 방향이나 의도와 배치되는 결과를 가져오게 된다. 하나는 세계관에 의한 현실의 왜곡 현상이다. 이는 산문의 영역과 대비해보면 금방 이해되는 대목이다. 주관에 의한 현실의 왜곡이 반리얼리티를 향하게 됨은 자명한 것이거니와 그것이 시의 영역에 국한될 경우에도 똑같은 현상이 빚어진다. 두 번째는 리얼리즘 시의 창작방법 상의 문제이다. 어떤 장르이던 간에 현실에 대한 리얼리티를 확보하기 위해서는 객관적 요소가 필수적이다. 객관성이 부정될 때, 주관에의 침잠은 당연한 귀결이 될 터인데, 그러한 결말들은 카프시가 보여주었던 이념위주의 개념시 혹은 뼈다귀 시로 현상되었다. 실상 독자와 유리된 카프시의 현실을 딛고자 팔봉의 대중화 논의가 나온 것도 이 주관성에의 지나친 경사가 가져온 폐해 때문이었다.

셋째는 시의 형식상의 문제로서 배역시에 관한 것이다. 이 시의 특성은 시에서 사건의 등장 뿐만 아니라 주인공이 등장한다. 서정시가 시인 자신에게 하는 목소리이거나 아니면 독자에게 직접 호소하는 목소리의 형식을 취한다면 이 형식은 작품내의 화자들끼리 의사소통을 하면서 독자는 다만 엿듣는 형식이다. 단편서사시가 이런 형식을 취하는 것은 객관성의 문제와도 밀접한 상관관계가 있다. 시의 형식에서 독자가 제3의 존재로 떨어져나와 미학적 의사소통의 국외자가 될 때, 주관성의 위험은 현저하게 사라지게 된다.

넷째, 당파성의 문제이다. 단편서사시를 두고 임화와 김팔봉이 벌인 논쟁은 미학상 지극히 생산적인 것이었다. 특히 팔봉의 논의는 카프시가 나아갈 방향에 대해서 시 장르상의 문제를 매우 적실하게 제시해 놓은 것이라 해도 과언이 아니다. 그럼에도 그의 논의는 당사자인 임화로부터 긍정적인 평가를 얻지는 못했다. 그 원인이 무엇일까. 물론 이 문제는 임화 자신의 한계이기도 했다. 앞서 지적한대로 비평의 논리와 서정시의 논리는 엄격하게 구분되는 상이한 세계였기 때문이다. 어떻든 팔봉의 논의가 생산적인 것이었음에도 불구하고 임화의 비판으로부터 자유롭지 않았던 것은 그가 지나치게 형식상의 문제에만 치중했기 때문이다. 이런 형식적인 국면에 무산자층의 민중성이나 노동계급의 당파성을 매개하는 내용성이 첨가되었더라면 팔봉의 논의는 포괄적인 지지를 받았을 개성이 크다. 그러나 그는 당파성의 문제는 소홀히 한 채 형식적인 요소만을 부각시킴으로써 임화 측의 공격을 받은 것이다. 리얼리즘 계통의 문학들이 어느 정도 도구성을 내포할 수 밖에 없다는 것은 상식에 속하는 일이다. 그럼에도 그런 도구성이란 자율성과 상대되는 개념이다. 도구성은 그런 자율성과 형식성 위에 존재한다. 팔봉의 대중화론과 그의 단편서사시론이 리얼리즘의 미학에서 한계를 가질 수밖에 없었던 것은 이런 이유 때문이었다.

4. 한국시에서 리얼리즘의 의의

바흐찐은 예술의 미학적 본질은 쉽게 명료화될 수 없지만 그것은 사회 환경과 상호 작용하는 한 변형태로 본다. 예술은 외적인 사회환경의 작용을 받아들여 그로부터 즉자적으로 내적인 반향을 보이는 것이다. 즉 문학 작품이라는 담론은 사회 생활의 흐름에 통합된 채 여러 종류의 의사소통 형식들과 힘의 상호작용 및 교환의 관계에 놓임으로써 스스로 창조적 수용과 쇄신을 반복한다고 한다. 이러한 점에서 문예학적 담론은 의사소통의 구조이며 그 자체 특수한 형식을 지닌다는 점에서 미학적 의사소통 체계로 인식된다.

시적 담론이 바흐찐이 말한 미학적 의사소통 구조라고 한다면 임화의 시인으로서의 감각과 대중화를 고민한 팔봉의 비평적 감각이 만난 지점에서 단편서사시가 탄생하게 되었다. 그 교통의 현장에서 한국 근대시는 외적인 사회 환경과의 대화 관계 속에 놓여 있던 우리의 프로시, 즉 대중들과의 의사 소통을 이루고자 했던 프로시의 몸짓을 만날 수 있다.

시가 서사화 혹은 장시화되는 것은 현대 사회의 흐름상 어쩔 수 없는 부분이다. 그것은 필연이기에 어느 한 순간의 자의적 선택이나 문학사적 의미망에서 쉽게 고찰될 수 있는 성질의 것은 아니다. 그것은 어디까지나 미학적 의사소통의 한 과정 속에서 생성된 것으로, 순간의 계기성에 의해 무화될 성질의 것은 아닌 것이다. 이런 과정을 거쳐서 태동한 리얼리즘은 시들은 단편서사시 혹은 이야기시의 가능성을 열어 보이면서 진보주의적인 시의 흐름을 담당해왔다.

1920~30년대 논의되었던 단편서사시의 방향이 60년대의 김수영, 신동엽으로 이어지게 되는데, 이때 논의되었던 내용이나 형식의 방법등은 여전히 유효한 것이었다. 뿐만 아니라 70년대 참여시도 그 연장선에 놓여 있는 것이었으며, 민중시가 활짝 개화한 80년대의 민중시들도 단편서사시의 영향으로부터 자유로운 것이 아니었다. 시

의 장형화와 내용 속에 구현된 시의 민중성이나 당파성은 리얼리즘 시를 지탱한 두 개의 중심축이었다. 그 시원은 바로 단편서사시에서 비롯된 것이었다.

1930년대의 시와 모더니즘

1. 논의의 배경과 초점

지금까지의 모더니즘에 관한 논의는 모더니즘이라는 문예사조가 1930년대에 우리나라에 수입(受入)되었다는 점을 전제로 이루어졌다. 이에 따라 서구의 모더니즘이 무엇이며 우리 모더니즘이 이를 얼마나 잘 따랐는가, 서구 모더니즘의 개념에 우리 모더니즘이 어느 정도로 도달하였는가를 검토하는 것이 기존 논의의 주된 방향이었다고 볼 수 있다. 우리의 모더니즘이 서구의 그것과 다르다고 한다거나 주체적이지 못하다는 기존 연구자들의 언급은 모두 기준이 되는 서구 모더니즘에 우리가 미치지 못하였다는 관점을 내포하는 것들이다.

물론 한국의 모더니즘은 모더니즘이라는 20세기초의 서구 문예사조가 일본을 거쳐 우리 나라에 소개된 것을 계기로 큰 흐름으로 이어지게 된다. 그러나 수용의 과정을 거치는 동안 우리 모더니스트들이 전개한 반응 양상은 서구 모더니스트들이 보여준 모더니즘의 양상과 큰 차이를 드러내는데, 이것은 서구 모더니즘의 기준에 미달되어서가 아니라 우리의 당대적 특성에 조응하면서 이루어진 필연적인 것임을 간과해서는 안된다. 이는 모더니즘이 단순히 문예사조가 아니라 근대의 환경이라는 토대에 대응하는 정치경제적이고 사회문화적인 정신활동임을 말해주는 것이며 그러한 정신 현상은 누구를 모방해서 이루어질 수 있는 것이 아니라 적극적이고 주체적인 응전에 의해 가능한 것임을 보여준다. 결국 우리의 모더니즘은 보기에 따라 서구의 그것에 결여된 것으로 이해될 수 있지만 사실 그 점이 우리의 독자성과 개성에 해당된다는 사실에 주목해야 할 것이다.

한국 사회에서 펼쳐진 모더니즘에 대한 논의는 먼저 서구 모더니즘 이론을 개괄하여 그것의 특성을 규정할 만한 범주를 확정지은 후에야 보다 분명하고 명확해질 것으로 이해된다. 이러한 작업은 우리의 모더니즘이 모더니즘 이외의 다른 것일 수 없다는 것, 우리의 모더니즘이 모더니즘의 보편성을 구현하고 있다는 점을 보여줄 것이다. 그러나 그것은 범주상의 일치이지 내용상의 일치는 아니다. 그 내용에 있어서는 서구의 그것과 다르며 우리 모더니스트들 사이에서도 제각각 다를 수밖에 없는 것이다. 이것이 한국 모더니즘의 특수성이자 필연성인 바, 이 글에서는 이 점을 서구 모더니스트들과의 차이를 통해 한국 모더니스트들이 가지고 있는 각각의 특성들에 대해 살펴볼 것이다. 이러한 검토는 한국 모더니스트들이 매우 다양한 스펙트럼으로 사회와 시대에 반응하였음을 보여줄 것이다. 나아가 이들에게 주어진 시대적 환경에 얼마나 주체적이었으며 동시에 우리 민족의 성질에 얼마나 밀착되어 있었던가를 확인할 수 있을 것이다.

2. 한국 모더니즘의 수용과 전개

서구에서 모더니즘(Modernism)이 언제 시작되었는가 하는 것에 대해서는 여러 논의가 있지만 대체로 플로베르, 보들레르, 말라르메, 로트레아몽 등이 활약했던 1870년대 이후의 지배적인 문예사조를 총칭해서 불리어졌다. 이들의 경향은 1870년경부터 1909년까지 이어지게 되는데 이때의 모더니즘을 原모더니즘(Proto Modernism)이라 하고 1909년에서부터 1950년까지를 舊모더니즘(Paleo Modernism), 1950년 이후를 후기모더니즘(Post Modernism)이라 한다.[1] 이 중 1930년대 한국에 수용된 모더니즘은 1909년을 기점으로 전 유럽적으로 발생하게 된 舊모더니즘인데 여기에는 영미의 이미지즘만 있었던 것이 아니라 피카소, 브라끄 등의 큐비즘, 마리네띠의 미래파, 칸딘스키의 추상화, 짜라의 다다이즘과 브르통의 초현실주의, 푸르스트와 조이스의 심리주의 등 근대 이후의 모든 예술 현상이 포함된다. 이들을 크게 영미의 이미지즘과 대륙의 아방가르드 예술로 구분할 수 있는바, 후자를 대표하는 모더니스트는 1930년대의 대표적 모더니스트인 이상과 삼사문학 그룹을 꼽을 수 있다. 흔히 전자를 구축적 모더니즘이라고 한다면 후자는 파괴적이고 해체적 모더니즘이라 말할 수 있다.[2]

후자의 경향은 이후 포스트모더니즘으로 그대로 이어진다. 다소 다른 양상으로 펼쳐졌던 이 두 경향은 그러나 그 정신적 태도에 있어서는 모두 문명사에 대한 위기 의식에 그 기반을 두고 있다. 또한 전환기점으로서의 역사에 대한 진보의 개념을 지니고 있고 과거 유산

---

1 오세영, 『한국 근대문학론과 근대시』, 민음사, 1996, p. 377.

의 거부 및 기존 관습 역시 거부한다.

이러한 구분외에도 광의의 모더니즘과 협의의 모더니즘으로 구분[3]하고 있으나 그 대략은 영미계 모더니즘과 프랑스계 모더니즘이라는 큰 틀에서 벗어나지 않는다. 개념의 문제이지 그 내용이나 방법에 있어서 전연 엉뚱한 것은 아니기 때문이다.

한국현대시문학사에서 모더니즘 운동이 본격적으로 이루어지는 것은 1930년대이다. 이 시기 김기림을 비롯한 최재서, 이양하 등이 모더니즘 시론을 번역, 소개하였고 이러한 이론가들의 활동이 이전 1920년대 말경부터 부분적이고 산발적으로 등장하였던 정지용, 김광균 등의 시작 경향에 논리적 근거를 제공하였기 때문이다.

그러나 본격적인 시도는 1930년대에 이루어졌다고 했지만, 그 뿌리랄까 시도는 20년대 중후반까지 거슬러 가는 것도 가능하다. 다다

---

2 이러한 구분은 서구 모더니즘의 대표적 경향인 영미계와 프랑스계 모더니즘과 정확히 대응된다. 엘리어트를 비롯한 영미계 모더니즘은 분열과 해체를 거쳐 인식의 완성을 기하는 단계로 나아간다. 가령, 성배신화나 천년왕국과 같은 통합의 세계가 바로 그러하다. 여기서 구축적이라 함은 해체 이후의 상상력을 말한다. 반면, 프랑스계 모더니즘은 익히 알려진 대로 아방가르드 모더니즘을 이야기한다. 다다와 초현실주의를 그 하부 영역으로 거느리고 있는 아방가르드는 파괴와 해체의 상상력을 그 미학적 특징으로 갖고 있다. 영미계의 모더니즘이 인식의 완결이라는 통합의 상상력을 중시했다면, 이들은 해체 그 자체에서 머무르고 있는 것이다. 이들의 이러한 사유구조는 1950년대부터 등장하기 시작한 포스트모더니즘의 전사적 성격을 갖기도 한다. 포스트모더니즘이 하나의 정형을 거부하고 다양성을 그 고유의 특징으로 삼고 있다는 점에서 아방가르드 예술과 어느 정도 그 맥을 같이하고 있기 때문이다.

3 김윤식, 「한국현대시론비판」, 일지사, 1986, p. 289. 김윤식은 광의의 모더니즘을 근대라는 제반 현상으로 이해하고, 협의의 모더니즘을 예술사조상의 모더니즘으로 이해한다. 그러나 광의의 모더니즘이 근대의 제반현상을 지칭하는 것이라면, 이를 근대성(modernity)이란 용어로 바꾸어 표현하는 것이 더 적당할 듯하다.

이즘을 비롯한 초현실주의 계통의 시들이 소개되었고, 이에 기반한 작품들이 생산되고 있었던 까닭이다. 그 대표적인 경우가 고한승을 비롯한 다다이즘의 소개와 시창작이다. 나중에 리얼리스트로 전향하긴 했지만 20년대 임화가 펼쳐보였던 문학행위도 예외가 아니다.

기압이 저하하였다고 돌아가는 철필을
도수가 틀린 안경을 쓴 관측소원은
깃대에다 쾌청이란 백색기를 내걸었다

그러나 제 눈을 가진 급사란 놈은
이삼분이 지낸 뒤 비가 쏟아지면 바꾸어 달 붉은 기를 찾는라고 비행기가 되어 날아다닌다
　　　▶
아가 ― 그 사무원이 페쓰트로 즉사하였다는 소식은 벌써 관측소를 새어나가
　　　― 거리로
　　　　　　　　　　　▶우주로 뚫고
　　　― 산야로
질주한다― 확대된다
그러나 아직도 급사란 놈은 기엔 목을 걸고 귓짝 속에서 난무한다
　　비　●　바람
　　　쏴―
그것은 여지없이 급사를 사무실로 갖다 붙였다.
페쓰트― 그것은 위대한 것인 줄 급사는 알았다
임화, 「지구와 박테리아」 부분

이 작품은 임화의 초기 작품 세계가 무엇을 지향하고 있는가를 잘 예시해주는 시이다. 정제된 유기적 틀을 서정시의 근본으로 인식되던 시기에 이 작품은 대단한 파격으로 인식되었다. 형태파괴적인 포멀리즘적 경향과 외래어를 쉽게 시화한 선호 경향 등 근대 초기 모더니스트의 작품 세계에서 흔히 산견되는 요인들을 어렵지 않게 발견할 수 있는 것이다. 임화는 다른 어떤 모더니스트 못지 않게 다다이즘 계통의 방법과 정신을 수용하고 이를 작품으로 생산해낸 작가였다. 물론 그에게서 근대에 대한 기본 정신이나 가치를 읽어내는 것은 매우 난망한 일이다. 한국의 모더니즘의 수용이 피상적이었다고 하거나 발생론적인 국면에서 현실과 유리되어 있다는 지적처럼, 이들의 작품 창작은 거의 표피적인 수준에 머물러있었기 때문이다. 그러한 단적인 예 가운데 하나가 엑조티시즘(exoticism)으로의 경사 현상을 들 수 있다. 엑조티시즘이란 하나의 경향이었고, 근대 문학에 대한 막연한 선망의 결과에서 빚어진 것이다. 이른바 토대와 창작이 유리된 전형적인 기교주의가 엑조티시즘이었다.

이들의 뒤를 이은 것이 20년대 말의 정지용 등이다. 이미 일본 유학을 통해서 선진적인 예술사조에 일찍 눈을 뜬 이들은 한국 근대문학을 현대화하기 시작했다. 정지용과 함께 모더니즘을 소개, 전파한 인물이 김기림, 최재서, 이양하 등이다. 이들은 일본에 유학하면서 영문학을 비롯한 외국문학을 전공하면서 당시 일본에 유행적으로 소개되었던 영미의 모더니즘, 소위 이미지즘에 경도되어 있었다. 이들은 모더니즘의 한 갈래인 이미지즘이 제시하고 있던 작품 창작 상의 지적 태도에 대해 주목했다. 이들은 이 사조가 당시 조선 문단의 질곡을 극복할 수 있을 것이라는 판단에서 이를 문학작품에 적극적으로 도입하게 된다. 특히 김기림은 김광균의 초기 작품에서 볼 수 있었던 회화적 이미지에 대해서, 그리고 정지용이 일본 유학 시절 유학생 잡지인 『學潮』 창간호에 「카페-프랑스」, 「슬픈 印象畵」, 「爬蟲類動物」 등을 발표하는 것을 보면서 자신의 문학관을 정립하게 된다. 즉 그는 영국의 흄(T.E. Hulme), 엘리어트(T.S. Eliot), 파운드(E. Pound), 리차즈(I.A.Richars) 등의 이론을 받아들이고 이를 바탕으로 자신의 예술 활동을 전개하기 시작하는 것이다.

김기림이 당시 조선 문단의 문제로 본 것은 1920년대 횡행했던 낭만주의적 경향에 대해서이다. 김기림은 1920년대 초기 白潮派의 시에 속했던 박종화의 「밀실로 도라가다」, 「黑房悲曲」, 「死의 禮讚」, 이상화의 「末世의 欷嘆」, 「나의 寢室로」, 박영희의 「微笑의 虛華市」, 「幽靈의 나라」, 「幻影의 黃金塔」 등이 현실과 차단된 채 '절망', '비탄', '타락', '죽음' 등의 내향적 의미를 보여준 것에 대해 感傷主義라 이해했다.[4] 실상 이러한 감상주의야말로 이성과 지성을 강조하는 모더니즘의 일반론에 기대볼 때, 수준 미달의 것이 아닐 수 없다. 낭만적 몽환의 태도야말로 과학적 합리주의 사고와는 전연 다른 것이기 때문이다. 김기림은 20년대를 풍미한 감상주의를 비판하는 한편으로 당시에 유행했던 카프 문학에 대해서도 비판적인 시각을 보낸다. 1920년대 중반부터 문단을 압박해오던 마르크시즘 계열의 프로 문학의 시들을 편내용주의라 하면서 시 본연의 임무와 역할로부터 벗어난 것으로 이해한다. 이들 두 경향은 하나는 감상의 넘쳐남에서 다른 하나는 현실적 무게감의 과잉으로 판단함으로써 시 창작에 있어서의 지적인 태도가 결여되어 있다고 비판한다.[5] 지적 태도의 결여로 인해 전자는 현실 의식의 실종을, 후자는 문학성을 상실한다는 것이다.

---

4 김기림, 『김기림전집』 2, 심설당, 1988, pp. 109~112.
5 위의 책, 「모더니즘의 역사적 위치」, pp. 53~58.

그 연장선에서 김기림은 영미 이미지즘의 대표적 이론가였던 흄의 방법적 세계관을 도입하게 된다.[6] 잘 알려진 대로 흄이 내세운 것은 불연속적 세계관이었다. 그는 이 세계를 유기적, 무기적, 정신적 세계로 구분하면서 이들은 계선적으로 연결되어 있는 것이 아니라 단속되어 있다고 이해했다. 지성의 사유태도가 사상을 지배하기 이전에 낭만주의의 오류 또한 이러한 불연속적인 세계관을 이해하지 못한데서 온 것이라 판단했다. 낭만주의는 흄이 구분했던 이 세가지 세계가 하나로 연속되어 있다고 이해함으로써 신비주의나 몽환주의와 같은 판단 중지의 미몽의 세계로부터 자유롭지 않았다는 것이다. 영미의 이미지즘이 견지하고 있던 '이미지의 乾燥한 견고성(dry hardness), 불연속적 세계관, 인간을 제한적이고 불완전하다고 보는 고전주의적 태도 등이야말로 이들을 극복할 만한 지적 요소라 판단한다.

3. 1930년대 모더니즘 문학의 특성

1930년대에 본격적인 모더니스트로서 활약했던 대표적 시인들로는 김기림과 이상, 정지용, 김광균이 있다. 이들이 모더니스트로 분류될 수 있는 근거는 몇가지 특성이 있다. 실상 어느 것이 모더니즘의 경계에 드는 작품이고 어느 것이 그렇지 않은가에 대한 판단을 내리는 것은 쉬운 일이 아니다. 모더니즘을 정의하는 방식이나 그것이 구현하고 있는 문학적 이념에 대해 어느 한가지로 수렴해서 이야기하는 것은 매우 어려운 까닭이다. 이는 한국 근대문학사를 일별하는

---

6 위의책, pp. 163~168.

과정에서도 쉽게 드러나는 문제이기도 하고, 모더니즘의 일반론에 비추어봐도 충분히 납득할 수 있는 문제이다.

하나의 사조로서 모더니즘이란 근대성에 대한 안티테제를 그 방법과 정신으로 내세운다. 그런데 여기서 문제되는 것이 근대성에 대한 안티테제에 관한 것이다. 무엇이 근대성을 만들고 또 그것에 대한 안티의 정신적 국면이 형성되었는가를 이해하는 것은 사조로서의 모더니즘을 이해하는 지름길이 아닐 수 없다.

근대를 특징짓는 것은 여러 계기와 조건이 있다. 가장 큰 틀로서는 중세의 신을 대신해서 등장한 과학을 들 수 있다. 과학이란 하나의 사실에 기반하고 있는 경험론적 세계이다. 반면 중세의 영원주의를 떠받치고 있던 신성(神性)이란 것은 초경험적인 세계이다. 사실과 비사실이 충돌해서 만들어낸 것이 인과론의 우수성이었고, 과학의 승리였다. 그러나 이러한 자연과학의 승리는 단순히 물리적인 차원의 문제에서 그치지 않고, 그 외연이 보다 포괄적이고 본질적인 문제에까지 뻗어나갔다. 자본주의의 발달과 같은 생산성의 변화가 바로 그러하다. 이 변화는 인류의 패러다임을 전환시키는데 결정적인 국면을 제공하게 된다.

생산관계의 변화는 초경험적인 세계의 몰락을 가져왔을 뿐만 아니라 그에 기반한 인간의 사유체계를 질적으로 변화시켰다. 앞서 언급한 흄의 불연속적 세계관은 그 대표적인 사례이다. 또한 영원성의 소멸, 복제시대의 도래, 자율적 인간형, 자본으로부터의 소외, 허무주의와 나르시즘, 공동체의 상실과 전쟁의 공포, 인간으로부터의 소외 등등이 그 세부항목으로 추가될 수 있을 것이다. 이를 근대의 현상으로 받아들이고 아니고 하는 것은 선택의 문제가 아니라 하나의 필연이다. 다만, 그것을 진행적 담론의 과정으로 이해하고 이를 대안적 모색의 사유체계를 갖는가 아닌가 하는 것은 선택의 문제였다.

문학의 현실에 반응하고 인간 의식의 작용 여하에 따라 그 실존적 조건이 영향을 받는다. 따라서 현실의 질적인 변화를 이해하고 이를 자신의 문학 작품 속에 담아내는가의 여부에 따라 이를 현대성의 경험이나 사조로서의 모더니즘 영역으로 분류하는 것은 지극히 자연스러운 일일 것이다. 따라서 1930년대에 꽃피웠던 모더니즘 문학의 방법적 특징과 내용을 이 테두리내에서 가두는 것도 큰 모순이라 생각되지 않는다.

한국의 모더니스트는 그들이 등장한 시기와 그 세계를 구현한 방법과 내용에 따라 다양한 분류로 나눌 수 있다. 그러나 이들 전부를 다루는 것은 또다른 큰 지면을 요구하는 것이거니와 여기서는 그 대략의 방향과 모더니즘의 특징을 구현한 작가들로 한정하고자 한다. 그 대표적 예가 김기림, 이상, 정지용, 김광균 등이다.

우선 30년대 가장 대표적 모더니스트로 김기림을 꼽을 수 있다. 김기림의 문학적 경향은 크게 두 시기로 나뉘어진다. 이를 초기와 후기라 부른다면 초기가 근대에 대해 긍정적이고 낙관적인 태도를 보이고 있는 것에 비해 후기는 이러한 태도를 뒤엎고 문명에 대한 위기와 공포의식을 전면화시키고 있다. 파시즘의 강화, 만주사변(1931)과 중일전쟁(1937), 태평양전쟁(1939) 등 식민지의 폭압성이 극에 달했던 것이 이 시기였기 때문에 김기림은 후기에 이르러 근대에 대한 회의를 분명하게 드러내며 이를 극복할 만한 대안적 세계를 모색하게 된다.

비늘

돋힌

해협(海峽)은

배암의 잔등

처럼 살아났고

아롱진 「아라비아」의 의상(衣裳)을 두른 젊은, 산맥(山脈)들.

바람은 바닷가에 「사라센」의 비단폭처럼 미끄러웁고

오만(傲慢)한 풍경은 바로 오전 7시의 절정(絶頂)에 가로 누웠다.

헐떡이는 들 위에

늙은 향수(香水)를 뿌리는

교당(敎堂)의 녹슬은 종소리.

송아지들은 들로 돌아가려무나.

아가씨는 바다에 밀려가는 윤선(輪船)을 오늘도 바래보냈다.

국경 가까운 정거장

차장(車掌)의 신호를 재촉하며

발을 구르는 국제열차.

차창마다

「잘있거라」를 삼키고 느껴서 우는

마님들의 이즈러진 얼굴들.

여객기들은 대륙의 공중에서 티끌처럼 흩어졌다.

김기림, 『기상도』 부분

 이 작품은 현실을 포착해내는 예리한 이미지화, 근대문명의 종말
을 예시하는 전망이 어우러져 한편의 절창을 구성하고 있는 김기림

의 대표작 「기상도」이다. 그는 엘리어트의 『황무지』에 비견할 만한
장시 『기상도』를 통해 문명 비판과 함께 그의 이상적 세계를 구축하
게 되는데, 이 이상적 세계는 엘리어트가 카톨리시즘이라는 종교를
통해 신화적 공간을 추구한 것과 달리 자아의 의식 속에서, 자아의
절대 정신 속에서 추구된다. 이는 어떻게 보면 지극히 비역사적이고
현실감각에 미달되는 관념적 수준의 것에 머무른 졸작에 해당할지도
모른다. 그럼에도 과학에의 맹신과 그것이 주는 긍정적 효과에 대해
계몽이라는 이름으로 근대가 나아갈 길을 비춰온 김기림으로서는 상
당한 변신이 아닐 수 없다. 그것이 30년대 김기림이 만들어낸 모더
니즘의 수준이었다.

「기상도」이후 김기림은 후반기에 들어서 일대 변신을 하게 되는
데, 바로 비판적 정신을 자신의 문학세계에 받아들이는 모험을 하게
된다. 그의 이러한 변신은 물론 근대에 대한 회의에서 비롯되었다.
전면화된 근대의 공포들은 계몽의 전지전능성을 자신의 문학적 보증
수표로 간직하고 있었던 김기림에게는 하나의 충격이었을 것이다.
그것이 그로하여금 생산관계의 전면적인 비판을 계기로 한 마르크스
주의의 이념에 어느 정도 동조하는 계기를 만들었던 것으로 보인다.
그가 초기에 비판했던 카프의 정신과 내용을 받아들인 것은 이와 무
관하지 않을 것이다. 물과 기름처럼 전연 어울릴 것 같지 않던 이 두
사조의 결합은 실상 김기림에게서 처음 발견할 수 있는 것은 아니다.
스페인 내전이 심화될 때, 초현실주의의 방법적 특징들이 마르크스
주의와 자연스럽게 녹아들어갔던 사례가 있었기 때문이다.

김기림과 더불어 이상 역시 30년대 대표적 모더니스트로 분류될
수 있다. 그는 근대문명에 대해 어느 모더니즘에 견줄 수 없을 만큼
비극적 의식을 지닌 작가였다. 그는 근대의 본질을 누구보다도 날카

롭게 간파하였고 근대가 지닌 양면성 가운데 철저하게 어두운 면에 천착해 들어갔던 작가이다. 그에게 근대는 자본주의 그 이상도 이하도 아니었기 때문에 자본주의가 지니고 있던 모순과 부조리를 냉혹하게 인지할 수 있었다. 자본주의적 화폐제도로 인한 인간의 소외, 제국주의의 잉여자본 투여에 의한 식민지 제도의 기괴하고 야만스런 성격, 근대의 합리주의가 야기하는 인간성의 파괴 등은 근대를 지탱하는 핵심적 기제이자 악마적 요소였던 것이다.

때묻은빨래조각이한뭉덩이공중으로날라떨어진다.그것은흰비둘기의떼다. 이손바닥만한한조각하늘저편에전쟁이끝나고평화가왔다는선전이다.한무더기비둘기의떼가깃에묻은때를씻는다.이손바닥만한하늘이편에방망이로흰비둘기의떼를때려죽이는불결한전쟁이시작된다.공기에숯검정이가지저분하게묻으면흰비둘기의떼는또한번손바닥만한하늘저편으로날아간다.

이상, 「오감도-시제12호」 전문

인용시는 이상의 대표작 「오감도-시제12호」이다. 이 작품을 이끌어나가는 역동력은 초현실주의적 사고에 있다. 가령 지상적 관점에서 보면 하늘은 저편인데, 이 시는 그것을 이편으로 묘사하고 있는가 하면, 띄어쓰기를 거부함으로써 통상적인 의미론적 접근을 차단하고 있다. 합리적인 언어질서나 의식의 구조에서 보면, 이는 매우 이질적인 것이다. 그러나 그러한 언어의 전복 속에서 이 작품이 느끼는 효과가 매우 신선하다는점 역시 부인할 수 없다. 빨래를 비둘기로 전이시키는 치환의 기술이나 빨래하는 과정을 전쟁과 동일시하는 것은 정서에 신선한 활기를 불러일으키기 충분하기 때문이다. 이는 의미의 낯설게하기 효과일 뿐만 아니라 인식의 끊없는 확장과 관련이 있을 것이다.

이상이 추구한 모더니즘의 참신성은 우선 이런 의미론적 참신성에서 찾아진다. 그것에 덧붙여져진 것이 형식의 자유로운 발산이다. 관습과 자동화된 언어의 형식을, 무의식을 매개로 전복시킨 것이 이상 시가 추구한 모더니즘의 의의일 것이다.

이렇듯 이상이 특히 주목한 것은 언어의 메카니즘이었다. 합리성의 기준에서 보면, 언어에서 비롯되는 통사론의 굳건한 존재는 의미를 만들어내는 가장 이상적인 질서이자 체계였다. 통사구조에 의한 의미의 생산이야말로 합리성을 대표하는 근대의 굳건한 축이었기 때문이다. 이상의 시에 나타난 언어질서의 극단적 파괴와 해체의 양상은 당대 한국 사회를 바라본 이상의 이와 같은 의식에서 비롯되었다. 초현실주의적이고 탈모더니즘적이며 과격한 면모의 이상 문학은 당시 우리의 주류 모더니즘이었던 이미지즘과 다른 축에서 모더니즘의 특성을 드러낸 경우이다. 그것은 영미적이기보다는 대륙적이고 구축적이기보다는 파괴적 모더니즘이었다.

이상은 그러나 죽기 얼마 전 근대에 의해 훼손되지 않은 절대적 영역을 만나게 되는데 그곳은 곧 '성천'으로 대표되는 시골의 '자연'이라는 공간이었다. '성천기행'에 묘사되고 있는 일련의 자연주의적 상징물들은 도시적인 문명과 대립하는 것으로서 서구 모더니스트들이 추구했던 종교나 혈연 등의 신화적 세계에 대비시킬 수 있는 또 다른 대안을 암시하는 것이다.[7] 이상에게서 발견되는 이런 체험은 지극히 묘한 것이고 이상 문학을 단순화시키는 위험으로부터 벗어나게 하는 계기라 할 수 있다. 여기서 단순화라는 의미는 그의 문학적 체계의

---

[7] 김윤정, 「이상의 성천 체험의 내적 의미」, 『이상 문학연구의 새로운 지평』, 역락, 2006. pp. 417~436 참조.

단순화가 아니라 하나의 사조로 몰아갈 수 있는 단순화이다. 그에게는 해체적인 극렬 시학의 세계만 있었던 것이 아니라 30년대 여타의 모더니스트들에게서 볼 수 있는 구축의 모더니즘, 곧 영미계통의 모더니즘 흔적이 발견될 수 있는 여지를 남기고 있는 것이다.

김기림과 이상에 의해 모더니즘의 방법적 특징과 내용들이 올곧게 구현되긴 했지만, 그 선편을 쥔 것은 정지용이었다. 모더니스트의 기법적 의도로 시를 처음 쓴 것은 그였기 때문이다.

우선 정지용의 모더니즘을 파악하기 위해서는 그의 내면적 성격을 먼저 이해해야 한다. 정지용은 이미지즘을 주창하였던 김기림[8]이 완벽하다고 할 만큼 극찬한 시인으로서 이미 1920년대 말에 스스로 이미지즘을 체득하여 완성도 높은 이미지즘 계통의 시를 쓴다. 그러나 그는 도시적 이미저리를 즐겨 제시하기보다는 다른 소재를 통해 이미지즘을 드러내는 경향이 강하고 도시적 소재를 다룰 때 또한 도시 문명과의 거리감과 괴리, 그로 인한 소외감을 주로 묘사하곤 했다. 이러한 점은 그의 모더니즘이 근대에 대한 미세한 불안 의식에서 비롯된 것인 동시에 그의 이미지 지향이 이를 넘어선 자리에 놓여 있음을 말해주는 것이다. 즉 그의 이미지즘은 그 자체로 근대적 시간으로부터 일탈한 공간성의 차원에 놓여 있는 것이다.

그러나 다른 한편으로 그의 초기 모더니즘 작품들은 모더니즘의 역사에서 볼 때 그리 긍정적인 면을 갖고 있지 못하다. 초창기 한국 모더니즘 문학의 특징 가운데 하나가 엑조티시즘에 있었음은 앞서 지적한 바 있거니와 정지용의 경우에서 이러한 방법적 의장을 가장 극명하게 볼 수 있었던 까닭이다. 그럼에도 그는 초기의 그러한 한계

---

8 김기림, 앞의 책, 「정지용시집을 읽고」, p. 370.

를 극복하고 근대인의 숙명을 고향담론을 비롯한 일련의 잣대로 읽
어냄으로써 한국 모더니즘 계통이 나아갈 수 있는 하나의 전범을 제
공한 시인으로 우뚝 서게 된다. 예를들어 근대의 시간 의식을 부정하
고 무시간적 영역에 기거하여 평온과 고요를 찾고자 하는 정지용의
의식은 상당히 강한 것이어서 후기에 이르러 「백록담」, 「장수산」과
같은 시를 낳게 된다.

> 伐木丁丁 이랬거니 아람도리 큰솔이 베혀짐즉도 하이 골이 울어 멩아
> 리 소리 쩌르렁 돌아옴즉도 하이 다람쥐도 좃지 않고 뫼ㅅ 새도 울지 않
> 어 깊은산 고요가 차라리 뼈를 저 리우는데 눈과 밤이 조히보담 희고녀!
> 달도 보름을 기달려 흰 뜻은 한밤 이골을 걸음이 랏다? 웃절 중이 여섯
> 판에 여섯번 지고 웃고 올라 간 뒤 조찰히 늙은 사나히의 남긴 내 음새
> 를 줏는다? 시름은 바람도 일지 않는 고요에 심히 흔들리우노니 오오
> 견듸란다 차고 几然히 슬픔도 꿈도 없이 長壽山속 겨울 한밤내ㅡㅡ
>
> 정지용, 「장수산」 1 전문

이 작품에서 알 수 있듯 시적 화자는 눈이 내린 장수산의 깊고 높
은 곳에 위치해 있다. 산은 정밀하고 흔들림없음에 비해 시적 화자는
그렇지 못한 상태에 놓여 있다. 그러한 일탈을 시인은 산의 고요한
기운에 흡입시키고 있다. 그러나 시인은 일탈된 마음을 산의 정밀한
기운에 동화시킴으로써 인식의 완결을 이루어내고 있다. 시인이 세
속의 생활 속에서 '견듸기' 힘든 상태에 노정되었다면, 인용시에서처
럼 그 스스로를 산과 동일시시킴으로써 고통스런 현실을 견딜 수 있
는 힘을 얻게 된다.

이렇듯 지용은 후기에 이르러 매우 감각적이며 정적인 성격을 지

니고 있던 초기시의 특색을 벗어나서 '산'의 꼭대기에 이르러 모더니즘 계통의 작품들이 나아가야 할 방향을 암시해주고 있는 것이다. 성지와 다를 바 없는 '산'은 근대인이 겪게 되는 분열과 상처, 방황과 불안을 극복할 수 있는 절대적 공간으로 자리 매김 되는데, 이는 이후 한국적 모더니즘이 추구해야할 기본 방향을 제시해주었다는 점에서 의미 있는 것이었다.

또하나 1930년대 대표적 모더니스트로 손꼽을 수 있는 것이 김광균의 경우이다. 그의 시에는 다양한 요소들이 산재되어 나타난다. 도회적 공간이 나오는가 하면, 서정성이 있다. 뿐만 아니라 그의 보증수표인 회화적 이미지가 있는가 하면, 그 대척점인 센티멘탈한 감수성이 내재되어 있다. 우선 김광균의 시에서 강조되곤 하는 서정성은 그러나 대상을 단지 시각적으로 처리함으로써 겪을 수 있는 자아의 사물화와 협소화를 극복할 수 있는 요소가 된다. 대상을 일정한 거리에 고정시키고 이를 시각적이고 회화적인 이미지로 처리하는 태도는 사실 이미지즘에 대한 편협한 이해에 기인하는 것인 바, 이를 통해서 자아는 대상만큼이나 피동적인 자리에 놓일 뿐 완성된 내면을 구축하기는 힘든 것이다. 이러한 점에서 볼 때 김광균의 서정성은 시각성을 중심으로 한 이미지즘의 피상성을 극복할 수 있는 계기가 되어 주며 근대인으로서의 소외를 넘어서게 해주는 근거가 된다. 실제로 김광균은 이러한 서정성을 바탕으로 후기에 이르러 고향 의식을 심도있게 드러내는데, 주로 회상을 통해 전개되는 고향의 풍경과 이미지들은 근대인의 분열된 의식을 치유할 수 있는 영원성의 공간으로 작용하게 된다.

그러나 이러한 방법적 특징에도 불구하고 그는 우리 시단에 회화적 이미지즘의 정수를 제시했다는 긍정적인 평가와 함께 기교주의에 함몰되어 문명 비판적 요소를 결여하고 있다는 부정적 평가를 받아 왔다. 이러한 이중적 잣대는 김광균의 시의 폭과 깊이를 말해주는 것이어서 보다 심도있는 접근을 요하는 문제라 할 수 있다. 또한 그의 시에 나타나 있는 서정성은 김광균 시에 나타난 이미지를 서구적 이미지즘의 '건조하고 견고한 이미지'와 어긋나게 함으로써 이미지즘의 정석에 위배되게 한다고 이해되어 왔다.

落葉은 폴―란드 亡命政府의 紙幣/砲火에 이즈러진

도룬시의 가을 하늘을 생각케 한다.

길은 한줄기 구겨진 넥타이처럼 풀어져

日光의 폭포 속으로 사라지고

조그만 담배 연기를 내어 뿜으며

새로 두시의 急行車가 들을 달린다.

포플라나무의 筋骨 사이로

공장의 지붕은 흰 이빨을 드러내인채

한가닥 꾸부러진 鐵栅이 바람에 나부끼고

그 우에 세로팡紙로 만든 구름이 하나

자욱―한 풀벌레 소리 발길로 차며

호올로 荒凉한 생각 버릴 곳 없어

허공에 띄우는 돌팔매 하나.

기울어진 風景의 帳幕 저쪽에

고독한 半圓을 긋고 잠기여 간다

김광균, 「秋日抒情」 전문

김광균의 시의 약점으로 지적되는 부분이 가령 이런 구절이다. "자욱-한 풀벌레 소리 발길로 차며/호올로 荒凉한 생각 버릴 곳 없어/허공에 띄우는 돌팔매 하나"와 같은 이러한 표현들은 이미지즘이 말하는 감정의 절제와는 전연 무관하다. 그런데 이런 모순을 뛰어넘는 것이 김광균에게 내재되어 있었던 경향시의 감각이다. 김광균 시에 나타난 경향성은 일회적이고 우연적인 것이 아니었다.[9] 인용시에서 주목해야 할 부분이 '넥타이', '급행차' '세로팡지' 등과 같은 생활의 정서들이다. 이러한 정서들은 경향시에의 경도 및 이에 따른 전향의 논리와 어느 정도 관련이 있다는 데에서 주목을 끄는 경우이다.

식민지 시대의 전향이란 진보 사상의 포기로 이해된다. 그러나 사상을 포기함으로써 이들의 의식이 전연 백지상태로 되돌아가는 것이 아니고 최소한의 자기 몸부림을 하게되는데, 그것이 후일담 문학이나 혹은 일상에의 복귀 현상으로 행동화된다. 일상에로의 복귀란 다름아닌 현실에 대한 소극적 관심이지만 다른 한편으로는 일상생활에 대한 강한 집착으로 연계되기도 한다. 김광균 시에서 드러나는 생활의 정서란 이로부터 분리하기 어려운 것이었다. 그의 시의 도처에서 드러나는 생활에 대한 시인의 관심은 전향의 과정과 무관한 것이 아니었다. 곧 전향의 외피에서 파생되는 일상에의 복귀과정이 생활에 대한 철저한 관심으로 표명된 것이다.

김광균의 이미지즘적 시도가 추구하는 것도 그런 일상적 사물에 대한 관심의 연장선에서 획득된다. 이런 뜻에서 그의 이미지즘의 수법은 서구적인 것의 수용과 더불어 전향의 논리가 덧씌어져 생겨난 이중적 맥락을 갖는다. 그의 시의 특색인 일상사물에 대한 관심은 전

---

[9] 이에 대한 자세한 논의는 송기한, 「김광균 시의 전향과 그 의식변이 연구」, 『어문연구』 65, 어문연구학회, 2010. 9. 참조.

향과 그에 따른 일상으로의 복귀과정에서 사물을 새롭게 인식하고 그 일상의 대상을 즉물화하려는 정신의 구조가 이미지즘이 표방하는 수법과 자연스럽게 만나면서 이루어진 과정으로 이해해야 할 것으로 보인다.

4. 1930년대 모더니즘 문학의 의의

모더니즘의 개념을 살펴보면 그것이 단지 사조로서만 이해될 수 있는 성질의 것이 아님을 알 수 있다. 마찬가지로 한국의 모더니즘도 1930년대에 특정 인물에 의해 특정 이론이 본격적으로 도입된 것임에도 불구하고 한국 자체의 시대적이고 사회적 토양과 분리되어 논의될 수 없는 것이 사실이다. 당시 한국에 근대가 진행되고 있었다면 어떠한 형태로든 모더니즘은 전개될 수 있었던 것이다. 그것은 한국의 근대가 식민지였다거나 발전한 자본주의가 아니었다는 것과는 하등 상관없는 현상이다. 모더니즘은 근대의 모순과 부조리가 있는 곳에서라면 어김없이 뿌리내릴 수 있는 정신 활동인 것인데, 이는 모더니즘이 근대 문명이 노정하는 위기와 불안에 대한 극복 의지를 담고 있는 것이기 때문이다. 식민지는 제국주의의 잉여 자본이 투입되어 근대가 제도적, 경제적으로 이식된 곳이므로 오히려 더욱 모더니즘이 번성할 수 있는 좋은 토양이 되었다. 다만 식민지에서의 모더니즘은 식민 본국의 모더니즘과는 차이가 날 수밖에 없다.

이러한 관점에서 보았을 때 우리의 모더니즘은 서구의 모더니즘에 미달되거나 부족한 것이 아니라 식민지 모더니즘의 중요한 현상적 지표가 된다. 식민지 모더니스트들은 근대에 대해 어떠한 정서와 관넘을 지니게 되었는지, 이를 통해 식민지 모더니스트들이 구현한 창작 기법들은 무엇이었고 제시한 전망과 이상은 무엇이었는지 하는 것들은 반드시 행해져야 할 질문들인 것이다.

우리 모더니스트들은 자신의 문학을 통해 모더니즘의 보편적 범주들을 충실하게 실현시킨다. 근대 문명에 대한 역사 의식이라든가 공간적 기법 추구, 그리고 신화적 세계 모색은 이들이 모더니즘의 본질을 충분히 담아내고 있음을 말해주는 것이다. 그러나 우리 모더니스트들이 제시하는 대안의 세계는 서구의 것과는 다르다. 서구의 모더니스트들이 종교나 사회주의, 혹은 각 민족의 고대 신화에 천착함에 따라 극단화된 파시즘에 기울어져 갔다면 대다수의 우리 모더니스트들은 근대의 패러다임 자체를 넘어설 수 있는 신화를 제시하였음을 알 수 있다. 그것은 자연이나 고향과 같이 훼손되지 않은 것이자 순수한 정신과 조화할 수 있는 우주의 유년시대를 향해있는 것이다. 이는 배타적이지 않는, 따라서 공격적이지도 않는 세계이며 서구의, 혹은 제국주의의 모더니스트가 걸었던 신화와 다른 자리에 놓여 있는 것이다.

생명파와 생명의지의 구현

1. 생명파와 생명의 문제

한국 시단에서 생명파의 등장은 1936년 『시인부락』과 『생리』등
이 간행된 다음부터이다. 그리고 이들에게 생명파란 명칭을 붙인 것
은 이들의 문학적 경향을 한데 모아 서정주가 처음으로 붙임으로써
가능해졌다(서정주, 『서정주문학전집』 2, 일지사, 1972, p. 134 참조). 물
론 생명파 이외에도 한국 시단에서 다양한 형태의 유파가 등장하기
시작한 것은 이때가 처음이 아니다. 1920년대 초 역시 30년대 못지
않게 많은 문학적 조류들이 생겨났다. 따라서 이때를 비롯해서 이 두
번의 시기를 일제 강점기 시기 동안 이루어졌던 문학적 백가쟁명의
시대로 보고자 한다. 그런데 이 두 번의 화려한 문화유산들은 모두
어떤 강력한 도그마와 분리될 수 없는 관계항에서 형성되었다는 사
실이 우리의 주목을 끈다.

익히 알려진 대로 1920년대 초의 문화개화는 소위 무단통치의 종식과 문화정책의 결과에 기인한 바가 크다. 이런 통치의 전환은 문예 홍수시대와 세기말 풍조의 확산으로 계승되었는데, 1930년대의 사정도 이와 크게 다르지 않다. 이 시기까지 한국 문단을 지배한 두 조류는 내용을 중시하는 카프 문학과 형식에 치중된 모더니즘 문학이었다. 그런데 엄밀하게 따져보면, 편내용주의나 편형식주의는 모두 시 본래의 영역과는 어느 정도 거리를 둔 경우였다. 소월을 비롯한 민요시인들, 한용운 등에 의해 근대적 의미의 서정시가 채 자리도 잡기 전에 한국 시단은 형식과 내용의 국면에서 또 다시 실험의 장으로 내몰렸던 셈이다. 이런 왜곡된 문학적 흐름들은 군국주의적 현실, 곧 객관적 정세의 악화에 따라 벽에 부딪히게 된다. 그 당연한 결과로 시단에서는 20년대 못지 않은 다양한 형태의 시들이 난만히 흘러나오게 된다. 해외파, 순수파, 인생파, 자연파, 생명파 등등이 바로 그러한데, 이런 흐름들은 서정시 본연의 장으로 가려는 올곧은 노력이었다고 할 수 있다. 이를 90년대식 표현을 빌자면, 신서정의 발견으로 설명할 수 있을 것이다.

이런 경향은 1990년대에 고스란히 이어진다. 실상 90년대 한국 시단에 불기 시작한 시에 있어서의 서정에 대한 새로운 바람들은 문단의 폐쇄적 흐름과 어느 정도 상관관계가 있는 것이었다. 80년대를 지배한 사조는 현실정향적이었고, 그 반대편의 경우(때에 따라서는 동일한 지향이기도 한)는 실험주의적인 경향을 띄었다. 그런데 이 모두는 서정시라는 장르적 특성과는 어느 정도 거리가 있었던 경우이다. 30년대가 그러했던 것처럼, 민주화와 탈이념화의 바람을 타고 80년대를 이끌었던 주도적 흐름들이 소멸하면서 새로운 형태의 시정신에 대한 탐색이 모색되었기 때문이다. 그것을 새로운 서정, 신서정라 했음은 잘 알려진 일이다. 이런 문단적 흐름을 이해하면, 30년대나 90년대 유행처럼 번졌던 '생명'에의 관심은 시단의 새로운 방향 모색과 관련이 있다는 것, 시대의 문맥과 분리될 수 없다는 것, 서정시의 양식적 특성과 밀접한 관련이 있다는 것을 알게 된다.

2. 존재론적 측면에서의 생명의 의미

『시인부락』이 창간된 것은 1936년이다. 이때는 이미 카프가 해체되고, 구인회를 중심으로 한 모더니스트 그룹들도 활력이 떨어지던 시기이다. 이 틈새를 뚫고 서서히 뿌리를 내리기 시작한 근대시의 흐름속에서 다시 새로운 영역들이 모색되기 시작했다. 『시인부락』과 『생리』의 창간이 의미를 갖는 것은 이런 모색들과 무관하지 않다. 이들 잡지가 나온 것은 30년대 후반이 접어들면서부터이다. 그런데, 이때는 30년대 초부터 시작한 시단의 새로운 운동으로부터 약간의 거리가 있는 시기이다. 말하자면 서정시에 대한 새로운 탐색이 모색되었던 초기와는 시기적으로 떨어져 있었는데, 이런 거리화가 이들만의 독특한 시세계를 만드는 역할을 한 것은 아닐까? 한다. 이런 의문이 드는 것은 이들의 작품 속에 구현되었던 주제가 이전의 시들에서 모색되었던 주제들보다 좀더 형이상학적이었다는 점에서 찾을 수 있을 것이다. 근대로부터 일구어지는 거대 주제들, 가령 모더니즘이라든가 리얼리즘 등은 인간의 내성이나 존재와 같은 작지만 중요한 문제들에 대해서는 무관심했다. 순수문학이나 해외문학 역시 이런 형이상학적 주제들에 대해 주목하지 않은 것은 마찬가지였다. 『시인부락』과 『생리』의 창간이 우리의 주목을 끄는 것은 이들이 추구한 주제가 이전의 방식이나 문제와는 전연 딴곳에 있다는 점 때문이다. 이들은 익히 알려진대로 인간의 생명의식이나 인간의 존재에 대한 것들에 대해 심도있는 질문을 던졌다.

『시인부락』을 앞서서 이끈 사람은 서정주이다. 그는 이 잡지에 주도적으로 참여했을 뿐만 아니라 이들이 추구한 문학적 이념을 생명파라고 처음 이름붙인 사람이다. 또한 그는 인간의 존재문제를 처음 제기한 사람인데, 그의 문학적 이념과 출발을 알리는 대표적 시집은 그의 첫 시집인 『화사』이다. 이 시집은 근대 이후 제대로 제기되지 못한 인간의 존재 문제를 처음 의미화시켰을 뿐만 아니라 그 철학적 기반에 대해서도 원리적으로 밝혀내었다.

인간을 어떻게 정의할 것인가하는 문제는 종교나 철학, 심리학과 관련되는 것이고 또 사회학의 범위로부터도 자유롭지 않은 사안이다. 따라서 복잡하게 얽혀있는 인간의 문제를 어느 하나의 기준으로 설명하는 것은 쉽지 않다. 그럼에도 하나의 잣대, 가장 일반화된 근거로 설명할 수 있다면, 우선 종교의 영역을 꼽을 수 있지 않을까 한다. 이 기준은 생물학적인 기준과 양립하는, 인간을 정의하는 가장 좋은 매개 가운데 하나이다. 서정주가 『화가』에서 인간의 문제를 규명한 방식도 바로 종교적인 영역에서였다. 그것은 중세의 영원과 상대적인 자리에 놓인 근대 체험 혹은 근대인되기에서 였다. 근대를 체험하고 근대인이 된다는 것은 반종교의 영역, 중세적 영원의 영역과는 정반대의 위치에 놓인다. 근대인이란 일시적, 순간적, 우연적 시간에 놓이는 한시적 존재이기 때문이고 또한 육체의 영원성이나 완벽성과는 무관한 존재이기 때문이다.

해와 하늘 빛이

문둥이는 서러워

보리밭에 달 뜨면
애기 하나 먹고

꽃처럼 붉은 울음을 밤새 울었다.

서정주, 「문둥이」 전문

　인용시는 서정주의 대표작 가운데 하나인 「문둥이」이다. 이 작품을 두고 많은 연구자들은 원죄의 업보에 몸부림을 쳤다거나 인간의 존재론적 숙명에 대해 기술한 슬픈 자화상으로 이해했다. 천형의 질병으로부터 헤어나오지 못하는 인간, 에덴의 유토피아로부터 추방된 인간이 감내해야할 고된 모습들이 이 작품만큼 효과적으로 풀이된 경우도 없을 것이다. 근대인은 완벽한 인간상을 요구하지도 않고 또 요구할 수도 없다. 완벽이란 오직 영원의 감각이 유효한 지대에서만 실효성이 있기 때문이다.

　따라서 영원이 인간으로부터 벗어날 때, 비로소 생명과 같은 존재의 문제가 수면위에 떠오르기 시작했다. 그러나 이 생명은 건강한 것이 아니라 병든 것이고 불구화된 것이다. 이런 불구성 때문에 인간은 방황하고 고민하면서 그 스스로가 나아갈 방향에 대해서 모색하게 된다. 그러한 탐색이 존재론적 불안이나 존재의 완전성에 대해 희구에서 시작된 것은 잘 알려진 일이거니와 서정주는 그것을 불구화된 육체에서 찾았다. 육체에 대한 이러한 불구성은 꼭 신체 자체의 비완전성에서만 기인하는 것이 아니라 인간마다 내포된 욕망의 문제와도 밀접한 관련을 맺고 있다. 「화사」이후 서정주의 초기시를 풍미하고 있는 관능에 대한 열정적 탐구들은 욕망의 문제를 떠나서는 성립될 수 없는 테마들이기도 하다.

그러나 존재론적 완전에 대한 갈망이나 희구는 서정주의 시에만 나타나는 것이 아니라 『시인부락』 동인들이 표명했던 한결같은 주제였다. 그 비슷한 사유의식을 드러내보인 시인이 오장환이다. 오장환이 가졌던 관심 역시 인간 존재에 관한 근원적인 물음들이었다. 그런데 그의 존재에 관한 물음들은 서정주의 경우보다 그 외연이 다소 확장되어 나타난다. 그 외연이란 다름아닌 사회적 영역이었다.

오장환의 시들은 초기부터 그 시선이 인간 내부의 문제가 아니라 대사회적인 영역으로 확대되어 나타나는 특징을 보인다. 초기시를 대표하는 「姓氏譜」나 「宗家」 등이 그러하다. 이들 작품들은 전통적인 유교질서에서 빚어지는 다양한 모순이나 비현실성적인 모습들에 대해 비판적인 시각을 보인다. 전통에 대한 그의 이러한 비판의식들은 그의 성장배경과 무관한 것이 아니다. 그는 서자출신이었으며, 이에 따른 사회적 불이익을 온몸으로 감수하고 성장한 시인이다. 이렇게 성장과정에서 얻어진 비판의식은 인간이란 무엇인가라는, 존재에 대한 질문으로 당연스럽게 이끌리도록 만드는 계기가 된다.

나요. 오장환이요. 나의 곁을 스치는 것은 그대가 안이요. 검은 먹구렁이요. 당신이요.

외양조차 날 닮엇으면 얼마나 깃브고 또한 신용하리요.

이야기를 들리요. 이야길 들리요.

비명조자 숨기는 이는 그대요. 그대의 동족뿐이요.

그대의 피는 검어타지요. 붉지를 않고 검어타지요.

음부 마리아모양, 집시의 계집애모양.

당신이요. 충충한 아구리에 까만 열매를 물고 이브의 뒤를 따른 것은
그대 사탄이요.

차듸찬 몸으로 친친이 날 감어 주시요. 나요. 카인의 말예요. 병든 시
인이요. 벌이요. 아버지도 어머니도 능금을 따먹고 날 낳었오.

기생충이요. 추억이요. 독한 버섯들이요.

다릿-한 꿈이요. 번뇌요. 아름다운 뉘우침이요.

손발조차 가는 몸에 숨기고, 내 뒤를 쫓는 것은 그대 안이요. 두엄자
리에 반사한 점성사, 나의 예감이요. 당신이요.

견딜 수 없는 것은 낼룽대는 혓바닥이요. 서릿발 같은 면도날이요.

괴로움이요. 괴로움이요. 피흐르는 시인에게 이지의 푸리즘은 현기로
웁소.

어른거리는 무지개 속에, 손꾸락을 보시요. 주먹을 보시오.

남빛이요 – 빨갱이요. 잿빗이요. 잿빗이요. 빨갱이요.

오장환, 「불길한 노래」 전문

    인용시는 에덴동산에서 평화로운 삶을 영위하다가 지상으로 쫓겨
난 이야기인, 구약성서의 신화를 그 시적 모티프로 삼고 있다. 그 스
스로를 카인의 후예라고 하는 것이나 아버지와 어머니도 능금을 따
먹고 자신을 낳았다고 하는 것은 기독교에서 이야기되는 원죄의식
을 떠나서는 설명할 수가 없다. 그런 면에서 이 작품은 똑같은 모티
프를 갖고 있는 서정주의 「화사」와 비교된다. 「화사」는 인간을 욕
망하는 존재로 규정하기 위해 아담과 이브의 신화를 인유했다. 곧,
인간이 욕망하는 존재였다는 것을 정당화시키기 위해 이 신화를 끌

어들인 것이다. 반면 「불길한 노래」는 시인의 존재가 무엇이고 인간이란 무엇인가에 대해 끊임없이 고민하는 과정에서 성서신화가 인유되었다.

「화사」는 처음부터 인간이 이런 존재성을 가지고 있다는 것을 이야기하기위해 성서신화를 채용한 반면 「불길한 노래」는 이와는 달리 역경의 모색과정에서 인간이 애초에 이런 모양새를 지니고 태어났다는 것을 에덴 동산의 신화에서 찾은 것이다. 서정주와 오장환은 인간에 대한 규정을 이렇듯 똑같이 성서신화에서 구했음에도 불구하고 그 동기와 과정은 사뭇 달랐던 것이다. 인간이란 무엇이고, 그에 따른 생명현상에 대한 이들의 물음들은 이후의 시작과정에서도 판이하게 달리 나타난다. 건강한 생명, 완전성에 대한 향수들이 서정주에게는 신라나 자연의 영원성 등에서 표명되는 반면, 오장환에게는 모든 것이 전일하게 조화되는 건강한 고향 등에서 표명되기 때문이다.

생명현상의 본질이 무엇이고 그것의 궁극적 모습이 어떤 것인가에 대해 고민한 또하나의 시인이 유치환이다. 그 역시 『시인부락』의 주요 동인이었으며 존재론적 고독에 대한 인간의 선험적 문제에 대해 끊임없이 고민한 시인이었다. 실상 우리 근대시사에서 생명현상에 대해 유치환만큼 갈등과 모색을 거듭한 시인이 없다는 점에서 그를 진정한 의미의 '생명파 시인' 혹은 '생명 시인'이라 불러도 무방할 것이다. 이는 두가지 면에서 그러하다. 하나는 양적인 측면에서이다. 유치환은 한국전쟁 동안 상재된 『보병과 더불어』를 포함하여 거의 대부분의 시와 시집들이 이 문제에 대해 천착하고 있다. 이런 방대한 양은 다른 어떤 시인들의 경우보다 많은 경우이다. 그 연장선에서 그는 생명에 대한 다양한 현상들에 대해 점검하고 이에 대해 서 그 나름의 고유한 철학적 모색들을 의미있게 예비해 둔 예외적 시인이었다.

유치환은 생명을 정(精)의 문제로 풀이했다. 이럴 경우 정은 지극히 인간적인 영역에 놓인다. 그것이 인간의 영역에 놓이는 것이기에 유한으로부터 자유로울 수 없는 것이며, 그 유한에 함유되어 있는 것을 그는 생명현상으로 이해했다. 따라서 그에게 생명이란 곧 유한이었으며 정이었다. 그러한 유한의 영역, 정의 영역으로부터 벗어나는 것이 영원을 얻는 지름길이며, 그가 끊없이 탐구했던 비정(非情)의 시학이었던 셈이다.

> 내 죽으면 한 개 바위가 되리라
>
> 아예 哀憐에 물들지 않고
>
> 喜怒에 움직이지 않고
>
> 비와 바람에 깎이는 대로
>
> 億年 비정의 緘默에
>
> 안으로 안으로만 채찍질하여
>
> 드디어 생명도 망각하고
>
> 흐르는 구름
>
> 머언 遠雷
>
> 꿈꾸어도 노래하지 않고
>
> 두 쪽으로 깨뜨려져도
>
> 소리하지 않는 바위가 되리라
>
> 유치환, 「바위」 전문

「바위」는 일반 대중에게 너무도 잘 알려진 유치환의 절창 가운데 하나이다. 이 작품이 절창일 수 있는 것은 정(精)과 유한(有限)의 궁극적 의미가 무엇인가에 대해서 잘 짚어내고 있기 때문일 것이다. 애련(哀憐)과 희노(喜怒)는 인간의 기본 속성인 유한의 감각들이다. 그것은 인간에 속한 것이고, 더 정확히는 생명에 속한 것이다. 유치환은 일찍이 그러한 정서에 물들지 않음을 치욕으로 생각한 때가 있었다. 그의 생명의식의 본질은 이렇듯 유한한 존재가 느끼는 기본 감각으로 사유했다.

대단히 형이상학적이긴 하지만, 생명에 대한 절대빈곤을 유치환은 무한한 존재가 되는 길에서 치유하고자 했다. 이런 도정은 서정주나 오장환의 경우와는 퍽이나 다른 경우이다. 그의 무한의식, 영원으로의 길은 생명현상의 근본이었던 정의 소멸에서 일구어내기 때문이다. 이 작품에서 '緘黙'의 의미가 그러하다. "億年 비정의 緘黙"이란 무한으로 가는 사유의 중간단계이다. 그 전 단계에는 애련과 희노와 같은 유한의 단계가 있고, 그 뒤에는 바위로 표상되는 비정의 단계, 곧 무한의 단계가 있다. 애련에 물들지 않고, 희노에 움직이지 않으면서 궁극적으로는 생명도 망각하는 단계, 그것이 곧 억년 비정의 함묵의 단계인 것이다. 이렇듯 경계를 뚫고 우주라는 연속체, 곧 영원의 감각과 무한으로 나아가는 것이 「바위」의 궁극적 주제일 뿐 아니라 생명현상의 한계로부터 벗어나고자 했던 유치환의 시도동기였다.

3. 사회적 외연이 확장된 생명의 의미

인간이 갖는 근원적 조건으로서의 생명의 문제는 근대의 체험과 더불어 시작되었고, 궁극에는 하나의 유파로까지 발전했다. 이후 이에 관한 질문들은 다양한 얼굴을 하고 표현되었지만, 『시인부락』시절 만큼 적극적으로 언표되지는 않았다. 그러나 1980년대 후반에 들어서 생명에 관한 문제는 또다시 우리 문학사의 수면위로 떠오르게 된다. 80년대는 군부독재라는 하나의 축과 이에 대한 안티 축이 단선적인 대결의 국면을 형성하고 있던 시기이다. 이 대립속에서 이를 대신하는 혹은 대변하는 문예학적 흐름이 당연히 나타났는바, 20년대가 그러했던 것처럼 리얼리즘과 모더니즘의 영역이 그러했다. 그런데 이 두가지 흐름이 마무리될 쯤에서야 생명의 문제가 다시 첨예한 인식론적 단위로 부각하게 된다. 이 시기 이런 생명의 문제에 대해 선편을 쥔 쪽은 김지하였다.

80년대 후반에 들어 제기된 김지하의 생명사상은 많은 논란을 불러일으킨 바 있다. 진보적 입장에서는 그의 생명사상이 역사의 객관적 필연성을 부정하는 것이라 하여 그를 변절자라 불렀다. 그런가 하면 그 반대쪽에서는 그의 뚜렷한 생명사상을 어느날 갑자기 우주에서 떨어져나온 것처럼 색다른 방식으로 이해했다. 그만큼 김지하의 생명사상은 뜬금없이 날라들어서 많은 사람들을 당황하게 만들었다. 그러나 시인의 말을 들으면 그의 생명사상은 즉자적이고 단순하게 만들어진 것이 아니라 오래전부터 형성된 것이었다. 특히 70년대 중반 그가 감옥에 있을 때, 창틀에서 피어나는 생명체를 보고 생명에 대한 경외감을 느꼈다고 했다. 그러나 이런 내적 감탄은 지극히 주관적인 것이다. 순간의 인식전환이 어떤 거대한 사상을 가져오게 되었다는 것인데, 이런 즉자적 주관인식이야말로 매우 이례적인 일이 아닐 수 없기 때문이다.

그러나 이후에 밝혀진 것이긴 하지만, 그의 생명사상은 좀더 색다른 곳에서 찾아진다. 특히 그것은 진보나 보수의 자의적 해석논란을 떠나 삶의 구경적인 것과 관련이 있다는 것, 그리고 그것이 인간의 존재론적 국면에 갇힌 폐쇄적인 것은 아니었다는 사실이다. 그의 생명사상은 존재론적 고독에서 온 것일 수도 있고, 대사회적인 맥락에서 온 것일 수도 있다. 그가 계급적 인식과 역사의 합법칙이란 말을 표나게 사용하지 않을 뿐이지 이것과 전연 무관한 것도 아니었다. 이를 테면 그의 생명사상은 인간의 삶을 둘러싸고 있는 온갖 총체가 결부되어 나온 인식이었다.

생명
한 줄기 희망이다
캄캄 벼랑에 걸린 이 목숨
한 줄기 희망이다

돌이킬 수도
밀어붙일 수도 없는 이 자리

노랗게 쓰러져버릴 수도
뿌리쳐 솟구칠 수도 없는
이 마지막 자리

어미가
새끼를 껴안고 울고 있다
생명의 슬픔
한 줄기 희망이다.

김지하, 「생명」 전문

이 작품은『시인부락』시인들이 표방했던 생명시들과 동일선상에서 논의될 수 있는 성질의 것은 아니다. 여기에는 존재의 불안이나 그 극복에 위한 어떤 완전성의 희구의식을 전연 읽어낼 수 없는 까닭이다. 「생명」에서 이해할 수 있는 것은 생에의 의지이고 삶에의 의욕일 뿐이다. 어떤 극렬하고 열악한 조건이 있다고 할지라도 이를 딛고 일어나야 하는 것은 '생명'이 있기에 그러하다고 본다. 따라서 그것은 삶의 동인이자 인간의 근본 조건이 된다고 하겠다. 이 생명사상에는 생명의 유한성이나 영원성으로 도달하기 위해 그것이 어떤 식으로 질적 변화를 일으켜야 하는지에 대한 형이상학적인 관념이 녹아나 있지 않은 것이다. 오히려 생명이란 있는 것기에, 그것이 정말 소중한 것이기에 기타의 모든 것들은 희생되더라도 주체는 "한 줄기 희망"을 가질 수가 있다고 인식한다. 그리고 생명을 위해서 주체의 열정도 중요하지만, 그를 둘러싼 외적 요건도 중요하다. 그것은 곧 생명 현상을 유지하기 위한 두 개의 수레바퀴인 까닭이다.

김지하의 생명사상은 인간을 규정하는 매개가 아니다. 따라서 어떤 형이상학적 문제로부터도 멀리 떨어져 있다. 그의 생명사상은 인간이 인간이게끔 하는 조건, 인간이 살아나가야하는 조건일 뿐이다. 그러므로 그것은 주체의 열정에 관련되기도 하고, 사회적인 관계망에 관련되는 것이기도 하다.

인간의 삶의 조건에 관계된 김지하의 생명사상은 90년대초 거대 담론의 퇴조와 밀접한 관계가 있다. 더 이상 큰 이야기가 소통되지 않는 시기에 그의 생명사상은 그 공백을 충분히 메우고도 남았다. 그 연장선에서 그의 생명사상은 이후 본격적으로 대두하기 시작한 생태주의 사상의 문학적 구현에 다대한 영향을 끼치게 된다.

생태주의가 지향하는 궁극적인 의도가 살아있는 생명체들의 삶의 조건과 그 방향에 있다는 측면에서 보면, 이 이즘도 결국은 생명의 문제와 밀접한 관련을 갖는 것이라 할 수 있다. 90년대 들어 생태주의가 전면에 부각된다는 것은 역으로 생각하면 반생태적 조건이 그만큼 광범위하게 펼쳐져 있다는 의미가 될 것이다. 생명이 더 이상 하나의 생명으로 온전히 살아갈 수 없다는 위기의식에서 나온 것이 생태주의다. 자연과 인간의 이분법적인 구도를 중시하는 심층생태론이든 사회의 지배체제에 더 많은 관심을 갖는 사회생태론이든, 생태주의는 생명사상의 본질을 떠나서는 설명할 수 없다. 생명이 주변의 환경과 어떻게 조화롭게 살아갈 수 있는가를 고민하는 것이 생태주의의 핵심이기 때문이다.

하늘이여

보잘 것없는 이 몸이 올 한해도 열심히 살았습니다

흙에서 태어나 다시 흙으로 돌아갈 이 목숨

제 한 몸을 부지런히 써서 이 지상의 식구들

백서른 명을 먹여 살릴 쌀을 거두었습니다

푸른 벼와 보리와 우리 밀을 길러

수천 명이 마실 수 있는 맑은 산소를 생산했고

논농사로 귀한 생명의 물을 지하수로 저장시켰습니다

비바람에 휩쓸려 내려가 저 강과 바다를 메웠을

수십 트럭분의 토양 유실을 막아냈고

물질경이 벗풀 새뱅이 미꾸라지 새들까지

서로를 먹여 살리며 한 가족을 이루었습니다

어느 작가나 예술가도 그릴 수 없는 아름다운 들 그림과

노래와 풍광을 당신의 붓이 되어 보여주었으며

어느 학자나 종교인도 가르칠 수 없는 대자연의 진리와

더불어 사는 공동체 삶을 제 농사를 통해 살아냈습니다

박물관이나 도서관으로도 보존할 수 없는 문화전통과

소중한 민족의 혼을 고스란히 지켜냈습니다

제 작은 몸을 통해 이 많은 선업을 이루게 하셨으니

하늘이여 고맙습니다

박노해, 「세기말 성자의 기도」 부분

인용시는 생태주의를 논의할 때, 흔히 거론되는 작품이다. 이 작품에서 대지, 물, 농장물 등은 매우 신성시 된다. 이뿐만이 아니라 여기에 등장하는 사람역시 똑같은 위치에 놓인다. 어찌보면 인간을 포함한 자연물이 모두 절대시되면서 수평적 등가관계에 들어간다. 등가란 종속의 상대적 위치에 서는 개념이다. 자연과 인간 혹은 자연물 사이에 수평적 등가관계가 형성되었다는 것은 수직적 종속체계의 붕괴와 밀접한 관련이 있다.

성서에 의하면, 태초의 온갖 동식물들은 등가관계를 유지했다고 한다. 소위 양육관계라든가 지배와 피지배의 관계가 없었다고 한다. 이런 성서적 맥락에서 보면, 「세기말 성자의 기도」는 태초의 유토피아 세계와 별반 다를 것이 없다. 이 세계에서는 생명사상을 굳이 표나게 내세울 것이 없는데, 유토피아가 구현하는 모습그대로 그것은 곧 생명의식의 구경적 발현인 까닭이다.

한국 근대시사에서 생명이라는 주제는 인간을 규정하는 매개로 시작되었다. 그 시초는 『시인부락』 시인들이었다. 그러나 이들이 주제화한 생명사상은 약간의 편차를 갖는 것이었는데, 서정주의 경우는 인간 존재를 규정하는 요건으로 생명사상을 이끌어들였고, 오장환은 거기에 대사회적 의미를 덧붙였다. 그에게 생명사상은 또다른 사회로 탈출하고자 하는 시적 열망에 기인한 바가 컸다. 그리고 유치환은 생명을 인간이 갖는 정(精)의 문제로 풀이했다. 정을 느끼는 것은 인간이라는 유한한 존재만이 갖는 것이라 인식했다. 그리하여 그는 그러한 유한성을 극복하는 수단으로 비정(非情)의 문제에 매달렸다. 그의 생명사상은 양적으로나 질적으로 서정주나 오장환을 뛰어넘는 것이어서 그를 생명파 시인의 본령으로 간주하는 것도 큰 무리는 없어 보인다.

생명사상은 『시인부락』 시인들 이후 다양한 경로로 발전해오다가 80년 후반 이후 또다시 꽃피우게 된다. 김지하가 그 선두에 놓이는 경우이며, 이후 활발히 전개된 생태주의의 문학이 그 맥을 잇는다. 이들의 생명사상은 『시인부락』 동인들의 경우 처럼 존재론적 문제에서만 국한되는 것이 아니었다. 그들의 생명사상은 인간을 조건짓는 방법상의 문제가 아니라 보다 포괄적인 삶의 조건으로 확대된 것이었다. 즉 어느 하나의 생명이 주변의 환경과 어떻게 조화롭게 살아갈 수 있는가에 대한 고민들이 80년대 이후 전개된 생명사상의 핵심이었던 것이다.

제2부

실존적 한계와 낙원의식
근대시의 반대륙성과 바다지향성의 의미
존재의 근원으로서의 땅(흙)의 의미
불교적 윤회와 윤리성의 시적 구현

현대시의 유형과 인식의 지평

실존적 한계와 낙원의식

1. 현대와 유토피아

실존의 관점에서 인간을 정의하게 되면 인간에게 가장 필요한 것은 어떻게 사느냐에 대한 문제로 귀결된다. 이러한 결론은 지극히 당연한 것이면서 또 인간으로 하여금 가장 어려운 상황에 놓이게 하기도 한다. 이는 삶이 전제된 인간을 규정하는 문제와 결부되어 있거니와 철학의 심오한 주제와 밀접하게 연결된 것이기도 하다.

의식의 자유로운 날개 혹은 의식과 무의식의 조화로운 통일이 거부될 때, 실존의 고단함이랄까 현실의 고통이랄까 하는 것이 밀려오게 된다. 만약 인간에게 이러한 불협화음이 없게 된다면 인간은 더 이상 이상이나 유토피아와 같은 꿈에 대해서 말할 여지는 없어지게 될 것이다. 그러나 이런 문제들은 지극히 단순화, 혹은 도식화된 문제이면서도 그 해결의 실마리는 여전히 요원한 채로 남아있다. 실상 인간의 실존이 이로부터 자유롭지 않다는 대단한 선언이 가능하기도 하고, 그것에의 도정은 단지 꿈에 불과하다는 비극론이 성립하기도 하는 것이다.

인간이란 왜 천형과도 같은 이런 무거운 짐들로부터 탈피하지 못하는 것일까. 인간이 신과 어떻게 다르고, 영원의 맥락과는 어떻게 차질되는 것일까. 이런 고민 앞에 우리가 늘상 서있는 것은 다음 몇 가지 요인에 그 원인이 있다. 첫째는 영원성과의 관련이다. 우선 인간은 영원하지 않기에 실존의 늪에서 고민하게 된다. 이런 헤매임은 물론 의식의 전능 때문에 가능한 일인데, 만약 인간의 의식이 지극히 저급한 차원에 놓여 있다면, 이런 고뇌는 자못 사치에 불과할 뿐이다. 무엇무엇이 가능할 수 있겠다는 의식의 자유로운 상상은 인간으로하여금 지금 여기의 실존조건을 초월하여 보다 완벽한 그 무엇을 요구하게끔 만들었다. 그것이 곧 신의 영역과 똑같은 위치에 다다르고자 하는 욕망이다. 종교가 그 극점에서 직조된 것도 이런 이유 때문일 것이다.

둘째는 인간의 기본 조건을 형성하고 있는 욕망에 관한 것이다. 인간은 욕망하기 때문에 억압된다는 말처럼, 이 정서가 인간의 행복조건과 평행선에 놓여 있는 것은 잘 알려진 일이다. 욕망이 무엇인지에 대해 명확히 정의하는 것은 지극히 어려운 일이긴 하지만, 그것이 인간의 실존 조건과 분리하기 어려운 것은 자명하다. 정신분석학적 관점에서 어머니와의 합일하고자 하는 욕망이나 상상계로 진입하고자 하는 꿈이야말로 유토피아적 존재의식과 밀접히 관련되어 있기 때문이다.

셋째는 사회적 제반 현상과의 관련이다. 이는 대개 정치적인 상황들로부터 자유로운 것이 아니며, 또한 근대성의 제반 문제와도 자유롭지 않은 것이다. 사회적 요인들에 의해 형성된 자유의지란 주로 도피적인 맥락에서 형성되고 있으며, 그 기원 또한 매우 오랜 역사를 갖고 있다. 정치적인 힘과 이데올로기가 삶을 억압해 들어올 때, 피억압자들이 찾았던 이상 등은 그 대표적 사례가 아닐 수 없다. 정치적 억압을 피해 들어간 것이 도피라면, 그 실천을 위한 매개가 된 것은 반역이었다. 저항시라든가 참여시의 범주란 여기서 형성된 것이다. 그리고 그 연장선에 놓여 있는 것이 사회주의적 이상일지도 모르겠다.

요컨대, 유토피아에 대한 의지는 근대성의 제반 양상과 분리하여 설명할 수 없을 것이다. 뿐만 아니라 이는 영원성의 문제와도 밀접한 상관관계를 갖고 있는 것이기도 하다. 근대란 잘 알려진 것처럼, 일시성, 순간성, 우연성으로 특징지어진다. 반면 근대 이전은 이러한 양상과는 정반대에 놓인다. 신의 영원성과 동일시된 인간의 영원성이 바로 그것이다. 그러나 계몽의 실증주의는 중세의 영원주의를 일거에 붕괴시키고, 인간에게 자율적 존재라는 한계성을 부여해버렸다. 과학이 주는 인과론이야말로 인간으로부터 신을, 그리고 영원을 사상시킨 주요 요인이 되어버렸다.

유토피아의식은 이렇듯 종교적, 심리적, 사회적 요건과 밀접하게 결부되어 있다. 어느 하나의 요인에 의해서 이 의식이 형성되기도 하고, 어느 하나의 요인이 주가 되고 다른 것이 부가 되는 복합적 성격을 띠기도 한다. 어떻든 그것이 어떤 모양새로 나타나든 유토피아란 인간답게 사는 것, 인간다운 것으로부터 분리하기 어려운 것이라는 점은 분명할 것이다. 자아와 세계의 영원한 불화를 전제로 하는 서정시에서 인간 삶의 전제조건인 유토피아의식을 시의 주요 내용으로 외면할 수 없는 것은 이런 이유 때문일 것이다.

2. 낭만주의적 꿈과 이상

한국 현대시에서 유토피아에 대한 꿈이나 이상이 가장 극명하게 나타난 시기는 1920년대이다. 이때를 풍미했던 시인들이 주로 구가했던 것이 님과 이상향이었던 것은 잘 알려진 일이거니와 이들 그룹을 낭만주의자들로 구분한다. 낭만주의란 지극히 정서적인 함량을 갖고 있는 사조이다. 그런데 이런 낭만적 요소들이 일제 식민지라는 암울한 시기와 결부되는 것은 어떤 이유 때문일까.

그것은 다음 두가지 요인에 그 원인이 있었던 것으로 이해된다. 하나는 낭만주의가 태동했던 배경과의 관련성이다. 낭만주의는 지극히 개인적인 정서에 가까운 것임에도 불구하고 사회적 맥락과 밀접한 상관관계를 갖고 있다. 서구에서 정치적인 암흑기에 그것이 발흥했다는 것이 그 증거인데, 그런 암울한 요소들이 낭만주의의 중요한 속성 가운데 하나인 유토피아를 희구하게끔 만들었다.

그리고 다른 하나는 인간 자체 속에 생래적으로 내재되어 있는 원형적 요인이다. 영원으로부터 분리되어 나온 인간이 가장 먼저 대담하게 달려든 곳이 신과 같은 영원의 영역이었다. 이는 지독한 역설이 아닐 수 없다. 신과 같이 전일적 존재가 되려는 욕망이 인간 스스로에게 신적 요소를 선험적으로 부여하게끔 했기 때문이다. 그리하여 이 욕망은 흄이 말했던 세가지 절대적 영역을 하나로 꿰뚫어볼 수 있는 전일적 자아로 인간을 거듭 태어나게 했다. 대상을 자아화하고 그 황홀한 절대 상태에서 신처럼 모든 것을 주재하고자 했던 것이 낭만적 자아의 오만한 발상이었던 것이다. 그러나 스스로 신이라 판단했고, 신처럼 전일적 성격을 부여받았다고 인식한 자아는 인간적 국면을 전연 떨쳐버리지 못하게 된다. 그러한 불일치가 낭만적 아이러니라는 독특한 국면을 만들어냈고 그 당연한 귀결로 동경이라는 방법적 의장을 형성케 했다.

한국 시사에서 낭만주의의 방법과 이념이 교묘하게 등장했던 시기가 1920년대였다. 일제에 대한 저항이 처절한 좌절로 종결되었을 뿐만 아니라 그 안티테제로 새로운 이상향에 대한 열망을 가열차게 타오르게 했다. 여기에 선험적으로 내재된 유토피아에 대한 인간의 꿈이 더해져 님에 대한 그리움, 미지의 유토피아에 대한 공간의 열망으로 현현하게 된 것이다.

> 엄마야 누나야 江邊 살자.
> 뜰에는 반짝이는 金 모래 빛,
> 뒷 門밖에는 갈잎의 노래
> 엄마야 누나야 江邊 살자.
>
> 김소월, 「엄마야 누나야」 전문

이 작품이 말하고자 하는 궁극적인 의도는 이상향에의 추구이다. 따라서 시인이 원하는 그곳이 어떤 공간이어야 한다하는 등의 긴 설명은 필요치 않다. 그곳은 역사화된 곳도 구체적으로 존재하는 장소도 아니기 때문이다. 단지 그곳은 낭만적 자아가 편히 기댈 수 있는 장소이면 그만이다. 따라서 일제 강점기라는 상황을 배제한 채 이 작품이 함의하는 궁극적 의미를 제대로 이해하는 것은 불가능하다. 시인이 희구하는 '강변'은 정치적, 사회적 상황을 떠나서는 성립할 수 없기 때문이다.

뿐만 아니라 이 작품에서 주목해서 보아야할 대목이 가족주의적 시각이다. 여기에는 두가지 전제가 놓여있어야 한다. 근대 사회의 특징은 가족 구성체의 해체와 불가분의 관계에 있다. 중세의 대가족이 근대적 의미망 속에 존재할 수 없는 것은 당연하거니와 가족의 최소단위인 핵가족 체계마저 근대는 더 이상 허락하지 않고 있다. 그렇게 분자화된 개인들을 시인은 가족의 봉건적 복원을 통해서 새롭게 재건하고자 한다. 시인이 애절하게 외치는 "엄마와 누나"는 바로 공동체를 지향하고자 하는 시인의 절실한 음성인 것이다. 둘째는 그것이 모성적인 세계와 연결됨으로써 더욱 그 의미를 배가하고 있는 경우이다. 낭만적 아이러니를 뒷받침하는 주된 요소 가운데 하나가 영원성의 상실이다. 원형적 심상이나 심리학적 국면에 의하면 모성적인 것은 영원의 맥락과 분리하기 어렵다. 따라서 남성성이 배제된 '엄마'와 '누나'에 대한 간절한 모성적 외침이야말로 영원에 대한 낭만적 자아의 구경적 탐색이라 할 것이다. 그것은 모성이 갖는 선험성과 절대성에 대한 신뢰와 밀접한 상관관계를 갖는 것이라 할 수 있다.

    그립다
    말을 할까
    하니 그리워

    그냥 갈까
    그래도
    다시 더 한번---,

    저 山에도 까마귀, 들에 까마귀
    西山에는 해진다고

지저귑니다.

앞 江물, 뒷 江물
흐르는 물은
어서 따라 오라고 따라 가자고
흘러도 연달아 흐릅디다려

김소월, 「가는 길」 전문

이렇듯 낭만적 자아가 갖는 유토피아 의식은 이상화된 공간 속에서 구현된다. 지금 여기의 불편한 현실이 낳은 대항담론이 미지의 공간에 대한 그리움으로 표현되기 때문이다. 소월에게 '강변'이 있었다면, 파인에게는 '산너머 남촌'이 있었다. 이런 신뢰할만한 장소에 대한 그리움은 근대의 제반구조, 불온한 현실과는 전연 동떨어진 곳으로 방향지어진다. 그러나 낭만적 자아가 추구하는 유토피아에 대한 희구는 그러한 물리적 공간에서만 그치는 것이 아니다. 관념적 형태의 그리움도 주요한 매개로 등장하게 되는데, 「가는 길」에서 보듯 사랑과 같은 의식이 바로 그러하다.

사랑은 영원으로 향하는 도정에서 늘상 등장하는 단골 메뉴이다. 태초에 사랑이 있었다는 성서적 깨우침에서도 그러하고, 생물학적 태생과 그에 따른 정신적 외상 또한 사랑의 결락에서 비롯되기 때문이다. 사랑은 육체와 정신을 매개하는 수단이자 현재의 불완전성을 극복하는 매개이기도 하다. 사랑의 완성을 영원의 시작으로 인식하는 것은 바로 이런 이유 때문이다.

20년대 낭만주의자들에게 가장 많이 등장하는 것이 사랑의 담론이다. 이 시기에 펼쳐진 사랑의 범람현상은 조국애의 그것과 겹쳐짐으로써 하나의 유행을 만들어내었다. 사랑의 유형학이랄까 그 매카니즘에 대해 세밀하게 천착한 시인도 소월이다. 이별과 미련, 좌절과 자책의 메카니즘으로 피드백되는 사랑의식은 소월 시가 이루어놓은 최대의 공과가 아닐 수 없다. 그런데 시인의 사랑의식이 궁극적으로는 유토피아의식과 분리할 수 없다는 점에서 주목을 요하는 대목이 아닐 수 없다. 사랑이야말로 유토피아로 가고자 하는 시인의 지난한 꿈이 내재되어 있기 때문이다. 「가는 길」이 말하고자 하는 것도 이 부분이다.

인용시에서 시인의 사랑의식은 시의 리듬과 절묘하게 오버랩됨으로써 그 끈끈함과 간절함의 정서를 훌륭하게 표현해내었다. 머뭇거림, 혹은 주저의 정서 속에 쉽게 떨쳐낼 수 없는 사랑의 애절함이 짙게 배어나올 뿐만 아니라 그 정밀한 의식이 까마귀 소리에 배가됨으로써 정서의 폭과 깊이를 더해주는 경우이다. 그런데 그 질긴 사랑의 정서들은 단속없이 흐르는 강물의 이미지와 결합됨으로써 더욱 강력한 지속력을 갖게 된다. 사랑을 이렇게 강렬하면서도 지속적인 정서로 풀어낼 수 있는 것은 전적으로 시인의 자질에 해당하는 몫일 것이다. 어떻든 소월은 사랑의 추구와 완성을 통해서 현재의 자아가 가지고 있는 편편치 못한 상황을 극복하고자 했다. 그 초월의 형태가 유토피아임은 두말할 필요도 없거니와 사랑이 유토피아의 궁극에 닿아 있음을 최초로 보여준 시인이라 할 수 있다.

3. 근대와 유토피아

근대와 영원의 관계는 반비례적 관계에서 설정된다. 하나가 올라가면 다른 쪽은 내려간다. 그런 관계가 성립되기 시작한 것은 산업혁명 이후의 일이다. 이 혁명은 인간의 삶의 조건에 막대한 영향을 끼쳤는 바, 통상 실증과 과학이라는 이름으로 증명되지 아니한 것들은 비합리성이나 비과학 등 미신의 영역으로 치부되었다. 뿐만 아니라 이 영역으로 설명될 수 없는 부분들에 이르기까지 그것은 미몽의 상황으로 분류되어버렸다. 많은 기회들이 열린 가능성으로 인식됨에도 불구하고 그것은 똑같은 함량으로 그 부정성의 그림자들을 지금 여기의 화폭에 그려놓았다. 인간적 삶의 절대적 조건을 형성하고 있었던 영원의 영역을 일탈시킨 것이 바로 그것이다. 영원이 물러간 자리에 남겨진 것은 혼돈의 늪과 불투명한 현재, 그리고 닫힌 미래 뿐이었다.

과거와 현재의 단절 속에서 과학은 탄생했고, 영원은 소멸되었다. 그 사상된 자리에서 생성된 것은 현재와 미래를 헤쳐나가고자 하는 예민한 촉수 뿐이었다. 발전의 논리와 그에 결부된 채 뻗어나가는 인간의 욕망을 제어할 장치 또한 아무 것도 발견되지 않았다. 욕망이라는 기관차와 이를 제어하고, 인식이 완결된 과거의 영광 사이에서 인간은 방황을 거듭거듭해야 했다. 그러나 이러한 과정이 가져다 준 것은 지극히 뻔한 결론이었다. 미래에 대한 추동력도, 제어되지 않은 욕망도 과거의 영원성만 못하다는 것, 그리하여 과거의 황금시대를 재현할 만한 대상을 현재의 상황 속에서, 혹은 과거의 기억이나 상상 속에서 새로운 유토피아들에 대해 탐색해들어가기 시작했다. 과거의 영원을 재건하면서 정신의 유토피아를 찾기 위해 끊임없이 노력해야만 하는 것이 근대인의 슬픈 초상이 되었던 것이다.

따라서 근대성이 제기하는 가장 큰 문제는 어떻게 인간다운 삶의 조건을 만들어가고 이를 현재화할 것인가에 대한 자기고민으로 집중되었다. 보다 나은 삶의 조건에 대한 모색이 근대성의 과제라면, 이는 곧 유토피아에 대한 그리움이랄까 욕망과 곧바로 연결될 것이다. 그 가열찬 열망들은 근대성의 방향과 밀접하게 관련된 것이어서 어느 것이 옳고 그른가에 대한 정합성을 논하는 것은 지극히 어려운 일이 아닐 수 없다. 그럼에도 거친 분류와 그에 따른 방향성이 허용될 수 있다면, 정신의 자유와 해방에 대한 의지로 이해할 수 있을 것이다. 문제는 그러한 도정에로의 길이 현실을 인식하고 판단하는 방법, 혹은 세계관에서 좌우될 수 있다는 사실이다.

근대성의 제반 문제와 유토피아로의 길은 다양한 관점에서 모색되었고, 그 방법적 해결 또한 적실히 제시되었다. 특히나 영미 모더니스트계나 프랑스쪽 아방가르드계는 똑같은 조건을 두고도 전연 다른 해법을 드러냄으로써 인식의 차이를 보여주었다. 물론 여기서 이들이 제안했던 방법과 이론에 대해 전부 이야기하는 것은 불가능하거니와 또 필요한 일도 아니다. 중요한 것은 이들이 추구했던 유토피아의 정신과 방법이 무엇이었는가에 있을 뿐이다. 이는 두가지 관점에서 그 접근이 가능할 것이다. 하나는 해체주의적 방향이고 다른 하나는 비해체주의적 방향이다. 전자를 대표하는 것이 아방가르드적 경향이고 후자의 경우는 영미모더니스트계이다. 그러나 중요한 점은 이 두가지 조류들은 전연 다른 방법과 의장 속에서 이루어지는 것임에도 불구하고 그 지향점은 궁극적으로 동일하다는 것이다.

열오른 눈초리, 하잔은 입모습으로 소년은 가만히 총을 겨누었다.
소녀의 손바닥이 나비처럼 총 끝에 와서 사뿐 앉는다.
이윽고 총 끝에선 파아란 연기가 물씬 올랐다.
뚫린 손바닥의 구멍으로 소녀는 바다를 보았다.

　---아이! 어쩜 바다가 이렇게 똥그랗니?

　놀란 갈매기들은 황토 산태바기에다 연달아 머릴 처박곤 하얗게 화석
이 되어갔다

조향, 「EPISODE」 전문

　이 작품은 1950년대 대표적 모더니스트였던 조향의 「EPISODE」
이다. 시인의 말을 빌면, 이 작품의 특징은 우선 돌발적인 이미지의
결합에 있다. 이 작품에 대한 시인의 설명은 이러하다. 가령, 소년의
총구와 소녀의 손바닥의 대조는 강과 약의 이미지의 충돌을 뜻한다
고 한다. 이러한 이미지의 충돌은 "총끝의 파아란 연기와" "뚫린 손
바닥"의 대조적 이미지로 더욱 큰 비약을 이룬다. 그러나 "뚫린 손바
닥의 구멍으로 바다를 내다보는 소녀"처럼 이 시는 현실적 의미를 뛰
어넘는, 즉 초현실적인 시적 배경을 갖고 있다. 시인이 말하는 설명
의 핵심 요체는 이미지와 이미지의 결합이 우연의 논리에 의해 직조
된다는 것, 그리하여 어떤 의미론적 질서를 갖고 있지 못하다는 것으
로 요약된다. 은유를 창조하는 원관념과 보조관념의 관계가 어떤 필
연에 의하거나 혹은 이들 사이에 맺어지는 시적 긴장이 적절한 관계
를 유지해야 제대로 된 비유가 만들어진다. 그런데 조향의 시도한 방
법은 그러한 긴장관계를 초월해서 전연 엉뚱한 사물들 사이의 결합
으로 나타난다. 비유를 만들어내는 시적 긴장이 크다는 것은 의미를
만들어내기 위한 공통의 지대가 거의 없다는 뜻으로 이해된다. 이런
시적 의장이 노리는 것도 여기에 있다. 의미생성을 철저히 부정하는
것, 그것이 우연의 기법이고 초현실주의가 나아가고자 하는 기본 방
향이다.

이미지의 자유로운 결합에 의해 새로운 지대 혹은 의미의 탄생은 조향에 의해 처음 시도된 것은 아니다. 이미 30년대 이상이라든가, 《삼사문학》에서 이런 시적 방법들은 사용되어 왔기 때문이다. 그 시원을 더 더듬어 올라가다보면, 20년대에 소개된 다다이즘 등도 이런 경향에 속한다고 볼 수 있다. 어떻든 중요한 것은 우연에 의한 이미지의 결합이 의미 생성과 무관하다는 것, 그리하여 그것은 곧 정신의 자유와 밀접한 관계가 있다는 사실이다. 의미에 대한 부정이 모더니스트들의 주요한 방법적 의장임은 널리 알려진 일인데, 그 저변에 놓인 사유의 핵심은 이렇듯 기호의 중심적 역할에 대한 부정에 놓여있다.

근대를 특징짓는 것 가운데 하나가 합리주의이다. 합리주의란 실증없이는 성립불가능하며, 이를 지탱하고 있는 근본 정신은 인과론이다. 그러나 계몽이 불신되고 합리성이 근대성의 제반 사유에서 더 이상 설득력을 얻지 못하게 되면서 이 또한 부정되기 시작했다. 이를 문학의 논리에 대입하게 되면, 의미의 범주로부터 자유롭지 않은 의장을 낳게 된다. 의미야말로 합리주의의 토양 속에서 자라난 기린아였기 때문이다. 그렇기에 그것은 또한 주체의 문제와도 밀접한 연관관계를 갖는다. 자의식의 분열이라든가 정신의 해체는 기호를 생성케하는 능력 또한 불신하게 만들었기 때문이다. 따라서 기호 속에서 의미를 추방하는 것이야말로 근대성의 가장 올바른 구현으로 인식되었다. 의미의 억압으로부터 해방되는 것만이 근대성의 사유로부터 벗어나는 지름길이었는데, 의미의 추방 속에 형성된 시니피앙 속에서 추구되는 정신의 자유, 그것이 곧 모더니스트들이 추구했던 유토피아에 대한 의지였다.

조향이 말하고자 했던 것도 이 부분이다. 그는 이미지와 이미지의 자유로운 결합 속에서, 의미를 형성해야한다는 근대적 사유의 고통으로부터 벗어나고자 했다. 의미가 추방된 절대 순수의 세계가 모더니스트들의 사적 사유 속에 생성된 유토피아의식이었다.

1

絶頂에 가까울수록 뻑국채 꽃키가 점점 消耗된다. 한마루 오르면 허리가 슬어지고 다 시 한마루 우에서 모가지가 없고 나중에는 얼골만 갸웃 내다본다. 花紋처럼 版박힌다.바람이 차기가 咸鏡道끝과 맞서는 데서 뻑국채 키는 아조 없어지고도 八月한철엔 흩어진 星辰처럼 爛漫하다. 山그림자 어둑어둑하면 그러지 않어도 뻑국채 꽃밭에서 별들이 켜든 다. 제자리에서 별이 옮긴다. 나는 여긔서 기진했다.

2

巖古蘭, 丸藥 같이 어여쁜 열매로 목을 축이고 살어 일어섰다.

3

白樺 옆에서 白樺가 髑髏가 되기까지 산다. 내가 죽어 白樺처럼 횔 것이 숭없지 않다.

4

鬼神도 쓸쓸하여 살지 않는 한모롱이, 도체비꽃이 낮에도 혼자 무서워 파랗게 질린다.

5

바야흐로 海拔六千呎 우에서 마소가 사람을 대수롭게 아니녀기고 산다. 말이 말끼리 소가 소끼리, 망아지가 어미소를 송아지가 어미말을 따르다가 이내 헤여진다.

6

첫새끼를 낳노라고 암소가 몹시 혼이 났다. 얼결에 山길 百里를 돌아 西歸浦로 달어났다. 물도 마르기 전에 어미를 여힌 송아지는 움매--움

매-- 울었다. 말을 보고도 登山客을 보고도 마고 매여달렸다. 우리 새
끼들도 手色이 다른 어미한틔 맡길것을 나는 울었다.

7

風蘭이 풍기는 香氣, 꾀꼬리 서로 부르는 소리, 濟州회파람새 회파람
부는 소리, 돌에 물이 따로 굴으는 소리, 먼 데서 바다가 구길때 쇄--쇄
-- 솔소리, 물푸레 동백 떡갈나무속에서 나는 길을 잘못 들었다가 다
시 측넌출 긔여간 흰돌바기 고부랑길로 나섰다. 문득 마조친 아롱점말
이 避하지 않는다.

8

고비 고사리 더덕순 도라지꽃 취 삭갓나물 대풀 石茸 별과 같은 방울
을 달은 高山植物 을 색이며 醉하며 자며 한다. 白鹿潭 조찰한 물을 그
리여 山脈우에서 짓는 行列이 구름 보다 莊嚴하다. 소나기 놋낫 맞으며
무지개에 마리우며 궁둥이에 꽃물 익여 붙인채로 살 이 붓는다.

9

가재도 긔지 않는 白鹿潭 푸른 물에 하눌이 돈다. 不具에 가깝도록
고단한 나의 다리 를 돌아 소가 갔다. 좇겨운 실구름 一抹에도 白鹿潭
은 흐리운다. 나의 얼골에 한나잘 포 긴 白鹿潭은 쓸쓸하다. 나는 깨다
졸다 祈禱조차 잊었더니라.

정지용, 「白鹿潭」 전문

조향 등이 추구한 해체주의적 방법이 정신의 해방을 위한 하나의
시적 장치였다면, 정지용의 「백록담」 역시 똑같은 음역으로 논의될
수 있을 것이다. 그러나 근대의 불안과 그 인식의 완결을 위한 도정은
전연 판이한 형태로 전개된다. 이를 두고 구조체 지향이라든가 혹은
자아의 소멸현상으로 이야기할 수 있는데, 그 궁극적 지향점이 정신

의 완전한 자유라는 점에서는 해체주의적 방법과 동일한 경우이다.

잘 알려진 대로 정지용은 모더니스트이다. 엑조티시즘을 비롯한 시적 방법이라든가 형식파괴적인 실험주의 등 그가 수행했던 시적 의장들은 모두 이 범주에서 논의될 성질의 것들이다. 그러나 중요한 것은 그가 모더니스트였다는 것, 그리하여 실험위주의 시형식을 선호했다는 데 있는 것이 아니라 근대성을 어떻게 인식하고 이를 자신의 정신적 지향 속에서 어떻게 헤쳐나갔는가에 있을 것이다. 근대의 제반 양상에 대해 정지용이 반응했던 양상은 어떤 방식으로든 와해된 인식을 완결하는 데에 있었다. 그리하여 그가 받아들인 정신적 방법들은 주로 고향이나 가톨릭과 같은 통합의 정서들이었다. 그러나 그는 인식을 완결시키기 위한 수단으로 인유했던 이들 정서로부터 어떤 큰 변곡점을 얻어내지는 못한다. 매개 수단은 되었을지언정 그 것들이 인식의 완결을 위한 궁극적 방법은 되지 못한 까닭이다.

이런 모색의 도정 속에서 만난 것이 자연의 세계였다. 자연은 우주의 이법이고 질서라는 통상의 관념을 뛰어넘어 정지용은 자연과 자신을 일치시킴으로써 이와 완전히 동화하고자했다. 시인의 이러한 도정은 구분되지 않는 인간과 자연의 세계라든가 말과 소 등의 구별이 무화되는 비계통의 사유속에서 하나의 완벽한 자연으로 거듭 태어나게 된다. 이런 물아일치의 사상이야말로 근대주의자들이 꿈꾸었던 유현한 유토피아가 아니었을까. 근대의 사유 속에 편입된 시인들의 방향은 이렇듯 해체주의적 방법에 의해서 정신의 자유를 획득하거나 자연의 영원한 일부가 됨으로써 소위 인간적인 요소를 사상시켰다. 하나의 자연 속에는 위계질서도 없고, 억압도 없는 전일적 유기체만 존재하게 된다. 여기서 근대의 불온 속에 헤매이는 유동하는 자아를 발견하는 것은 어려운 일이다. 모더니스트에게 자연은 이런 뜻에서 최대의 유토피아 공간이었던 것이다.

4. 현실과 실천으로서의 유토피아

근대의 제반 모순을 어느 하나의 관점에서 설명하는 것은 매우 어려운 일이다. 그 각각의 사조와 그들이 지향하는 방법, 그리고 이념 등등이 매우 상이하기 때문이다. 이는 근대시를 규정하고 그것이 어떤 절차와 방법에 의해 계승되었는가에 따른 계보학을 탐색하는 데에도 유효하다. 가령, 근대시의 뿌리와 그 계승을 두고, 모더니스트들은 계몽이라든가 합리주의의 관점에서 설명할 수 있을 것이고, 리얼리스트들에게는 노동성이라든가 인민성 혹은 당파성의 관점에서 이해될 수 있기 때문이다. 그러나 그것이 어떤 계보학적 상상력을 갖든 간에 중요한 것은 그 속에 내재된 차질들이 무엇인가를 올곧게 탐색해보는 데 있을 것이다.

근대의 구도 속에서 어떻게 인간적인 삶을 살아나갈 것인가에 대한 질문이 근대성의 근본 과제이기에 역사의 객관적인 필연성의 관점에서도 그 해답을 구할 수 있을 것으로 보인다. 그러나 이런 형태의 유토피아는 불온한 현실과 그 대항담론으로서의 실천이 전제된다는 점에서 관념에 기반을 두고 있는 여타의 유토피아 의식과는 전연 다른 형태를 띠게 된다. 뿐만 아니라 하나의 구체적인 공동체를 형성한다는 점에서도 상이하다. 단지 인식주체의 자의식적인 해방에서 그치는 것이 아니다. 이는 집단을 구성하는 여러 구성원들이 똑같은 방법과 인식, 곧 당파적으로 결속된다는 점에서 전연 구별되는 경우이다.

이런 형태의 문학들을 진보주의적 시각에서 탐색할 수 있다면, 한국 시사에서 이들의 등장은 매우 이례적이고 특수한 일이 아닐 수 없다. 구체적이고 뚜렷한 이념 형태가 아니라 어느 정도의 싹을 보지한 채, 진보주의 문학이 처음 등장한 것은 1920년대 초반이고, 그 선구를 담당했던 것은 김형원의 경우에서 찾을 수 있다. 소위 가난을 작품 속의 소재로 처음 등장시킨 것인데, 그의 이러한 시적 작업들은 뒤이어 등장한 신경향파 시인들에게 적지 않은 영향을 주게 된다. 어떻든 그의 시적 작업들이 뚜렷한 방향성은 없었지만, 가난이라든가 소작 쟁의 문제 등 프롤레타리아의 불우한 삶과 억울한 처지 등을 작품화한 것은 매우 의미있는 것이었다. 이전의 문학이 주로 지배층의 전유이거나 이들만의 정서를 담아내는 것이 주류였음을 감안하면, 이는 더더욱 예외적인 일이었다고 할 수 있을 것이다.

그러나 이런 단계의 문학에서 어떤 유토피아의식을 읽어내는 것은 지극히 난망한 일이 아닐 수 없다. 현실에 대한 인식과 비판만으로 어떤 가능한 모형을 시사받는 것은 어려운 일이기 때문이다. 뿐만 아니라 억압계층이면서 허약했던 이들의 힘만으로 어떤 새로운 유토피아를 기대하는 일은 더더욱 힘든 일이었을 것이다. 그리하여 그 대안으로 나온 것이 카프문학이었다. 그리고 그 적극적 실천의 동력이 된 것은 방향전환의 논리였다. 전위의 눈으로 현실을 보고, 실천의 힘을 하나로 엮어내면서 미래의 열린사회를 지향하고자 하는 카프의 방향전환은 유토피아에 대한 의지를 보다 분명하게 드러내게 된다.

　　지난겨울에 얼어터진 발뒤꿈이 암울기도전에

　　뻔득이와 풀뿌리를먹고 독이나서 누어게신어머님끼 약한첩 들이지못

　하는 비참속에 봄은 가버렸다.

사랑하는친구여

勇敢한 우리의 젊은사나희야

……

우리들이 머리를마조대고 씩씩하고도 깃붐긔붐속에서 갈나든때다

그러나 바로 그 뒤 그대와 모든 근로하는靑年이 삼월의 독수에 붓잡
혀가고.

그봄이 그대들과 나와 말못하는 그속에서 가버렷섯다.

한데 오월이왓다…….

지금 나온 용감한청년들은 오월의空氣를마시며

勞動하는靑年을차저서 아아 우리의피오닐을 차저서 五月太陽을 억
게우에메고 前進한다.

김창술, 「五月의薰氣」 부분

이 작품은 카프의 대표적 작가 가운데 하나인 김창술의 시이다. 막
연히 가난을 들추어내서 시의 소재로 했던 신경향파는 전연 다른 모
습을 보인다. 이 작품의 동력은 적극성에 있다. 단순히 드러냄의 방
식이 아니라 불온한 현실을 딛고 나아가는 적극적인 힘이 이 작품의
힘이다. 우선 이 작품에서 시적 자아의 투쟁 의지는 현실의 벽에 부
딪혀 좌절을 경험 하지만 시인은 이런 좌절에 그치지 않고 '五月太
陽'을 어깨에 메고 전진하고자 하는 투쟁의지를 보여준다. 이러한 역
동성은 그의 낭만적이고도 남성적인 힘에 그 근거를 두고 있다.

현실의 좌절 속에서도 미래에의 전취를 의욕하는 이 작품은 혁명

적 낙관주의에 그 뿌리를 두고 있다. 다가올 미래에 대한 밝은 전망이야말로 이들이 바라는 희망 공동체이며, 민중들의 꿈이 실현되는 유토피아의 장이 아닐 수 없다. 그러한 의지들이 모여서 미래의 유토피아를 그려내게 된다. 그러한 실천의 방법으로 제시되고 있는 것이 민중연대성이다.

> 불가티 뜨거운 해ㅅ빗미테서 살을데우고 피를말리며
> 모든힘을다하고 오장을 다태우면서
> 알뜰이 지어노혼 쌀은 누구에게 빼앗겻는가
> ……
> 앗을대로 앗어보아라
> 네놈들의 잔한 xx가 잇지안느냐
> 그러나 념여도업겟고 주저할 것도 업스리라
> 그러나 우리들은 x복을하지안으면 안될것이아니냐
>
> 벗아!
> 똑가튼 긔ㅅ발아래에서 움직이는 세계의벗들아 그러치아니하냐
> 우리의희망은 분노는 깃붐은 불으지즘은 모다 우리들의것이아니냐
>
> 김창술, 「앗을대로앗으라」 부분

　이 시는 계급적 모순이 민중적 삶 속에 투과되어 극도의 피폐를 경험하는 모습을 구체적으로 드러내고 있다. 시인은 이러한 고난을 민중의 힘을 통해 전취하고자 하며 나아가 국제화된 노동자의 단결을 통해 극복할 수 있다는 인식으로 확대시키고 있다. 이러한 시적 인식이 노동계급의 당파성에 의한 것임은 이론의 여지가 없을 것이다.

이 시기 시인의 세계관이 조선의 구체적 현실에 투영되어 기층 민중의 문제로 형상화된 것은 프로시의 수준을 한단계 높인 것으로 이해된다. 더욱이 시인의 세계관이 과학적 인식 수준에까지 이른 상태에서의 이런 형상화 구도는 시인의 원숙한 수준을 말해주는 것이 아닐 수 없다. 민중성과 계급성, 그리고 당파성으로 견인되는 이런 인식적 지평의 확대는 사회적 이상주의라는 유토피아와 불가분의 관계에 놓여 있음은 두말할 필요가 없을 것이다.

5. 서정시에서의 유토피아의 의의

인간은 어떤 경우이든 자유로 상징되는 유토피아의식을 내재한 채 살아간다. 그것이 가까운 미래에 실현되든 혹은 먼 미래의 것이든 간에 그곳에 이르고자 하는 희망과 꿈으로 살아가고 있는 것이다. 종교적인 측면에서의 낙원이나 정신분석학적인 측면에서의 모성적인 것, 분열이전의 무의식 세계 등은 모두 인간이 추구해나가야 할 궁극적인 삶의 원형질이다. 인간의 고통이랄까 억압은 그러한 원형질이 일탈할 때 발생한다. 따라서 그 훼손되지 않은 세계에 대한 그리움이 유토피아 의식의 출발점이 된다.

신과 같은 반열에 오르고자 했던 낭만적 자의식도 결국에는 오만에서 비롯되었다는 것, 그리하여 그 그릇된 오류가 낭만적 아이러니의 동경을 만들어내었다. 이들의 동경이 유토피아의식이었음은 두말할 필요가 없다. 그러나 이 의식에 이르려는 인간의 꿈들은 욕망만큼이나 질긴 것이어서 어느 한순간에도 멈추지 않았다. 근대는 그 시작에 불과한 것이었고, 이로부터 파생된 욕망의 그물들은 저 먼 우주

속에 유토피아라는 공간을 만들어놓았다. 근대성의 제반 양상이 그곳에 이르기 위해 분투했던 것은 이와 무관하지 않으며, 사회주의적 이상 또한 그 연장선에 놓여 있었다. 정신의 자유와 실천의 해방공간이란 모두 근대성이 낳은 유토피아 의식의 산물에서 비롯된 것이다. 그럼에도 인간이 희구했던 유토피아가 어느 한순간의 계기에 의해 해소된 것은 아니다. 그것은 현재 진행형일뿐만 아니라 미래진행형이기 때문이다. 인간의 선험적 존재요건이 불완전성에 기인하듯 인간이 희구하는 이 의식 역시 선험적 이상이기에 쉽게 만져지거나 도달할 수 없다. 그리하여 유토피아는 언제나 도정 속에만 그 존재의 의의가 있는 것이다.

 근대시의 반대륙성과 바다지향성의 의미

1. 근대와 바다

문학의 소재에서 바다는 매우 낯선 영역이다. 이 소재를 매우 이례적인 것이라 하는 것은 요즈음의 시적 현실을 두고 하는 말이 아니다. 바다가 소재의 차원에서 시의 틈으로 들어온 것은 근대시의 출발과 그 맥을 같이 하기 때문이다. 그만큼 그것은 근대와 더불어 성장한 것이라 해도 과언이 아닐 만큼 이 맥락과 밀접히 관련되어 있는 것이다.

근대와 바다와의 관계를 문제 삼을 때, 적어도 그러한 관계가 유효하기 위해서는 다음 몇가지 사항이 전제되어야 한다. 우선, 바다가 왜 근대와 관련될 수밖에 없는가하는 어떤 필요적인 동기랄까 의미에 관한 것이다. 근대는 개방지향적인 성격을 갖는다. 그러나 근대 이전의 사회란 장소폐쇄적인 특성을 갖는다. 국가라는 경계를 초월하는 것이 큰 의미가 없을 뿐만 아니라 하나의 고립된 장소에서 전근대적인 체제가 온전히 보존되는 것이 당연시되었다. 그러한 까닭에 어느 특정 장소 너머에 존재하는 장소에 대한 호기심도 대망도 존재하지 않았다. 그런데 바로 그 호기심의 대상에 가로놓인 것이 바다였다. 바다는 한 장소에서 다른 장소로 가기 위한 매개였을 뿐만 아니라 새로운 문화를 예비하는 경계지대였다. 따라서 장소 폐쇄적인 전근대 사회에서 바다라는 대상이나 혹은 그것에 대한 의미화는 관심 밖의 대상이 될 수밖에 없었다.

그러나 근대는 과학을 매개로 해서 어느 특정 공간이나 장소들의 결합을 촉진시켰다. 그러한 생성의 과정에서 가장 먼저 주목의 대상이 된 것이 바다였음은 당연한 귀결이었다. 바다가 어느 특정을 초월하는 열린 공간이면서 미래에 대한 새로운 가능성의 장으로 주목받기 시작한 것이다. 바다를 향한 끝없는 동경이나 세계성으로 나아가는 통로로서 기능하는 것은 여기에 그 토대를 둔 것이다.

둘째는 근대화가 진행되면서 형성되기 시작한 경계 무화 혹은 장소 결합에 따른 도시화 현상으로서의 바다의 의미이다. 도시가 근대의 상징임은 두말할 필요도 없다. 그러나 그것의 기능성이랄까 근대적 의미에 대해서는 많은 탐색이 이루어졌지만, 그것이 어떤 장소적 특성을 갖는가에 대해서는 고려되지 못했다. 도시가 산업의 중심지에서 형성되는 것은 자연스러운 일이다. 노동집약을 필요로 하는 초기 산업화는 인구의 집중을 요구했다. 그 객관적 필연성들이 도시의 탄생을 가져오게끔 했다. 그러나 도시의 형성은 산업의 교차점에서만 형성된 것이 아니라 경계 너머의 지대에서도 형성되었다. 그 예민한 접점이 바로 항구였던 것이다. 항구는 근대의 열림과 닫힘이 오고가는 역동의 공간이었고, 그런 에네르기들이 도시를 탄생시킴으로써 근대화의 한 장을 열어제꼈다. 따라서 바다의 발견이 근대적 의미에서 중요한 것은 여기에 그 원인이 있다. 바다는 단지 인식 주체의 시야 확장에 따라 단순히 선택된 것이 아니라 근대화의 한 과정 속에서 자연히 편입된 것이다. 바다의 발견이 근대의 한 현상으로 인식되는 것은 이런 이유 때문이다.

2. 근대의 계승과 좌절로서의 바다

한국 근대시사에서 바다를 시의 소재로 처음 쓴 사람은 최남선이다. 따라서 왜 바다가 그의 작품 속에 처음 등장했는가를 묻는 것은 근대성의 제반 양상을 해명하는 일과도 같다. 잘 알려진 것처럼, 최남선은 조선 중인계층의 후손으로서 현실적인 감각을 지닌 인물이었다. 이런 성격을 가진 계층이 개화기의 시대적 요청에 대해 적극적으로 대처한 것은 잘 알려진 일이거니와 최남선 역시 계몽주의자임을 스스로 드러내게 된다.

그는 중인계층이면서 역사철학적인 맥락에서 보면 상승하는 부르주아 계층이었다. 이들의 시대적 임무가 계몽에 있었음은 두말할 필요도 없다. 이른바 우등생 의식이 이들의 정신세계를 이끌어간 근본 동인이 되었던 것이다. 오만과 독선의 위험에도 불구하고 이들 속에 내재한 근본 의식은 무지몽매한 조선을 각성시키고, 근대의 제반 특성을 받아들이게끔 추동하는 데 있었다.

상승하는 부르주아 의식과 계몽주의로 무장한 최남선으로 하여금 가장 먼저 눈을 돌리게 한 것은 바다였다. 이제 바다는 단순한 자연물도 아니었고, 현대시 일반에서 흔히 의미화되는 원형적 심상의 어떤 것도 아니었다. 그것은 근대를 완성케하는 매개이자 근대로 항해하게끔 하는 추진체 역할을 하고 있었던 것이다.

처-ㄹ썩, 처-ㄹ썩, 척, 쏴-아.

따린다, 부슨다, 문허바린다.

태산(泰山) 같은 높은 뫼 집채 같은 바윗돌이나

요것이 무어야, 요게 무어야.

나의 큰 힘 아나냐 모르나냐 호통까지 하면서

따린다, 부슨다, 문허바린다.

처-ㄹ썩, 처-ㄹ썩, 척, 튜르릉, 콱.

처-ㄹ썩, 처-ㄹ썩, 척, 쏴-아.

내게는 아모 것 두려움 업서

육상(陸上)에서 아모런 힘과 권(權)을 부리던 자(者)라도,

내 앞에 와서는 꼼짝 못하고

아무리 큰 물건도 내게는 행세하지 못하네.

내게는 내게는 나의 앞에

처-ㄹ썩, 처-ㄹ썩, 척, 쏴-아. 처…ㄹ썩, 처…ㄹ썩, 척, 쏴…아.

나에게, 절하지, 아니한 자가,

지금까지, 없거든, 통기하고 나서 보아라.

진시황, 나팔륜, 너희들이냐,

누구누구누구냐 너희 역시 내게는 굽히도다,

나하고 겨룰 이 있건 오너라.

처…ㄹ썩, 처…ㄹ썩, 척, 튜르릉, 콱.

최남선, 「해에게서 소년에게」 부분

이 작품은 어떤 강렬한 힘과 추동력을 내재화한 시이다. 물론 그러한 힘을 가능케 하는 것이 '바다'이다. 이 작품에서 보듯 근대주의자 최남선에게 '바다'는 두가지 중요한 의미로 기능한다. 하나는 개혁주체로서의 '바다'이고, 다른 하나는 계몽의 통로로서의 '바다'이다. 여기서 개혁주체로서 그것의 이미지는 '태산같은 높은 뫼'나 '집채같은 바위'로 구현된다. '태산'이나 '바위'는 전근대적인 속성을 대변하는 것이어서 근대의 사유 속에 편입되기에는 어려운 요소들이다. 근대를 열어가는 계몽의 관점에서 보면 지극히 보수적인 것에 속하는 것인 셈이다. 그렇기에 '바다'의 역능은 그러한 수구성이랄까 보수성을 뛰어넘는 주체로서 의미화된다.

그리고 「해에게서 소년에게」에서 구현되는 '바다'는 계몽의 통로라는 이미지에서도 찾아진다. '바다'는 장소와 장소를 매개하는 지대이면서, 층위가 다른 공간 사이에 역삼투가 일어나는 예민한 지대이다. 가령, 조선을 미몽의 상태로 설정할 수 있다면, 바다 저편의 세계는 이와 정반대의 상태에 놓인 것이라 가정할 수 있다. 이런 가설이 성립할 경우 바다는 세계성을 지향하는 문명에 대한 동경의 표현이 될 수 있으며 그 문명을 받아들이는 통로로서의 의미를 지닌다고 할 수 있다. 즉 '바다'는 열린가능성인데, 그것은 곧 조선의 개화 계몽을 수행케할 수 있는 매개가 된다는 뜻이다.

한국 현대시에서 드러나는 '바다' 지향성은 일회적인 국면을 초월한다는 점에서 그 의미가 있는 경우이다. 근대이전의 문학들이 주로 대륙지향적인 것에서 형성되고 그 모방의 정도가 결정되었다고 한다면 이는 매우 예외적인 국면이라 할 수 있을 것이다. 조선의 문학이 사대주의에 토대를 두고 있었음은 잘 알려진 일이거니와 당시의 상황을 놓고 보면 대륙이란 가장 앞선 문학 형태 혹은 선진적인 어떤 형태로 받아들여졌다. 그러나 근대가 진행되면서 대륙은 형편없는 실체로 전변해버렸고, 따라서 더 이상 이를 바탕으로 문학이 새롭게 형성되거나 만들어지는 것은 불가능했다. 앞선 것이면서 선진적인 것들이 근대의 진행과 더불어 반근대적인 상황으로 변해버린 것이다. 이런 대륙지향성이 갖는 한계를 딛고 나온 것이 이른바 바다지향성, 곧 해양지향성의 문학이다.

따라서 한국 시의 바다지향성은 대륙지향성과는 정반대의 상황 속에서 직조된다. 대륙에서 더 이상 근대로 나아가는 문명이랄까 통로를 발견할 수 없을 때, 바다는 그 대항담론으로서 중요한 의미를 띠게 된 것이다. 물론 바다가 시적 소재나 정신적 음역으로 부각된 데에는 아쉽게도 근대의 대표주자로 떠오르기 시작한 일본 제국주의의 존재와도 무관하지 않다. 중국으로 대표되는 대륙지향성이 더이상 근대화의 논리를 대신할 수 없게 되었을 때, 일본 제국주의는 그 안티테제로서 거침없이 조선의 인식 주체들의 사유 속으로 밀려들어오게 된 것이다.

그러나 '바다'에 대한 무방비적 노출이 대륙지향적 성향을 완벽히 대신하지 못한다는 데서 이 지향성이 갖는 한계가 노출된다. 지극히 뻔한 결론이지만 바다지향성이 인식 주체들의 분열된 의식을 완결시키는 매개로 기능하지는 못했다. 바다지향성이란 궁극적으로 이중성이었다는 것, 그리하여 그것은 곧 근대의 모순된 현실을 자각케 했다는 아이러니였다는 점에서 찾아진다. 그 편편치 못한 예를 임화의 시에서 확인하게 된다.

바다 물결은/예부터 높다.

그렇지만 우리 청년들은/두려움보다 용기가 앞섰다./산불이/어린 사슴들을/거친 들로 내몰은 게다//대마도를 지나면/한가닥 수평선 밖엔 티끌 한점 안 보인다./이곳에 태평양 바다 거센 물결과 /남진(南進)해 온 대륙의 북풍이 마주친다.

몽블랑보다 더 높은 파도,/비와 바람과 안개와 구름과 번개와,/아세아(亞細亞)의 하늘엔 별빛마저 흐리고,/가끔 반도엔 붉은 신호등이 내어 걸린다.

아무러기로 청년들이/평안이나 행복을 구하여,/이 바다 험한 물결 위에 올랐겠는가?

첫 번 항로에 담배를 피우고/둘쨋번 항로엔 연애를 배우고,/그 다음 항로에 돈맛을 익힌 것은,/하나도 우리 청년이 아니었다.

청년들은 늘/희망을 안고 건너가,/결의를 가지고 돌아왔다./그들은 느티나무 아래 전설과,/그윽한 시골 냇가 자장가 속에,/장다리 오르듯 자라났다.

그러나 인제/낯선 물과 바람과 빗발에/흰 얼굴은 찌들고,/무거운 임무는/곧은 잔등을 농군처럼 굽혔다.
나는 이 바다 위/꽃잎처럼 흩어진/몇 사람의 가여운 이름을 안다.

어떤 사람은 건너간 채 돌아오지 않았다./어떤 사람은 돌아오자 죽어 갔다./어떤 사람은 영영 생사도 모른다./어떤 사람은 아픈 패배에 울었다./-그 중엔 희망과 결의와 자랑을 욕되게도 내어 판 이가 있다면, 나는 그것을 지금 기억코 싶지는 않다.

오로지/바다보다도 모진/대륙의 삭풍 가운데/한결같이 사내다웁던/ 모든 청년들의 명예와 더불어/이 바다를 노래하고 싶다.

비록 청춘이 즐거움과 희망을/모두 다 땅속 깊이 파묻는/비통한 매장의 날일지라도,/한번 현해탄은 청년들의 눈앞에,/검은 상장(喪帳)을 내린 일은 없었다.

오늘도 또한 나 젊은 청년들은/부지런한 아이들처럼/끊임없이 이 바다를 건너가고, 돌아오고,/내일도 또한/현해탄은 청년들의 해협이리라.

영원히 현해탄은 우리들의 해협이다.

삼등 선실 밑 깊은 속/찌든 침상에도 어머니들 눈물이 배었고,/흐린 불빛에도 아버지들 한숨이 어리었다./어버이를 잃은 어린아이들의/ 아프고 쓰린 울음에/대체 어떤 죄가 있었는가?

나는 울음소리를 무찌른/외방 말을 역력히 기억하고 있다.
오오! 현해탄은, 현해탄은,/우리들의 운명과 더불어/영원히 잊을 수 없는 바다이다.

청년들아!/그대들의 조약돌보다 가볍게/현해(玄海)의 물결을 걷어챴다./그러나 관문 해협 저쪽/이른 봄 바람은/과연 반도의 북풍보다 따사로웠는가?/정다운 부산 부두 위/대륙의 물결은/정녕 현해탄보다도 얕았는가?

오오! 어느 날/먼먼 앞의 어느 날,/우리들의 괴로운 역사와 더불어/그대들의 불행한 생애와 숨은 이름이/커다랗게 기록될 것을 나는 안다./1890년대의/1920년대의/1930년대의/1940년대의/19××년대/………

모든 것이 과거로 돌아간/폐허의 거칠고 큰 비석 위/새벽 별이 그대들의 이름을 비출 때,/현해탄의 물결은/우리들이 어려서/고기떼를 좇던 실내(川)처럼/그대들의 일생을/아름다운 전설 가운데 속삭이리라.

그러나 우리는 아직도 이 바다 높은 물결 위에 있다.

임화, 「현해탄」 전문

식민지 모순이 갖고 있는 인식 주체의 혼란상을 이 정도만큼 훌륭하게 표현한 시도 없을 것이다. 이 작품 속에 드러난 시적 자아는 진행과 후퇴, 열림과 닫힘, 희망과 좌절 속에서 나아갈 방향을 잃고 있다. 그러한 갈등의 중심을 매개하고 있는 것이 바다이다. 학습해야 할 근대와 폐기해야 할, 혹은 저항해야 할 근대가 현해탄의 중심에서 뒤엉켜 있어서 시적 자아의 항로를 방해하고 있는 것이다. 이런 모순이 동경과 좌절이라는 현해탄 콤플렉스의 핵심을 이루게 된다.

임화에게 현해탄 아이러니를 불러일으키게 한 근본 요인은 순전히 근대라는 역사철학적인 문제에서 기인한 것이지만, 그러나 그 속에 내재된 것은 민족주의랄까 식민지 모순에 대한 인식도 상당히 크게 작용한다. 이를테면 계급으로서의 저항과 민족으로서의 저항이 함께 맞물리면서 독특한 형태의 근대적 모순이 이 작품 속에 구현되고 있는 것이다. 그 이중적 모순을 가능케 했던 것이 바다이다. 이는 비평가로서의 임화와 시인으로서의 임화가 분기하는 지점이라는 점에서 주목을 요하는 것이기도 하다.

카프의 한계와 그 식민지적 인식 토대를 문제 삼을 때, 가장 많이 운위되던 것이 소위 계급모순에 관한 것이었다. 실천을 전제로 한 문학이 취해야할 가장 중요한 방향은 현실에 대한 인식이다. 현실에 대한 올바른 판단만이 실천의 방향을 결정할 수 있기 때문이다. 일제 강점기 현실을 두고 계급 모순에 우선을 둘 것인가 혹은 민족 모순에 우선을 둘 것인가 하는 것은 세계관이나 현실 인식의 차이에 따라 달라지는 것이긴 하겠지만 그 대체적인 방향이랄까 정확도에 있어서는 민족모순이 보다 우선하는 것이 현실이었다. 그러나 카프는 식민지 조선의 현실을 민족모순보다는 계급모순에 우선을 두고 문학적 실천을 전개해왔다. 일제강점기라는 사실을 똑바로 환기하지 않더라도 이런 인식이 오류였음은 자명한 일이다. 카프의 그러한 인식 오류는 해방직후 자기 비판의 계기가 되었고 또 민족모순에 철저했던 북한 측의 문학론과도 상위되는 것이었다. 그러나 비평과 달리 문학은 감성의 영역을 다루는 예술이다. 논리가 초월하는 곳에 문학이 존재한다는 뜻이다. 게다가 율문양식은 오히려 다른 산문양식에 비해 더욱 정서적인 것에 호소하는 장르이다. 따라서 시인으로서의 임화와 비평가로서의 임화가 인식내부에서 충돌하는 것은 자연스러운 일이다.

그럼에도 그는 시인으로서의 자격으로 비평의 논리적인 영역을 초월하고자 했다. 그 초월의 단면을 극명하게 보여준 것이 「현해탄」의 세계이다. 이 시를 지배하고 있는 주된 주조는 민족모순에 관한 것이다. 임화의 보증수표가 되어버린 현해탄 콤플렉스도 이 인식을 떠나서는 성립하기 어렵다. 실제로 이 작품을 지배하는 주된 정조 역시 이 부분에 집중되어 있다. "산불이/어린 사슴들을/거친 들로 내몰은 게다"라는 표현이나 "청년들은 늘/희망을 안고 건너가,/결의를 가지고 돌아왔다."는 표현들은 시대적 상황을 떠나서 설명하기는 어려운 일이었기 때문이다.

바다는 임화에게 최남선의 경우와 마찬가지로 근대로 나아가는 통로 역할을 했다. 그러나 그는 이 회로를 통해서 계몽주의와 같은 근대 초기의 부르주아적 애국주의로 나아가고자 했던 것은 아니다. 그는 바다를 매개로 근대를 이해하고자 했지만, 그 앞에는 또 다른 형태의 부정적 근대가 존재하고 있었다. 거대한 제국주의의 모습이 바로 그것인데, 그는 이 앞에서 좌절해버린다. 근대를 배우고자 하면 할수록 그 근대는 정비례적인 관계로 임화를 가로막은 것이다. 그 앞에 나아가면 갈수록 그는 그 나아간 만큼 좌절의 늪으로 빠져든 것이다. 이를 매개한 것이 바다였다. 따라서 바다는 임화에게 근대로 나아가는 가능성의 통로이자 부정성의 매개였다. 그러한 이중성이 바로 현해탄 콤플렉스의 요체가 되었다. 그것은 한국 현대시에서 바다 지향성이 낳은 비극이자 근대의 한계였다.

3. 근대의 부정적 좌표로서의 바다

바다는 근대의 전개와 더불어 그 중요성이 부각되었다. 그것은 세계로 나아가는 통로였고, 근대를 받아들이는 선망의 공간으로 인식되었다. 열린 가능성과 세계성으로 향하는 욕망들이 모여서 바다는 이제 단순한 물리적 대상으로만 머무르지 않게 된 것이다. 그것은 근대로 나아가는 통로였고, 그러한 근대를 받아들이는 효율적인 장소가 되었다. 그리하여 바다는 봉건적인 요소와 근대적인 요소가 혼융되는 복합적인 대상이 된 것이다. 그런데 그러한 복합성을 가장 잘 보여주는 것이 항구의 이미지이다. 근대 이전의 항구란 봉건적 제요소를 담지한 여타의 농촌공동체와 마찬가지의 기능을 하고 있었다. 고립분산되어 있거나 어떤 주도적인 세력이 존재하지 않는 수평적 공간이었던 것이다.

그러나 바다가 근대로 향하는 통로 역할을 하면서 항구는 이제 전연 새로운 대상으로 떠오르게 된다. 그곳은 근대적 욕망이 집합하는 저장소 역할을 했을 뿐만 아니라 거기에는 자본주의적 의미의 물적 토대들이 새롭게 갖추어지기 시작했다. 그런데 이는 또다른 의미에서의 도시의 탄생이었다는 점에서 주목의 대상이 된다. 도시가 자본주의를 근간으로 형성된 것처럼, 항구 역시 이와 동일한 맥락에서 의미화되었기 때문이다.

인구의 집중과 도시의 기능적 특색을 갖춘 항구 도시의 발전은 아시아적 특수성을 대변하는 좋은 본보기였다. 이는 서구의 경우와 전연 다른 맥락이다. 서구의 도시가 형성된 것은 산업혁명의 후폭풍에 따른 당연한 결과였다. 이들 도시는 산업과 이에 따른 인구의 집중과 불가분의 관계에 놓여있었기 때문이다. 반면, 산업화가 늦은 아시아의 경우는 주로 서구의 그것들을 받아들이는 쪽이었다. 이는 자생성의 맥락과 무관하지 않은 것이다. 후발주자들에게 선발주자들의 긍정적 요소를 따라잡는 것은 자연스런 욕망의 발현일 것이다. 따라서 앞선 문명을 받아들이는 데 있어 항구만큼 좋은 입지조건도 없었을 것이다. 조선의 근대 도시들이 주로 항구를 끼고 있거나 이와 가까운 지역에서 형성, 발전된 것은 이와 무관하지 않다.

근대의 제반 요소들이 침투하면서 항구는 근대 도시가 포지하고 있는 온갖 물상들을 자연히 담아내는 공간이 되었다. 그것이 부정적인 혹은 긍정적인 국면에서이든 간에 근대의 제반 양상을 표현하고 담지하는 매개가 된 것이다. 선망의 대상과 세계성으로 나아가는 통로의 맨 앞에 놓인 것이 항구였던 것이다. 이제 근대적 의미로서의 항구는 새로운 양과 질로서 새롭게 태어나게 되었다.

아모도 그에게 水深을 일러 준 일이 없기에
힌 나비는 도모지 바다가 무섭지 않다.

靑무우밭인가 해서 나려 갔다가는
어린 날개가 물결에 저러서
公主처럼 지쳐서 도라온다.

三月달 바다가 꽃이 피지 않어서 서거푼
나비 허리에 새팔란 초생달이 시리다.

김기림, 「바다와 나비」 전문

「바다와 나비」는 근대에 대한 동경을 형상화한 시이다. 이 시의 자아인 나비는 근대에 대한 무한 동경자이다. 그런데 근대의 긍정적 기능과 부정적 기능에 대해 나비에게 일러준 존재는 없기에 "흰 나비는 도모지 바다가 무섭지 않다"고 인식한다. 오히려 "청무우밭인가 해서 내려가는" 무한 동경에 이끌려서 파란 무밭의 표면에 굉장한 속도로 빨려들어가기조차 한다. 근대에 대한 한없는 동경을 보인 나비의 경우처럼, 김기림은 근대를 선망의 대상으로만 인식했다. 때문에 바다는 그에게 예찬의 대상으로만 다가왔던 것이다. 바다에 대한 그러한 긍정적 시선은 근대를 계몽의 시각에서만 바라본 김기림에게 어쩌면 당연한 귀결이었을 것이다. 그는 중세의 암흑을 벗어나고자 했던 르네상스 운동과 그 정신에 대해 열렬히 환영했기 때문이다. 그에게 근대란 중세의 신을 대신할 만한 어떤 것으로 기능했다.

김기림의 '바다'에 대한 동경의 시선은 실상 임화의 그것과 상당한 거리가 있는 것이었다. 임화는 바다를 근대의 제반 모순이 깃들여진 복합적인 것으로 이해했는데, 그에게 바다는 더 이상 계몽이라든가 긍정성의 관념을 초월하는 어떤 것으로 이해되었다. 그는 근대를 계몽이 아니라 비판성의 관점에서 받아들였다. 그런데 이러한 비계몽의 관점은 임화에게만 국한되는 문제는 아니었다. 1930년대 대표적 시인이었던 오장환의 경우에서도 이런 시각이 발견되기 때문이다.

오장환은 어떤 뚜렷한 문학적 특색이랄까 주조로 설명하기 어려운 시인이긴 하지만, 모더니즘의 관점을 주로 표방한 시인이라 해도 큰 무리는 없을 듯하다. 초기시에서 보여준 전통부정 사상이라든가 장시 「전쟁」 등을 통해서 보여준 현대성의 기법이나 경험들이 모더니즘 수법과 밀접하게 연결되어 있기 때문이다.

서자 출신이었던 오장환은 전통이나 관습에 대해 철저하게 부정했다. 그런 반근대의식이 어쩌면 자연스럽게 근대적인 요소를 자신의 시에 받아들이게 한 계기가 아니었나 생각된다. 「성씨보」를 통한 족보 부정과 「정문」을 통한 유교적 관습주의에 대한 비판이 그것인데, 그는 이러한 비판성을 근거로 새로운 인식을 모색하게 된다. 그 탐색의 과정에서 시인의 시선이 머문 곳이 항구였다. 항구로 향하는 그의

도정을 따라가게 되면, 바다는 그에게 영락없는 열린 가능성의 공간
으로 자리잡게 된다. 전통적인 것과 근대적인 것의 예민한 대립과 갈
등 속에서 그는 항구라는 개방성의 세계로 자연스럽게 틈입해 들어
간 것이다. 그러나 시적 자아의 가열찬 동경과 달리 그가 항구에서
얻은 것은 지극히 부정적인 모습들이었다. 항구는 시인이 기대했던
근대의 긍정적인 모습들과는 거리가 있었던 것이다.

또 한번 멀−리 떠나자

거기

港口와 파도가 이는 곳,

午後만 되면 회사나 관청에서 물밀 듯 나오는 사람

나도 그틈에 끼어 천천히 담배를 물고

뒷골목에 뻐끔뻐끔 내다보는

소매치기, 行旅病者, 어린 거지를 다려다 보며

다만 떠나가려는 널판쪽모양 몸을 마끼자.

거기,

날마다 드나드는 異國船과 海關의 倉庫가 있는곳

나도 낯설은 거리에서서

港口와 물결과는 아무런 관계가 없는, 會社員이나 官廳 사람과 같이

우정 그네들을 따러가 보자.

그러면,

恒常 기계와 같이 돌아가는 季節 가운데

雨水가 지나고 驚칩이지나

고향에서는 눈속에 파묻힌 보리 이랑이 물결치듯 소근대며 머리를 들고

江기슭 두터운 어름짱이 터지는 소리,

이때의 나는 무엇이 제일 그리울거냐.

찾어온 발길이 아주 맥히는 바닷가에서

그때, 나의 떠나온 道程이 무엇인가를 생각해보자.

新開地 비인터전에

새로히 포장치는 曲藝團의 쇠망칫소리.

내가 무에라 흐렁 흐렁 울어야는지,

밤과 낮, 둘밖에 없는 世上에

으째서 나 홀로 집을 버렸나. 집을 버렸나.

오장환, 「旅程」 전문

실상 이런 추동성이랄까 역동성은 현재 자신이 처해있는 어떤 부정성 없이는 성립하기 어려운 것이다. 그러한 부정이란 시인의 잠재의식 속에 내재되었던 전통에 대한 안티의식이었다. 이 사유가 추동하여 그를 이끌고 나아간 곳은 이렇듯 바다와 항구였다.

시인의 의식이 표명한 대로 이끌려진 바다란 따라서 세계로 나아가는 동경이었고 새로운 근대를 열어주게끔 해주는 통로로 기능한다. 이런 자의식은 최남선의 바다와 곧바로 연결되는 것이었고, 김기림의 그것과도 분리하기 어려운 것이었다. "날마다 드나드는 이국선과 해관의 창고"란 그의 계몽성을 담지해주는 저장소였고, 근대의 긍정적 풍경들이었다.

그러나 바다의 긍정성이랄까 계몽성이 시인이 가졌던 현실의 부정성을 맑게 씻어내리는 역할을 하지는 못한다. 항구가 가지고 있었던 근대의 부정적 실체들이 시인의 시선에 들어오면서 계몽의 환상들이 산산이 부서졌기 때문이다. 항구란 근대적 도시와 똑같은 것이었고 경우에 따라서는 그것을 초과하는 현상으로 시인에게 다가온 것이다.

> 푸른 입술. 어리운 한숨. 음습한 방안엔 술잔만 훤하였다. 질척질척한 풀섶과 같은 방안이다. 顯花植物과 같은 계집은 알 수 없는 웃음으로 제 마음도 속여온다. 항구, 항구, 들리며 술과 계집을 찾아다니는 시꺼믄 얼굴. 윤락된 보헤미안의 절망적인 心火.
> ---퇴폐한 향연 속. 모두 다 오줌싸개 모양 비척어리며 얇게 떨었다. 괴로운 분노를 숨기어가며---젖가슴이 이미 싸늘한 매음녀는 파충류처럼 포복한다.
>
> 오장환,「賣淫婦」전문

근대에 대한 열망으로 찾은 항구는 시인의 의도대로 현상되지 않는다. 이곳은 술과 부랑자들이 활개치는 곳이고, 매음녀들이 우굴거리는 곳이다. 시인의 표현대로 하자면, 이곳은 "퇴폐한 향연"이 펼쳐지는 암울한 공간이다. 뿐만 아니라 "망명한 귀족들이 어울려 풍성한 도박"(「海港圖」)을 하거나 "술과 싸움이 난무하는"(「향수」) 폭력의 지대이기도 하다. 근대 도시의 특성이 동일성의 상실에 따른 공동체의 붕괴라고 한다면, 오장환이 그리는 항구 또한 이와 똑같은 모습으로 그려진다. 그에게 항구란 새로움이라든가 근대에 대한 희망이 구현되는 곳이 아니라 동일성이 상실된 부정의 공간으로 다가오는 것이다.

항구에 대한 오장환의 이러한 불온한 인식은 임화의 그것과 어느 정도 그 맥이 닿아있는 것이다. 그러나 바다에 대한 임화의 인식은 구체성과 역사철학적인 전망이 내재된 매우 복합적인 것이었다. 그것은 한편으로는 근대의 제반 문제와 닿아있는 것이기도 하고, 민족 모순의 예민한 끝에 걸려있는 것이기도 했다. 그러나 오장환의 경우는 그런 파편화된 인식이 지극히 협소한 영역에만 갇혀있는 한계를 보여준다. 그의 근대로의 여정은 지극히 개인적인 동기에서 시작한 것이었고, 또 그이상의 영역을 넘어서지도 못했다. 바다에 대한 그의 인식의 비판을 초월해서 보다 큰 맥락인 역사철학적인 음역으로 승화되지 못한 것은 여기에 그 원인이 있다고 하겠다. 그것이 열린공간으로서의 바다를 직조한 오장환 시의 한계였다.

4. 현대시에서의 바다의 의의

현대시의 소재로 바다가 등장한 것은 인식의 확장에서도 중요한 것이었고, 근대의 제반 맥락에서도 중요한 것이었다. 근대란 사유의 폭을 확장하기도 했지만, 공간에 대한 인식 또한 팽창시켜왔다. 또한 이런 인식들은 개인성의 국면이 아니라 근대의 사유 속에 편입됨으로써 보다 심화된 역사철학적인 의미를 갖게 되었다. 따라서 한국 시사에서 바다의 발견이야말로 근대의 새로운 출발이라해도 과언이 아닐만큼 대단히 의미있는 것이었다. 그것은 소재의 확장뿐만 아니라 인식의 확장이라는 측면에서도 그러했다.

동일한 소재를 두고 이를 어떤 방식으로 의미화할 것인가 하는 것은 세계관의 편차에 따라 좌우될 것이다. 현대시에서 바다의 의미화가 시인마다 상이한 것은 이 때문인데, 이는 근대를 부정성의 관점에서 이해할 것인가 아니면 긍정성의 관점에서 이해할 것인가에 따라 달라지는 것이다. 근대를 충실히 계승하고 계몽의 관점이 유효하다고 인식한 경우에 바다는 긍정의 국면에서 이해되었다. 즉 바다는 근대로 나아가는 통로이자 세계성을 인식하는 매개가 된 것이다. 반면, 계몽의 유효성을 불신하는 측에서 바다는 지극히 부정적인 것으로 묘사되었다. 임화의 현해탄 콤플렉스는 그 대표적인 사례이거니와 모더니스트였던 오장환에게도 그것은 지극히 부정적인 것으로 인식된다.

바다의 원형적 이미지는 어떤 원천이랄까 영원의 속성으로 구현된다. 바다의 그러한 이미지는 「웅계」를 비롯한 서정주의 일련의 작품들이나 유치환의 「파도」에서도 똑같이 확인할 수 있다. 그러나 바다가 현대시에 처음 등장한 것은 그런 원형적인 이미지와는 거리가 먼 데서 시작했다. 바다는 근대라는 아우라 속에서 처음 형성되었고, 또 그것이 지향하는 다양한 철학적 의미역들을 담아내었다. 그것이 단순히 시의 소재에서 그치지 않고, 물리적인 너머의 영역에서 새로운 의미역을 가질 수 있었던 것은 근대라는 제반 사유가 있었기에 가능했다. 그것은 대륙지향적인 한국시를 바다지향적인 것으로 대신하게 했으며, 그것만으로도 그것은 큰 의미가 있는 것이었다. 시속에 구현된 바다의 일차적인 의미랄까 의의는 여기서 찾아야 할 것이다.

 존재의 근원으로서의 땅(흙)의 의미

1. 문학 속의 흙

흙이란 무엇일까라는 질문에 쉽게 대답하는 것은 매우 어려운 일이다. 사전적 의미에 쉽게 다가갈 수 있을 것 같으면서도 그 본질이랄까 속내에까지 이르는 것이 쉽지 않은 까닭이다. 특히 그것이 근원과 관계하고 있다는 점과 역사철학적인 맥락으로부터 자유롭지 않다는 점에서 그 다의성은 더욱 심화된다. 흙이란 일차적으로 근원과 분리하기 어렵다. "흙에서 나와 흙으로 돌아간다"는 관습적 명제에서 보듯 그것은 인간의 본질과 밀접한 상관관계를 갖고 있는 것이다. 그런 상관성을 하나의 정식으로 굳히게 된 것은 익히 알려진 것처럼 기독교의 신화에서 기인한다. 인간이란 기본적으로 흙에서 생성되었다는 것이 성서의 기본 교리이기 때문이다.

그런데 이러한 근원의식은 인간이라는 원초성 혹은 뿌리라는 본질을 넘어서 보다 포괄적인 관념으로 확대된다. 가령, 고향의식이라 든가 향토성, 더 나아가서는 국토애나 조국애와 같은 의식이 바로 그러하다. 그럼에도 이런 확장적 의미역은 어떤 각각의 이념이나 물적 기반에 의해 차질되는 것이 아니고 모두 근원이라는 의식, 땅이 가지고 있는 본원성과 완벽하게 결합되어 있다. 시적 자아의 처지나 시대의 조건에 따라 땅의 의미가 협소해지기도 하고 넓어지기도 하는 것이다.

흙의 궁극적 의미와 관련하여 또하나 주목해야 하는 것이 역사철학적인 의미이다. 이는 근원을 시대의 소명의식으로 갖고 있는 근대인들에게 필연적으로 요구받았던 일종의 숙명과 같은 것이라 할 수 있다. 근대는 일시성과 순간성을 특징으로 하고 있는데, 그 저변을 들여다보면, 그것은 파괴라는 관념과 불가분의 관계에 놓여 있다. 파괴란 그 자체에서 소멸하는 일회적 의미가 아니라 주변의 유기적 조건들을 함께 붕괴시키는 속성을 내포하고 있다. 그러나 이에 대한 대항담론 또한 늘 상존하기 마련인데, 그것 속에 내재된 불가분성과 항구성의 의의야말로 그 좋은 표본이 될 것이다. 흙 속에 내재된 영원의 의미가 시적 주체들로 하여금 근대의 늪을 헤쳐나오게끔 하는 기제인 것도 이런 이유 때문이 아닐까 한다.

흙의 서정화가 한국 시사에서 등장하기 시작한 것은 개화기 이후이다. 이 시기에 한국 문단을 이끌었던 최남선과 이광수의 문학이 그 서장에 해당된다. 이들의 문학적 출발이 흙이었던 까닭이다. 이들에 의해 서정화되기 시작한 '산'과 '바다'의 의미화야말로 흙이 한국 시사에 처음 등장한 서막이었다. 이를 계기로 한국 시단에서는 다양한 국면에서 흙의 의미화 내지 서정화가 시도되었다. 시인마다 혹은 시대에 따라 그것의 의미는 다양하게 변주되었는 바, 우선 한국 시에 구현된 흙의 의미는 다음 몇가지로 구분하는 것이 가능하지 않을까 한다. 첫번째는 종교적 의미이다. 여기서 그것은 오직 숭배의 대상으로만 구현되었다. 종교성이란 이런 맥락에서이다. 시에 표현된 빈도수에서는 아마도 이 음역이 가장 많을 것으로 생각된다. 다음으로는 반 도시성으로서의 흙의 의미이고, 세 번째는 이데올로기와 분리되기 어려운 흙의 의미이다. 이는 시와 현실의 밀접한 긴장관계 속에서 탐구되어야할 성질의 것이다. 마지막으로는 역사철학적 맥락에서의 흙의 서정화이다. 특히 흙과 근대의 분리할 수 없는 상관관계는 1980년대 이후 등장하기 시작한 생태주의에서 그 정점에 이르게 된다.

2. 종교적 대상으로서의 흙의 의미

시인에게 언어가 영혼이라면 흙은 육체에 해당할 것이다. 물론 언어와 흙의 이러한 관계가 시인에게만 국한되는 문제는 아니며, 하나의 유기적 관계망을 유지하고 있는 특정 공간의 사람들에게는 똑같은 논리로 기능할 것이다. 따라서 언어와 땅, 그리고 인간은 하나의 국토, 국가를 유지하는 구성요소이며 근본 틀이라 할 수 있다. 국토애는 이런 유기성을 근간으로 하는 것이며, 만약 이런 조화가 상실된다면, 그 틈이야말로 가장 아픈 트라우마로 작용하게 될 것이다. 그러한 상혼의 가장 단적인 사례들은 식민지 시대를 살았던 시인들의 작품에서 흔히 발견된다. 무엇의 상실에 의한 결핍이야말로 그것을 벌충하는 가장 강력한 욕망을 불러일으킬 수밖에 없는데, 흙에 대한 애착은 그 뚜렷한 반증이 아닐 수 없다.

한국 시단에서 국토애를 일종의 애니미즘의 차원으로 끌어올린 것은 육당 최남선에 의해서였다. 그에게 국토란 "산하 그대로 조선의 역사며 철학이며 시며 정신"(최남선, 「순례기의 권두에」)이었던 까닭이다. 이러한 조선주의는 일제에 대한 대타의식을 떠나서는 성립불가능한 것이며, 또한 매우 즉자적인 차원에 놓인 것이라 할 수 있다.

육당이후 흙에 의한 국토애는 여러 시인들에 의해 계속 시도되었다. 다음의 시는 그 좋은 예이다.

> 나는 꿈꾸었노라, 동무들과 내가 가지런히
> 벌가의 하루 일을 다 마치고
> 석양에 마을로 돌아오는 꿈을,
> 즐거이, 꿈 가운데.
>
> 그러나 집 잃은 내 몸이여,
> 바라건대는 우리에게 우리의 보섭 대일 땅이 있었더면!
> 이처럼 떠돌으랴, 아침에 저물손에
> 새라 새로운 탄식을 얻으면서.
>
> 김소월, 「바라건대는 우리에게 우리의 보섭 대일 땅이 있었더면」 부분

최남선의 뒤를 이어 흙에 대한 애착을 표명한 사례로 소월의 경우를 들 수 있다. 흙은 소월의 시와 분리하기 어려운 것이지만, 특히 인용시의 경우는 그것이 조국의 상실과 밀접한 연관을 갖고 있다는 점에서 늘상 논의되던 작품이다. 국토 상실에 대한 뿌리뽑힌 자의 의식이 그러한데, 식민지 시대에 땅과 조국에 대한 인식을 이만한 정도의 직접성으로 표현한 경우도 드물 것이다. 그러나 이 작품에서 흙에 대

한 애착이나 회귀는 꿈에서나 성취될 수 있는 것으로 현재의 실존조건과는 대단히 동떨어져 있다. 그럼에도 흙에 대한 그리움은 거의 종교적 숭배의 차원에 가깝다.

개화기 이후 한국 시단을 풍미했던 흙에 대한 시적 의미들은 인식의 넓이와 폭에 따라 전연 새로운 국면을 띠기도 한다. 유학생의 증가와 거기서 얻어지는 근대적 인식들은 흙에 대한 또다른 종교성을 내포하게끔 했다. 식민지 시대 지식인에게 흔히 노래되었던 고향에 대한 의미화작업이 바로 그것이다. 이들의 고향의식이 식민지 지식인의 단순한 우울에서 비롯된 것이 아닌 이상, 이를 국토애나 국가애와 분리시켜 논의하기는 어려운 일이다.

> 넓은 벌 동쪽 끝으로
> 옛이야기 지줄대는 실개천이 휘돌아 나가고,
> 얼룩백이 황소가
> 해설피 금빛 게으른 울음을 우는 곳,
>
> ――그 곳이 참하 꿈엔들 잊힐리야.
>
> 질화로에 재가 식어지면
> 뷔인 밭에 밤바람 소리 말을 달리고,
> 엷은 조름에 겨운 늙으신 아버지가
> 짚벼개를 돋아 고이시는 곳,
>
> ――그 곳이 참하 꿈엔들 잊힐리야.

> 흙에서 자란 내 마음, 파란 하늘빛이 그리워
> 함부로 쏜 화살을 찾으러 풀 섶 이슬에
> 함초롬 휘적시던 곳
>
> 그곳이 차마 꿈엔들 잊힐리야.
>
> 정지용, 「향수」 부분

이 작품에서 서정적 자아의 마음은 흙을 떠나서는 성립되지 않는다. 그것은 그의 뿌리가 "흙에서 자란 내 마음"에 놓여있기 때문이다. 흙과 나는 일체화 되어서 하늘과 땅과 유기적 일체화를 형성한다. 그러한 일체성을 담보하는 것이 이슬의 상징성이다. 흙과 자아가 이슬 속에 내포되어 둥근 원으로 유기화되고, 궁극에는 흙 속에 묻힌 자아의 존재성을 확인하게 된다.

흙은 존재의 뿌리이면서 근원이다. 그러한 흙의 의미들은 개화기 이후 시적 자아를 둘러싼 객관적 현실들 속에서 지극히 단선화된 길을 걸어왔다. 국가주의라는 틀 속에서 쉽게 벗어나지 못했던 것인데, 이는 시대가 낳은 산물이자 한계였기에 그러했다.

3. 반도시 정서로서의 흙의 시학

한국 근대 시사에서 도시가 등장하기 시작한 때가 언제인가를 묻는 것은 근대성의 제반 양상과 따로 떼어놓고 설명할 수 있는 부분이 아니다. 도시의 전면적인 등장이란 곧 근대의 시작과 밀접히 결부된 것이기 때문이다. 시사적 맥락에서 보면, 도시가 시의 소재로 등장한 때라든가 도시시가 성립하기 시작한 때는 1920년대 중후반으로 알려져 있다. 이때부터 몇몇 시인들에 의해 도시를 배경으로 한, 혹은 도시적 감수성에 바탕을 둔 실험시들이 쓰여지기 시작했다. 이와 때를 같이 해서 근대시를 완성했다고 평가되는 정지용이 시단에 등장했다. 도시적 재료와 감수성들은 이제 시에 있어 하나의 중심 소재가 되기 시작한 것이다.

도시를 배경으로 한 시들이 근대성의 양상과 분리시켜 논의할 수 없는 것이고 이와 상대적인 자리에 놓인 흙의 시들 역시 동일한 차원에서 논의되기 시작했다. 그럼에도 흙을 노래한 시들이 꼭 근대라는 역사철학적 의미망에 엄격히 구속되어 있다고 보긴 힘든 경우도 상정해 볼 수 있다. 이른바 반도시적 서정으로서의 흙의 문학의 성립여부이다. 이런 유형의 시들은 도시를 떠나고 싶은 욕망의 발로에서 기인한, 흙에 대한 단순한 그리움 속에서 직조된 경우가 대부분이다.

가자
가자
田園으로 가자
우리의 먹을 것은
그곳에서 얻나니
푸른 풀 우거진
田園으로 가자
심으고 매려
그곳으로 가자
毒魔의 巢窟을 떠나
餓鬼의 싸움터를 버리고

都市를 버리고
田園으로 가자
健全한 알몸이 되야
자연의 惠源을 찾어/가자

권구현, 「田園으로」 전문

인용시는 인간의 욕망이 실타래처럼 얽혀있는 도시적 감수성이 전연 없는 것은 아니지만, 이 작품을 이끄는 근본 동인은 전원생활에 대한 그리움에서 찾을 수 있다. 여기서의 전원은 생산의 근원으로 표명되는데, 이 의식은 인간의 원초적 생명성과 밀접히 관련되어 있다. 반면 도시는 그러한 생산성과는 무관한 "毒魔의 巢窟"이고 "餓鬼의 싸움터"이다. 시적 자아가 도시를 버리고 전원으로 되돌아가고자 하는 것은 흙에 대한 그리움 때문이다. 흙의 아들을 자처했던 이무영의 농촌사랑처럼, 권구현의 이 작품도 흙과 동일화하고자하는 욕망으로 무늬져 있다. 이 의식은 근원적이고 지극히 일차원적인 것에서 구성된 것이다.

그러한 단일한 감수성이 비슷한 시기에 활동한 신석정의 시에서도 발견된다. 전원의 시인답게 신석정의 시들은 반도회적 감수성에서 시작된다.

어머니
당신은 그 먼 나라를 알으십니까?

깊은 삼림대를 끼고 돌면
고요한 호수에 흰 물새 날고

좁은 들길에 야장미 열매 붉어

멀리 노루새끼 마음 놓고 뛰어 다니는
아무도 살지 않는 그 먼 나라를 알으십니까?

신석정, 「그 먼 나라를 알으십니까」 부분

이 작품에서 말하는 그 먼 나라는 전원이다. 또한 지금 여기의 부조리한 현실적 여건을 초월하는 유토피아이기도 하다. 이 낙원은 전원적 이상향일 수도 있고, 또 동양식 무릉도원이나 한국의 청산 정도로 이해할 수도 있다. 뿐만 아니라 문명의 저 건너편에 있는 반문명적인 낙원일 수도 있을 것이다. 전자의 경우가 근대 이전의 세계에서 길어올려지는 것임을 감안하면, '그 먼 나라'는 후자의 경우에 좀 더 가까워 보인다. 그러므로 '먼 나라'는 인간에 의해 변형되지 않은 인간 이외의 모든 현상, 곧 자연의 원형이 잘 보존된 곳이라 할 수 있다. 흙이라고 표나게 이야기하지는 않았지만, 이곳에서 말하는 자연이란 삶의 원형질이 보존되는 세계, 곧 흙의 세계와 다를 바가 없다.

반도시성의 문학들은 일반적으로 자연으로 표상되는데, 현대시에 이를수록 이는 더욱 구체화된다. 그러한 사례를 『벌레시인』을 쓴 이성선의 시들에서 확인할 수 있는데, 그의 시들은 자연과 밀접한 연관 속에 진행된다. 자연의 시인이라 지칭할 수 있을 정도로 그는 자연과 더불어 살다간 시인이다. 그에게 반도시주의는 거의 생리적인 차원에 놓인 것이고, 그 속에서 시인은 삶의 구경적 의미를 찾아내었다. 이성선은 이른바 자연이 좋아서 살아간, 자연의 시인이었다.

4. 이데올로기서의 흙의 시학

무릇 어떤 대상이 자율적 혹은 독립적인 것이라해도 그것이 관념의 작용으로부터 자유롭지 않은 이상 이데올로기적 속성을 갖는 것은 당연하다. 더구나 집단의 이상이라든가 특정 목적에 부합하는 대상이라면 더더욱 그럴 것이다. 흙의 또다른 의미도 이 연장선에서 탐구될 수 있을 것이다. 흙은 좁은 영역에서 이해하면 단순한 물질에 불과하지만, 그것이 좀더 넓은 영역에서 의미화하게 되면 형이상학적인 국면을 띠게 된다. 가령, 국가의 위기가 절체절명에 이른 개화기에 흙의 의미가 신성성이라든가 선험성의 영역을 벗어나지 못한 것은 이런 이유 때문이다. 그리고 이런 의미화가 소속 집단의 구성원에 의해 전일화되는 것이라면, 그 반대의 경우도 가능할 수 있을 것이다.

해방 이후 한국의 역사가 질곡의 과정이었음은 잘 알려진 일이다. 독재와 저항, 그리고 또다시 그러한 피드백의 과정이 거듭 반복되어 온 것이 한국 현대사의 특성이었다. 그러한 시대적 변천을 거치면서 흙의 의미는 이전과는 사뭇 다른 모양새로 펼쳐졌다. 동일한 이념체로서의 국가를 포지하는 흙의 의미가 훼손되진 않았지만, 그러나 그것이 의미하는 함의는 전연 다르게 표상된 것이다. 객관적 현실과 결부된 반역의 땅이라든가 오역의 땅과 같은 것이 그 의미역이고, 또 그 외연을 보다 확장시킬 경우, 분단과 거대 이데올로기에 걸리기도 했다.

작은 꼬막마저 아사하는
길고 잔인한 여름

하늘도 없는 폭정의 뜨거운 여름이었다

끝끝내

조국의 모든 세월은 황톳길은

우리들의 희망은

낡은 짝배들 햇볕에 바스라진

뻘길을 지나면 다시 메밀밭

희디흰 고랑 너머

청천 드높은 하늘에 갈리던

아아 그날의 만세는 십년을 지나

철삿줄 파고드는 살결에 숨결 속에

너의 목소리를 느끼며 흐느끼며

나는 간다 애비야

네가 죽은 곳

부죽머리 갯가에 숭어가 뛸 때

가마니 속에서 네가 죽은 곳

김지하, 「황톳길」 부분

이 작품은 김지하의 초기 대표작 가운데 하나인 「황톳길」이다. 여기서 흙, 곧 황톳길은 불온한 현실의 상징으로 구현된다. 이 작품에 표현된 삶의 기본 환경들은 철저히 파괴된 모습을 보여준다. 그런 황폐화된 아우라들은 환경내의 존재들이 살아갈 우주론적 질서와 조화의 세계 또한 파괴시킨다. 뿐만 아니라 그것은 압제의 조건들을 헤쳐나갈 "우리들의 희망"마저 무너뜨릴 정도로 매우 강력하기까지 하다. 이런 희망들을 와해시키는 주체는 "작은 꼬막마저 아사"시키는 "길고 잔인한 여름"이며, "하늘도 없는 폭정의 뜨거운 여름"이다. 물론 그러한 "폭정의 뜨거운 여름"은 독재와 그에 따른 모순된 현실에 의해 촉발된 것이다. 생태 환경의 붕괴나 공동체 문화, 그리고 전통적 가치의 소멸 등은 모두 잔인한 여름의 결과들인 것이다. 여기서의 흙은 매우 불온한 것이고, 삶의 건강성과 긍정성과 같은 흙의 근원적 이미지와는 전연 상관없는 모양새를 구현하고 있다.

그런데 흙의 이러한 불온성은 단지 체제내의 한정된 공간에서만 그치는 것이 아니다. 80년대를 광풍처럼 휩쓸고 간 분단이데올로기와 같은 거대서사에도 그 끝이 매개되고 있기 때문이다.

다시 태어 난다면
어느 고향으로 가고 싶은가
국토만이 내고향
어머니 젖줄만이 내 나라 내 강인걸
신부여 목사여 스님이여
가사 장삼 연미복은 어디에나 쓰나
기도하면서 외쳐 다오
아들 딸 원하기 전
한 사람의 맥박 통하게
힘센 이들 물리치고
돌아오도록 피끓는 가래를 토해다오.
맨손으로 칡넝쿨 넘기며
암흑의 시대를 벗겨라

박주관, 「고향 가는 밝은 길이 4」 부분

이 작품에서 보듯 이제 흙은 근대사의 모순을 겪으면서 이전과는 전연 다른 양상으로 굴절되어 나타난다. 그것은 원초성이나 근원과 같은 뿌리가 아니라 현재의 모순을 덮어쓴 오염된 질료, 부정성과 같은 반근원적인 것들의 상징으로 구현되고 있는 것이다. 그러한 모순들은 분단의 현실과 같은 보다 근원적인 장소로까지 옮겨가는 것이다.

이 작품에서 분단의 모순이라든가 그것의 근원적 의미를 읽어내는 것은 매우 난망한 일이다. 그럼에도 이 시는 흙의 시대적 의미를 이해하는 데에는 좋은 본보기가 되는 작품이다. 실상 이 작품이 지향하고자 하는 궁극적 의도는 통일에의 꿈내지 희원에 있을 것이다. 현재의 질곡과 모순이 내재되지 않을 경우 꿈이란 한갓 공상에 불과할 것이기에 이 작품에서 희구하는 꿈은 그러한 허구성과는 전연 다른 것에 닿아 있다고 하겠다. 바로 분단과 같은 거대서사이다. 따라서 이 서사에서 오는 흙의 서정화가 암흑에 의해 덧씌어진 상태로 오버되는 것은 당연하다 할 것이다.

5. 역사철학적 의미로서의 흙

흙이란 본향을 지향하고 본질에 닿아 있는 것이다. 현상이 흔들릴 때에도 본질은 굳건히 자리를 지킨다. 그렇기에 본질은 늘상 현상을 압도하기 마련이다. 그럼에도 현상들은 가끔 본질을 무색하게 하는 경우가 있다. 특히나 인간의 욕망이 자리하고 있는 곳에서 본질은 그 본연의 자태를 잃게 된다.

본질과 현상에 의한, 그러한 길항의 관계를 근대 이후의 인간과 자연의 의미망 속에서 찾아볼 수 있다. 인간이 자연이라는 본질을 잃고 스스로 본질이 되고자 한 것이 근대 이후의 일이었다. 물론 그 기본 동인으로 작용한 것이 브레이크 없는 인간의 욕망이었다. 욕망이 확장됨에 따라 인간은 그 스스로의 본질도 자연의 참된 본질도 잃어가게 되었다. 이른바 황무지같은 현실, 열악한 환경만이 전부가 됨으로써 그 본래적 본향을 덮어버렸다.

본향을 대표하던 삶의 뿌리, 생의 뿌리인 흙 역시 똑같은 운명 속에 신음하게 되었다. 생산으로서 흙, 모성으로서의 흙, 근원으로서의 흙의 의미는 더 이상 찾아볼 수 없게 된 것이다. 생태주의라는 모토가 헐떡이는 흙 속에서 뛰쳐나와 모든 생명체의 궁극적 목표로 자리한 것도 여기에 그 원인이 있다. 생태학적 생명력이야말로 근대가 인간에 부과한 최대의 당면과제가 된 것이다. 생태환경이 없으면 자연도 더 이상 없을 뿐만 아니라 인간도 더 이상 존재하기 어렵다는 범생명주의가 근대의 대항마로 떠오르기 시작한 것이다. 이런 위기의식은 바로 본질로서의 흙의 일탈현상과 불가분의 관계 속에서 형성되었다.

불임의 여자. 퍼런 욕정의 사내는
이른 새벽 다시 그녀를 찾을 것이다
냉병과 관절염과 디스크와 유방암을
앓고 있는 여자. 그을음 낀 그녀의 울음소리
이내가 되어 낮고 무겁게 마을을 덮는다
한때 그 누구보다 몸이 달고 뜨거웠던
우리들 모두의 여자였던 여자.
생산으로 분주했던 물기 촉촉한 날들은
가고 메마른 몸 속에 온갖 질병이나 키우며

서럽게 늙어 가는, 폐경기 여자.

그녀는 이제 다 늦은 저녁이나 이른 새벽

지치지도 않고 찾아와 몸을 탐하는

사내가 노엽고 무서워진다

그 여자가 내민 밥상에서는 싱싱한

비린내 대신 석유내가 진동을 한다

이재무, 「개펄」 부분

인용시는 근대가 주는 흙의 역사철학적 의미가 무엇인지를 우리에게 일러주는 작품이다.곧 이 시는 불구화되고 파편화된 근대인의 자화상이 어떤 것이며, 또 본질을 상실한 대지(갯펄)가 어떤 상태에 놓여 있는가를 잘 말해준다. 물화된 근대가 스쳐간 뒤 남은 것은 이렇듯 생산성을 상실한 흙이다.

이 시는 흙이 지닌 생산의 건강함을 남녀의 성교로, 그것의 부정성을 여성의 폐경기로 은유화한 재미있는 작품인데, 불구화된 근대의 운명이나 그것의 슬픈 자화상을 '석유내'를 통해 읽어내고 있다. '석유내'야말로 불임의 원인이며 불구화된 근대를 상징이라는 것이다. 반면 석유내의 저편에는 '비린내'가 자리하고 있다. '석유내'와 달리 '비린내'는 생산성이고 건강성의 상징이 된다. '비린내'가 건강한 흙에서 뿜어져 나오는 것이라면, '석유내'는 불온한 문명에서 솟구쳐 나오는 것이다. 또한 온갖 질병을 앓는 불임의 여자가 문명에 의한 것이라면, 퍼런 욕정의 사내는 자연에 의한 것, 곧 건강한 흙 속에서 길러진 것이다. 본질과 현상이라는 그러한 영원한 이타성을 만들어낸 것은 근대이다. 생명성을 상실한 흙은 그러한 이타성에 그 원인이 있다.

김지하, 이재무 등의 생태학적 상상력들은 모두 흙의 건강성과 생명성을 회복하고자 하는 시도동기에서 비롯한 것이다. 인간이 생명의 본향인 흙으로부터 분리되어서는 더 이상 자신의 존재 자체를 유지하게 어렵게 된 근대의 현실이다. 생명 회복의 영원한 대상인 흙이 건강해질 때, 인간은 비로소 자신의 올곧은 위치와 생명의 근원을 찾게 될 것이다. 역사철학적 의미로서의 흙이 본질적 의미를 회복할 때, 생태학적 상상력은 그 임무를 마치게 될 것이다. 흙이 갖는 역사철학적 의미는 여기에서 찾아야 할 것이다.

불교적 윤회와 윤리성의 시적 구현

1. 문학과 불교

우리 사회에 불교가 전래된 것은 오래 전의 일이다. 통일신라 때 이차돈이 순교하면서 불교가 공인되었으니 실제로 그것이 전래된 것은 그 오랜 이전의 일이다. 그 이후 불교는 거의 천년이 넘는 시기 동안 우리 사회의 중심 종교, 혹은 중심 사상으로 자리잡아 왔다. 따라서 그것이 우리 생활의 일부가 되고 사상계의 중심 역할을 해왔기에 문학 속에 끼친 영향도 그리 만만치 않은 것이 사실이다. 불교가 국교였던 신라시대와 고려시대 뿐만 아니라 이를 엄격히 배척했던 조선 시대에도 그것의 사상적 지배력은 쉽게 소멸되지 않았다.

불교의 그러한 사정은 현대에 들어와서도 동일한 질과 양으로 우리 정신사에 깊이 드리워져 있다. 나라의 사정이 어려웠던 일제 강점기에는 호국불교의 성격을 가졌는가 하면, 물화된 현실이 지배하는 현장에서는 그러한 물질성을 초월하고자 하는 하나의 기준점으로 기능하기도 했다. 말하자면 내적인 계기와 외적인 환경이 주는 접점 속에서 불교는 그 나름의 고유한 역할을 늘상 수행하고 있었던 것이다.

불교의 역할이 어느 한 시기로 생명력이 끝나지 않고 계속 그 유효성을 갖고 있다는 것은 그것이 갖고 있는 보편적 호소력이랄까 타당성 없이는 성립하지 않을 것이다. 이는 물론 불교의 영역에만 국한되는 문제는 아니다. 종교의 기능이란 인간의 실존 조건과 불가분의 관계에 놓여 있기 때문이다. 아무리 훌륭한 종교라 할지라도 인간의 실존을 초월하여 존재하는 것은 종교로서의 가치를 상실하게 된다. 종교가 이단화되어 지독한 당파적 결속을 요구하는 폐쇄적인 것이 되어버리거나 그런 섹트성이 인간의 실존 조건을 위협하게 된다면 그것은 더 이상 종교로서 성립하기 어렵다고 하겠다. 종교란 보편적인 인간 가치가 실현되기 위한 성숙의 장을 사회에 마련해야 하고, 그러한 사회의 장을 위해 지독한 자기 억제, 곧 자기 수양의 과정을 제공해야 한다.

따라서 종교의 역할이랄까 구실은 개인과 사회의 영역을 초월해서 존재할 수 없는 것이고 그렇기에 지나친 신비주의에 빠질 이유도 없다. 그리고 경우에 따라서 그것은 좀더 큰 외연과 불가분하게 연결되기도 한다. 가령 사회적 혼란이나 국가의 위기와 같은 거대 서사의 영역이 필요할 때마다 종교의 역할은 개인적인 차원을 뛰어넘기도 한다. 불교가 거대 서사와 연결되었던 통일신라나 고려 시대를 보면 이를 쉽게 확인할 수 있는 일이다. 또한 일제 강점기 시대에 천주교와 도교를 비롯한 종교의 영역들이 국가적 요구에 따라 그 나름의 저항적 역할을 수행한 것도 예외가 아닐 것이다.

2. 평등 지평으로서의 불교와 『님의 침묵』의 세계

종교의 긍정적 가치 가운데 중요한 것 하나는 평등 사상이다. 어쩌면 이 사상이야말로 종교의 기본 축이며 그것의 존립 근거인지도 모르겠다. 위계질서가 강조되고, 사회의 갈등이 심화될 때마다 종교의 역할이 커지는 것은 이 때문일 것이다. 신흥 종교가 생기거나 새로운 시대에 대한 예기 등이 최고의 기대치로 부상하는 때가 사회적 혼란기였다는 사실들이 이를 증거한다. 그만큼 억압과 평등 혹은 자유는 동전의 앞뒤 면과 같은 것이어서 한 쪽이 승하면 다른 쪽은 몰락하는 시소게임과 같은 관계에 놓여 있는 것이다. 이런 함수관계에 의해 종교의 임무는 강화되기도 하고 약화되기도 한다. 기복 사상이 현재의 억압적 상황과 불가분의 관계에 놓이는 것도 이 때문이라 할 수 있다.

한국 현대시에 불교의 교리랄까 그것이 지향하는 의미에 대해 가장 효과적으로 작품화한 경우로 한용운을 들 수 있을 것이다. 그는 스스로가 불교 사상을 선양하는 스님이었고, 대표적 불교잡지였던 『유심』을 창간하기도 했다. 그리고 불교인을 대표해서 민족 33인이 되어 기미독립선언서를 작성하기도 했고 3·1만세운동에 참여하기도 했다. 실제 생활에서나 사상적인 측면에서 만해는 영락없는 불교인이었던 셈이다. 특히 만해는 그러한 사상적 특색을 문학 속에 훌륭하게 구현해냄으로써 불교문학의 완성자 역할도 했다. 여기서 그에게 이런 과도한 평가를 부여하는 것은 그의 문학적 행위가 어떤 특정한 종교를 옹호하기 위한 도구성을 뛰어넘는다는 시사적 의미가 있으며, 또한 근대 문학의 완성자라는 함의도 담겨있기 때문이다. 문학이 어떤 도구성의 미망에서 벗어나지 못할 때, 문학 고유의 장르적 가치는 유효하지 않게 되는 것은 지극히 뻔한 상식에 속하는 일이다. 그리고 이는 세계관이나 이데올로기의 질이 무엇이냐에 따라 달라질 성질의 문제는 아니다.

또하나 한용운 문학과 근대 문학과의 관련 양상이다. 그가 문단에 나온 것은 20년대 중반이다. 『님의 침묵』이 나온 것이 1926년이기 때문인데, 이때는 개화기 이후 모색되던 근대시에 대한 방향과 그 장르적 특성이 거의 마무리되던 시기이다. 그러한 마무리 끝에 서있는 것이 만해의 문학세계이다. 이때는 그와 더불어 모더니스트인 정지용, 임화를 비롯한 경향시 등이 세계관의 계선에 따라 근대시의 완성적 형태를 만들어가던 시기이다. 계몽에 바탕을 둔 것이 정지용의 시 세계라면 생산관계의 정합성에 의해 형성된 것이 경향시였다. 모더니즘과 리얼리즘이 근대시를 이끌어가는 두 개의 축이라 할 경우, 서정시는 이들과 맞서는 제 3의 축이 된다고 하겠다. 내용과 형식의 초과현상만을 주목의 대상으로 삼는 비평가의 선판단을 뒤로 한다면 서정시는 근대시의 중요한 중심축 가운데 하나로 자리잡게 된다. 그러한 서정시의 특색을 근대적 맥락에서 완성한 것이 만해 한용운이다. 그의 문학사적 가치와 의의는 여기서 찾을 수 있는데, 그 완성의 사상적 매개랄까 중심 주제가 불교였다는 것은 매우 의미있는 것이 아닐 수 없다. 그것은 두가지 이유 때문에 그러하다. 하나는 사상적 국면에서이고 다른 하나는 형식상의 측면에서이다.

개화기 이후 진행된 근대시에 대한 모색은 내용과 형식 등 두가지 국면에서 치열하게 모색되어 왔다. 특히 전통적 율조, 곧 정형의 틀을 벗어던진 근대시는 새로운 운율에 대한 모색과 그것이 근대시에 어떻게 적용될 것인가에 대한 끊임없는 모색과 실험을 거듭해 왔다. 그 일단의 노력이 주요한의 산문시 「불놀이」로 귀결되었음은 익히 알려진 일이거니와 한용운의 산문시에서 그 근대적 국면이 완성되었다는 데에는 별다른 이견이 없다. 한편의 훌륭한 시가 형식과 내용의 유기적 통일에 의해 가능하다는 것은 상식에 속하는 일이긴 하지만, 시의 내용 속에 구현되는 근대성 역시 중요한 주제 가운데 하나가 아닐 수 없었다. 형식은 완결되었는데, 내용은 충만하지 못한 기묘한 형태의 시형식이 새로운 근대시의 모형은 될 수 없는 일이 아닌가. 『님의 침묵』 속에 표현된 불교의 서정화가 갖는 의의는 무엇보다 여기서 찾을 수 있을 것이다. 근대시의 완성이라는 사상적 국면을 불교의 측면에서 성공적으로 구현될 수 있었다는 것, 그것이 『님의 침묵』이 갖는 시사적 의의일 것이다.

님은 갔습니다. 아아 사랑하는 나의 님은 갔습니다.

푸른 산빛을 깨치고 단풍나무 숲을 향하여 난 작은 길을 걸어서 차마 떨치고 갔습니다.

황금의 꽃같이 굳고 빛나던 옛 맹서는 차디찬 티끌이 되어서 한숨의 미풍에 날아갔습니다.

날카로운 첫 키스의 추억은 나의 운명의 지침을 돌려 놓고 뒷걸음쳐서 사라졌습니다.

나는 향기로운 님의 말소리에 귀먹고 꽃다운 님의 얼굴에 눈멀었습니다.

사랑도 사람의 일이라 만날 때에 미리 떠날 것을 염려하고 경계하지 아니한 것은 아니지만, 이별은 뜻밖에 일이 되고 놀란 가슴은 새로운 슬픔에 터집니다.

그러나 이별은 쓸데없는 눈물의 원천을 만들고 마는 것은 스스로 사랑을 깨치는 것인 줄 아는 까닭에,

걷잡을 수 없는 슬픔의 힘을 옮겨서 새 희망의 정수박이에 들어부었
습니다.

우리는 만날 때에 떠날 것을 염려하는 것과 같이, 떠날 때에 다시 만
날 것을 믿습니다.

아아, 님은 갔지마는 나는 님을 보내지 아니하였습니다.

제 곡조를 못 이기는 사랑의 노래는 님의 침묵을 휩싸고 돕니다.

한용운, 「님의 침묵」 전문

이 작품은 한용운의 대표작 「님의 침묵」이다. 시인이 가열차게 그
리는 님, 애타게 부르는 님은 서정적 자아로부터 떠난 상태에 놓여
있다. 그렇기에 이 님의 존재는 시인으로부터 떨어져나간 이성적인
님일 수도 있고, 조국일 수도 있으며, 구도자가 갈구하는 절대자일
수도 있다. 그러나 시 이해상 감정의 오류를 범할 위험에도 불구하고
이 작품에서 이야기되는 님은 조국으로 이해되어야 마땅하다고 본
다. 시적 자아에게 가장 절대적인 존재일 수밖에 없는 조국 상실이라
는 배경적 지식을 괄호 친 상태에서 이 작품에 다가가는 것은 허구이
기 때문이다. "걷잡을 수 없는 슬픔의 힘"을 "새 희망의 정수박이에
들어 부"을 수 있는 미래에의 기획은 그것이 허구 이상의 것임을 말
해주는 단적인 근거라 하겠다.

다음은 이 작품과 불교적 상상력과의 상관 관계이다. 님이 이성이
나 절대자를 뛰어넘어 조국이라는 구체적 실체에 가까운 것이라면,
「님의 침묵」 속에 구현된 불교적 의미는 대사회적 영역으로 그 음역
이 확대된다. 불교의 핵심교리 가운데 하나가 만유일체(萬有一體),
만유평등(萬有平等)의 사상이다. 모든 것이 평등하고 그 아우라 속에
서 자유는 마음껏 구가되는 상황, 그리하여 그러한 자유의지가 만물

의 생명이 된다는 것이 불교의 주요한 교리 가운데 하나이다. 만해는 「님의 침묵」에서 님과의 만남, 그리고 헤어짐이라는 불교의 윤회사상 속에서 이를 읽어내고 있다. 윤회란 하나의 유기적 생명이 소멸하고 또다른 생명이 탄생하는 절차이자 과정이다. 이러한 도정에서 내재되는 중요한 잣대 가운데 하나가 소위 윤리 의식이다. 현생의 업을 소멸해야 후생의 복을 구할 수 있다는 기복 사상은 현재의 윤리관을 초월해서는 존재할 수 없는 까닭이다. 따라서 윤리적인 인간형이 되겠다는 자의식이야말로 현재의 지배관계나 갈등을 해소할 수 있는 주요한 잣대가 된다.

만해가 대사회적 대항담론으로 특징지어지는 불교적 상상력을 자신의 작품 속에 표명한 것은 자못 의미심장한 일이 아닐 수 없다. 그것은 현실에 대한 지독한 저항 없이는 불가능했기 때문인데, 식민지 지배체제를 정당화할 수 있는 이론적, 사상적 근거가 진화론에 바탕을 둔 양육강식의 논리였다는 점을 염두에 둔다면 이는 더욱 분명한 일이 될 것이다. 진화론은 잘 알려진 바와 같이 우승열패(優勝劣敗)의 논리를 근간으로 한다. 이는 강자가 약자를 점령하고 지배할 수 있다는 것, 그리하여 강자만이 삶의 주체가 될 수 있다는 논리를 정당화한다. 이를 일제 강점기의 현실에 곧바로 대비하게 되면, 강자인 일제가 약자인 조선을 지배하는 것이 정당화되어버린다. 곧 식민지 일제에 대해 항변의 의미를 갖지 못하게 되는 것이다. 역사를 나와 타자와의 싸움으로 규정하고 무장투쟁을 옹호했던 신채호가 훗날 이 사상을 포기한 것도 이와 관련되어 있다. 자신이 믿고 있는 논리를 계속 밀고나가다 보면, 일제에 의한 조선의 지배가 정당화될 수밖에 없는 현실이 되어버리기 때문이다. 신채호가 훗날 이 투쟁론을 버리고 상호부조에 바탕을 둔 무정부주의를 받아들인 것은 여기에 그 원인이 있었다.

회자정리(會者定離), 거자필반(去者必返)이라는 이 윤회의 법칙은 개인의 윤리적 감각에 의존하는 것이긴 하지만, 시야를 널리 돌리게 되면 사회적 영역으로까지 확대될 수 있다. 떠남과 만남이 동일하고, 모든 것이 일체의 관계 속에서 하나이며, 또 평등하다는 사유는 현실의 갈등과 종속관계 속에서는 성립되지 않는다. 그러한 까닭에 만유평등이라는 불교적 상상력은 진화론에 바탕을 둔 양육강식의 논리를 철저히 부정하는 형식이 된다. 평등과 자유란 지배와 피지배 계층 사이에 벌어지는 인정투쟁의 회오리 속에서는 성립할 수 없기 때문이다.

따라서 윤회론에 바탕을 둔 만해의 만유평등 사상은 일제 강점기에 대한 강력한 불교적 저항이라 할 수 있다. 그의 불교적 상상력이 개인의 의식이나 종교적 차원의 것으로 치환될 수 없는 이유가 여기에 있다.

3. 형이상학적 초월로서의 윤회의 의미

윤회는 일종의 싸이클이다. 그러한 순환이란 유기적 관계망 속에서 진행되는 것이긴 하지만, 정신적 가치나 윤리적 기준을 떠나서는 성립하기 어렵다. 그것은 인식 주체에게만 한정되는 것이 아니라 어떤 질서랄까 사회적 영역과 따로 떼어놓기도 쉽지 않은 것 또한 사실이다. 위계적 관계나 계급적 불평등을 아우르는 윤리적 기준이야말로 보편적 이상을 실현하는 주요한 매개이기 때문이다.

윤회사상을 윤리적 기준에 의해 설명하는 것은 사회 질서를 위해서도 필요하고 또 종교의 보편적 가치를 위해서도 필요불가결한 요소가 아닐 수 없다. 사회에 대한 순기능 없이 하나의 종교가 오롯이 설 수 있는 근거는 없기 때문이다.

그리고 윤회사상이 갖는 그러한 사회적 정화작용과 함께 먼저 주목해보아야 할 것이 영원의 감각이다. 어찌 보면 이 감각이야말로 종교의 존재성을 가장 극명하게 보여주는 부분이 아닐까 한다. 종교가 태동하는 가장 초기의 형태도 이 영원의 사상과 밀접한 관련이 있었는데, 영혼불멸의 사상은 그 대표적 본보기가 아닐 수 없다. 존재가 유한하다는 이 절대 진리 속에서 유기체는 절망할 수밖에 없으며, 그러한 절망 내지 허무주의를 벌충해주는 것이 영원의 감각이다. 유한한 존재 초월에 대한 지난한 꿈이 바로 영원의 감각을 태동시킨 것이다.

두 번째는 그 영원의 감각 속에 내재되어 있는 윤리랄까 가치의 문제이다. 그것은 영원의 질과도 관계되는 사항이다. 사회나 도덕이 요구하는 윤리적 기준에서 일탈하지 않을 때, 영원의 질은 지고지순한 어떤 것이 된다. 반면 그 반대의 경우에는 전혀 다른 의미역에 놓이게 된다.

영원에의 도정 속에 윤리적 기준을 표나게 강조하는 것은 문학의 경계를 넘어서는 일이 될 수도 있다. 그것은 종교적 기준에서 요구하는 어떤 목적성과 긴밀하게 연관되어 있는 까닭이다. 뿐만 아니라 그것은 자율성이라는 근대 문학의 이상적 꿈에 대한 도전일 수도 있을 것이다.

언제든가 나는 한 송이의 모란꽃으로 피어 있었다.
한 예쁜 처녀가 옆에서 나와 마주 보고 살았다.

그 뒤 어느날

모란꽃잎은 떨어져 누워

메말라서 재가 되었다가

곧 흙하고 한세상이 되었다.

그게 이내 처녀도 죽어서

그 언저리의 흙 속에 묻혔다.

그것이 또 억수의 비가 와서

모란꽃이 사위어 된 흙 위의 재들을

강물로 쓸고 내려가던 때,

땅 속에 괴어 있던 처녀의 피도 따라서

강으로 흘렀다.

그래, 그 모란꽃 사윈 재가 강물에서

어느 물고기의 배로 들어가

그 血肉에 자리했을 때,

처녀의 피가 흘러가서 된 물살은

그 고기 가까이서 출렁이게 되고,

그 고기를, ---그 좋아서 뛰던 고기를

어느 하늘가의 물새가 와 채어 먹은 뒤엔

처녀도 이내 햇볕을 따라 하늘로 날아올라서

그 새의 날개 곁을 스쳐다니는 구름이 되었다.

그러나 그 새는 그 뒤 또 어느날

사냥꾼이 쏜 화살에 맞아서,

구름이 아무리 하늘에 머물게 할래야

머물지 못하고 땅에 떨어지기에

어쩔 수 없이 구름은 또 소나기 마음을 내 소나기로 쏟아져서

그 죽은 샐 사 간 집 뜰에 퍼부었다.

그랬더니, 그 집 두 양주가 그 새고길 저녁상에서 먹어 消化하고

이어 한 영兒를 낳아 養育하고 있기에,

뜰에 내린 소나기도

거리 묻힌 모란씨를 불리어 움트게 하고

그 꽃대를 타고 올라오고 있었다.

그래 이 마당에

現生의 모란꽃이 제일 좋게 핀 날,

처녀와 모란꽃은 또 한 번 마주 보고 있다만,

허나 벌써 처녀는 모란꽃 속에 있고

前날의 모란꽃이 내가 되어 보고 있는 것이다.

서정주, 「因緣說話調」 전문

「因緣說話調」는 불교의 중요 원리 가운데 하나인 윤회사상을 바탕으로 쓰여진 시이다. 곧 모란꽃으로 상징되는 '나'와 '처녀' 사이의 끊임없는 변신과정을 그리고 있는데, 그러한 변모 과정이 불교의 윤회설과 상관관계에 놓여 있음은 물론이다. 이들의 변신과정은 땅과 바다를 거처, 하늘로 올라갔다가 다시 땅으로 내려오는 등 시공을 넘나들면서 진행된다. 그러나 이런 화학적 변신의 과정이 어떤 윤리적 틀에 의해서 선이라든가 악과 같은 규준으로 전이되지는 않는다. 만약 그러한 가치관이 내재된 상태로 윤회의 과정이 진행된다면, 그것은 이미 문학의 영역을 초월한 것이 된다.

그러면, 이러한 변신의 과정이 주는 문학적 혹은 존재론적 의미란 무엇일까. 서정주는 잘 알려진 것처럼, 관능을 자신의 시적 모티프로 출발한 시인이다. 인간의 존재조건을 서구적 의미의 원죄설에 두고 있는데, 그러한 죄의식을 인간의 기본적인 욕망과 결부시켰다. 그러한 인간의 욕망이 관능으로 발현된다는 것, 그리고 그러한 관능성을 다스려나가는 과정이 인간의 실존이라는 것을 묘파해 냈다. 그러나 그는 그러한 인간의 실존적 한계를 승화시키는 과정에서 다시 성서적 의미의 원죄설을 내재화시키지는 않았다. 가령 성스러운 인간형으로 자기변신함으로써 원죄로부터 탈출하고자하는 의식을 드러내지 않은 것이다. 대신 그가 받아들인 것은 윤회라는 불교적 상상력이었다. 기독교가 인간에게 부여한 원죄란 곧 영원의 기각과 불가분의 관계에 놓이는 것이었다. 따라서 그러한 일시성을 초월하기 위한 자의식이 원죄로부터의 탈출이 될 것이고, 그것은 곧 새로운 영원성의 획득과 연결될 것이다.

「因緣說話調」의 기본 주제는 끊임없는 변신의 과정과 그 속에서 얻어지는 영원의 철학적 의미양상이다. 그러한 변신의 결과는 처녀가 모란꽃이 되고 전날의 모란꽃은 내가되어 바라보는 관계로 상호 역전되어 반복되어 나타난다. 그런데 문제는 그러한 변신의 과정이 역전의 관계로 마주보는 단계에서 그치는 것이 아니라 또 다시 반복될 수 있다는 것, 그리하여 그러한 반복은 영원히 지속된다는 데 이 작품의 함의가 담겨있다. 그렇게 끊임없이 반복되는 것, 그것은 다름아닌 영원의 굳건한 표징이다. 원죄로 덧씌워진 인간이란 영원을 상실한 인간이다. 그러한 상실 속에서 인간은 원죄의 고통을 뒤집어썼고, 전생과 이생, 후생이라는 윤회가 그 인식 주체의 삶을 지배한다.

원죄나 윤회의 초월은 영원의 감각과 밀접한 상관관계를 갖고 있다.「因緣說話調」에서의 끊임없는 순환, 반복은 욕망의 노예가 되어버린 숙명적 인간이 그러한 한계를 초월하기 위한 형이상학적인 물음들이었다. 서정주는 인간의 일시적 한계 혹은 숙명적 업고를 이렇듯 끊임없이 반복되는 영원의 불교적 상상력 속에 녹여냄으로써 유토피아라는 인간의 꿈을 실현하고 있는 것이다.

4. 허무의식 혹은 구도로서의 무소유의 감각

물화된 현실이 인간에게 요구하는 것 혹은 인간이 그러한 현실에 대해 요구하는 것 가운데 대표적인 것이 욕망이다. 욕망이란 인간의 역사와 동일한 시간성을 갖고 있는 것이어서 그것이 어느 한 순간의 시기에 표출된 것이라고 말하기는 어려울 것이다. 그럼에도 욕망이란 것이 현대에 들어 더욱 문제된 것은 물질과 결부된 그 끝없는 확장성 때문이 아닐까 한다. 게다가 자본화된 물적 현실들은 인간의 심연 속에 내재된 욕망을 더욱 강렬하게 뿜어올리는 추진체 역할을 했다. 물질이 있는 곳에 욕망이 있고 욕망이 있는 곳에 물질이 있었던 것이다.

오늘날 계몽의 위기가 운위되고 근대성의 위험성에 대한 경고음이 울리게 된 것은 인간의 욕망 때문이다. 그런데 그러한 위기의식에 대한 대항담론을 서구적 이론이나 상상력 속에서는 찾아보기 어렵다는 데에 그 심각성이 내재되어 있는 듯하다. 근대의 위기에 따른 대안으로 내세워진 것이 종교적 전통이나 그리이스의 민주공화정 사회에 대한 그리움 뿐이다. 근대의 위기를 극복할 형이상학적 국면들이 서구지성사나 그들의 전통에서 지극히 미약하다는 데 문제의 심각성이 놓여 있다. 그리하여 일천한 전통과 그 대안적 담론으로 등장한 것이 소위 오리엔탈리즘이다. 이 정신의 수용은 근대 초기의 동양이 그저 서양의 자본주의를 충족시킬 수단으로만 인식되는 것과는 전연 다른 국면이라 할 수 있다. 이렇게 부각된 오리엔탈리즘 가운데 가장 많은 주목을 받은 것이 불교의 정신적 가치들이다. 근대의 위기와 서구 정신사의 한계를 채워줄 가장 적실한 대상으로 불교적 상상력이 떠오른 것이다. 특히 무소유를 바탕으로 한 욕망의 사상과 그 무화에 대한 의지는 근대를 초극할 수 있는 유효한 지렛대로 자리매김하게 된다.

> 밤이 깊어가서
> 비는 언제 멎어지었다.
> 꽃 향기 나직히
> 새어들고 있었다
>
> 모기장 밖으로
> 잣나무 숲 끝으로
> 달이 나와 있었다.
> 구름이 떠 있었다
>
> 풍경 소리에 꿈이 놀란듯
> 작약꽃 두어 잎이 떨어지고 있었다.
> 의회한 탑 그늘에
> 천 년 세월이 흘러가고, 흘러오고----

아, 모든 것
속절없었다
멀리 어디서
뻐꾸기가 울고 있었다

김달진, 「고사(古寺)」 전문

이 작품에서 시인이 있는 곳은 오래된 산사이다. 이곳은 밤이 깊고 비는 멎은 정밀한 상태에 놓여 있다. 문틈으로 꽃 향기가 나직히 새어들고 모기장 밖으로 달이 비추며, 그 빛 사이로 구름이 떠 있는 모습이 보인다. 이런 고요한 풍경들은 물화된 현실과는 전연 반대이다. 이렇게 절제된 분위기 속에서 서정적 자아가 도달하게 된 것은 정신의 구경적 가치세계이다. 즉 "의희한 탑 그늘에/천 년 세월이 흘러가고, 흘러오고----//아, 모든 것/속절없었다"는 허무의식이 바로 그것이다. 천 년을 지속하고 있는 탑의 항구성, 곧 종교의 정신적 가치에 비하면, 유한한 인간이란 얼마나 일천한 속성을 지닌 존재인가. 게다가 그런 미천한 존재를 더욱 하락시키는 것은 욕망의 굴레이다. 시간의 항구성에 비하면 이는 지극히 하잘 것 없는 순간적인 것들이다. 그러한 순간에 집착하는 인간이 얼마나 비참한가 하는 것이 이 시가 주는 주제이다. 이러한 무욕의 상상력은 다음 시에서도 그대로 설파된다.

산이 온 종일
흰 구름 우러러 사는 것처럼
그렇게 소리 없이 살 일이다.
여울이 온 종일

산그늘 드리워 사는 것처럼

그렇게 무심히 살 일이다.

꽃이 피면 무엇하리요.

꽃이 지면 또 무엇하리요.

오늘도 산문(山門)에 기대어

하염없이

먼 길을 바래는 사람아,

산이 온 종일

흰 구름 우러르듯이

그렇게 부질없이 살 일이다.

물이 온 종일

산그늘 드리우듯이

그렇게

속절없이 살 일이다.

오세영, 「산문(山門)에 기대어」 전문

인용시는 김달진의 「고사」에 비하면, 자연에 대한 내면화가 덜 한 대신 생의 의지에 대한 추동력은 좀 더 강렬한 작품이다. 「고사」는 자연의 이법과 종교에 대한 원리가 어느 한 순간에 시적 자아의 삶의 질료로 틈입해 들어오는 반면, 후자는 그러한 원리로부터 어떤 교훈을 얻고 배우려는 정진의 자세가 두드러진다.

자연은 소위 욕망이 무화된 세계이다. 그것은 우주의 이법이고 원리이며, 욕망하는 인간이 받아들여야 할 교훈이 된다. 따라서 물화된 현실에 대해 대항할 수 있는 적절한 대상이 아닐 수 없다. 순리나 섭리의 원리와 우주의 이법이 그대로 녹아들어가 있는 자연의 법칙은 실상 무소유를 통해 성불의 세계로 지향하려는 불교적 상상력과 크게 다를 바가 없을 것이다. “산이 온 종일/흰 구름 우러러 사는 것”이나 “여울이 온 종일/산그늘 드리워 사는 것”은 자연의 섭리 그 자체 혹은 욕망이 무화된 세계 그 자체이다. 이런 원형질들이 삶의 근본 질료가 될 때, 자연적인 인간형이 되는 것이고, 종교적 인간형이 되는 것이다.

욕망이 떨어져 나간 자리에 허무가 채워지고, 그러한 허무를 지탱하는 축 속에 무소유의 감각이 들어간다. 이 감각이란 무엇일까. 욕망의 무화를 통해서 존재의 한계라든가 숙명을 초월하는 것, 그것이 무소유의 정신이다. 인간이 이런 정신으로 재생될 때, 욕망으로부터 파생된 억압으로부터 자유로워질 수 있고 궁극에는 인간의 영원한 꿈인 유토피아에 이르는 지름길로 나아가는 계기가 될 것이다.

5. 불교적 상상력의 시사적 의의

물신화된 사회의 가장 큰 병리적 현상 가운데 하나는 욕망의 거침없는 발산이다. 욕망이 있는 곳에 자본이 있고, 자본이 있는 곳에 욕망이 있는 것이 현대 자본주의 사회의 특색이다. 근대성이 위기의 관점에서만 받아들여지는 것은 이런 관계가 주는 밀접성 때문이다. 이런 관계가 근대의 위기와 종말로 귀결된 것은 당연한 것이거니와 그 위기적 단계에서 새로운 세계에 대한 예비의식 또한 끊임없이 제기되었다. 서구 사상의 한계와 그 대안적 모색의 단계에서 불교의 정신적 가치가 주목의 대상이 된 것은 이 때문이다.

한국 사회에서 불교의 역사는 유구한 것이며 그것이 가져온 정신적 가치는 아무리 강조해도 지나치지 않을 정도로 우리 사회에 대단한 에네르기로 작용하고 있다. 시대의 문맥에 따라서 불교적 이념과 상상력은 저항의 구심체가 되기도 했고, 물화된 현실에 대한 반담론이 요구될 때에는 정신적 가치의 표본으로 구현되기도 했기 때문이다.

업을 인간 조건의 메카니즘으로 보고 있는 것이 불교의 기본 원리이다. 그것은 인간으로 하여금 윤리성을 절대적으로 요구한다. 그러한 윤리성이란 영원으로 매개될 때, 업은 그 유효성을 잃게 될 것이다. 인간이 영원을 갈구하는 것은 여기에 그 원인이 있다. 따라서 업이라는 메카니즘을 초월하여 영원으로 나아가는 것이 인간의 선험적 꿈이라는 명제가 성립하게 된다. 그러한 꿈은 어느 한 순간의 계기나 우연에 의해서 성취될 수 있는 것이 아니기에 그곳에 도달하고자 하는 구도정신으로서의 불교적 상상력은 언제나 유효한 기제가 될 것이다. 물화된 현실에 대한 반담론이든 무소유로 향하는 구도자적인 담론이든 인간이 존재하는 한 그것은 똑같은 함량으로 압박해 들어올 것이기 때문이다. 현대시에 구현된 불교정신이 의미있는 것도 여기서 그 원인을 찾아야 할 것이다.

제3부

해체담론과 근대성의 관계
시의 시간성의 구현과 그 의미
시적 감각와 시어의 특성
서정시학의 이념적 특성
『만인보』의 장르적 성격

현대시의 유형과 인식의 지평

해체담론과 근대성의 관계

1. 해체의 근대적 의미

　한국 문단에서 해체(deconstruction) 담론이란 말이 유행하기 시작한 것은 1980년대 중반 전후이다. 80년대란 무엇인가. 적어도 어떤 편의적인 말이나 안일한 시각 혹은 자세로 이 시대를 견디는 것이 난망했던 것처럼, 권위의 극한이라든가 중심의 과도한 무게들이 한반도의 지형을 흔들고 있었던 시기가 이 때이다. 그 과도한 중심추를 흔들기 위해 한편으로는 견고한 구조나 틀로 무장한 자아의 성채들이 만들어졌고, 또 그것이 매우 유효한 방법인양 받아들여졌다. 자아들의 결속에 의한 집단의 힘으로 또다른 중심을 흩트리기 위한 전략이 개인이라는 경계를 초월하여 광범위하게 확산되기 시작한 것이다. 그러는 한편으로 감당할 수 없는 무게추를 거꾸로 뒤집어서 그 낱낱의 본질을, 그 개개의 허약성을 솎아내려는 주체들의 거대한 물결 역시 하나의 흐름으로 표출되기 시작했는 바, 해체의 전략은 바로 그러한 흐름의 한복판에 있었다.

용어상의 개념으로만 국한시키면 해체란 구축의 정반대 말이다. 모으기, 정돈하기, 하나로 나아가기, 지배하기가 구축의 전략이라면, 일탈하기, 혼돈시키기, 흩뿌리기, 이탈하기가 해체의 전략이다. 말하자면 중심으로부터의 일탈과 전복, 위반, 산종이 해체의 방법적 의장인 셈이다. 해체의 정신이 역사의 객관적 필연성을 의식하지 못하는, 소시민의 자의식적 팽창에 불과하다는 비판에도 불구하고 이것이 80년대의 한국 사회에서 유효할 수 있었던 것은 과도한 중심으로 무장한 군부독재를 무너뜨릴 수 있다는, 혹은 그렇게 할 수 있다는 가치 내지 의도가 내재되어 있었기 때문이다.

한국 사회에서 해체의 방법적 구현은 다분히 정치적인 의도와 결부되어 그 역동성과 탄력이 다른 어느 문화집단보다 강고하게 일어났지만, 그 유행과 흐름을 쫓아가다 보면, 그것은 자본주의의 거대한 흐름과 분리될 수 없는 것이 사실이다. 아니 그 기원을 추적해 들어가다보면 산업혁명이 내보였던 거대한 희망의 씨앗들과 분리할 수 없는 것인지도 모른다.

주지하다시피 해체의 정신과 그 방법적 전략들이 체계화되기 시작한 것은 소위 근대성 논쟁에서 비롯된 바가 크다. 특히 하버마스를 비롯한 프랑크푸르트학파와 리오타르를 비롯한 프랑스 쪽 철학자들 사이에 벌어진 충돌은 해체의 정신이 무엇이고 그것이 추구하는 바가 어떤 것인지에 대해서 많은 시사점을 주었다. 물론 이들 그룹이 벌인 논쟁은 이성과 견고한 틀을 강조하는 독일관념철학과 그 반대편에 놓인 아방가르드의 철학적 전통에서 오는 차질 속에서 빚어진 것이긴 하지만, 근대에 대한 방향성을 일러주는 좋은 인식 수단이 된 것은 사실이다.

2. 해체철학의 계보학

근대성 논쟁의 핵심은 계몽의 정신과 방법이 아유슈비츠 이후에도 가능할까라는 지극히 도덕적인 문제에서 비롯되었다. 이에 대해 하버마스(J. Habermas)는 계몽의 유효성에 대해 여전히 신뢰를 갖고 있었던 반면에, 리오타르(J.F. Lyotard)를 비롯한 반이성주의자들은 계몽의 폐기를 주장했다. 이들은 하버마스류의 계몽을 보편문법으로 규정해놓고, 이 문법이 후기산업사회에 더 이상의 유폐적 힘을 발휘할 수 없음을 역설했다. 이 논쟁의 핵심은 하나의 중심화된 힘이 사회의 지배소로 기능할 수 있는가에 있다고 하겠는데, 그것의 유효성을 묻는 것이야말로 근대의 본질과 불가분의 관계에 놓인 것이라 하겠다.

계몽의 정신과 이에 대한 불신을 보다 체계적으로 이론화한 것은 데리다(J. Derrida)이다. 그는 우선 음성언어와 문자언어를 구분해놓고 서구의 역사가 음성언어 중심의 사회였다고 이해한다. 그러나 이것은 음성언어 이전에 이미 문자언어가 존재하고 있었음을 밝힘으로써 문자언어의 선험성을 밝힌다. 가령, 성서의 처음 귀절에 나오는 "태초에 말씀(로고스)이 계셨다"라고 한 것은 음성언어의 1차성, 곧 음성언어의 우월성을 보여준 것이라 판단하고, 사람들 사이에 내재된 그 갇힌 생각을 전복시키려 한다. 그리하여 그가 내세운 것이 문자언어이다. 그는 생물학의 성과로 얻어진 DNA 염기구조나 인공지능 프로그램이 문자로 돼 있다는 사실에 주목하여 문자의 보편성을 밝히려 했다. 그 한 예로 들어놓은 것이 과거 사람들이 보여준 양태이다. 곧 음성언어를 상용하기 이전에 사람들은 표정으로 의사소통을 했고 자연의 변화와 하늘의 별자리를 읽어냈다는 것이다. 오늘날 도처에서 발견되는 거석문화들 속에 산재해있는 기호들은 그 단적인 본보기가 된다. 어떻든 데리다는 이런 언어들 속에서 문자언어의 1차성을 찾아낸다. 그는 이런 원시문자를 원문자로 지칭했고, 에크리튀르라 불렀다. 그는 이런 문자들에 강조점을 두어 서구 2000여 년을 지배한 로고스중심주의 음성문자를 해체하려 했던 것이다.

그런데 데리다의 이러한 과정에서 우리의 주목을 끄는 부분이 소쉬르의 구조언어학에 대한 비판이다. 소쉬르 역시 문자언어보다 음성 언어가 보다 우월한 것으로 보았다. 하나의 기호가 시니피앙과 시니피에로 구성되어 있으며, 이들의 결합구조가 어떤 필연성이 없는 자의적 관계로 결합되어 있다고 했다. 그러나 이런 자의성에 기대게 되면, 음성언어 역시 자의적 형태로 결합된 것이기에 굳이 문자 언어보다 우월하다고 볼 수 없다는 것이 데리다의 주장이다. 이렇듯 음성 언어 중심주의, 곧 로고스중심주의를 파괴하려는 데리다의 전략은 어느 한쪽이 다른 쪽보다 우월하다는 특권의식을 거부하려는 데 있다. 그는 모든 기성의 권위와 질서에 대해 거부한다. 예언자로서의 어떤 선지자도 있을 수 없으며 중요한 것은 지금 여기의 현실 속에서 만들어지는 혹은 생산되는 기호의 놀이만이 있을 뿐이다. 그는 그러한 기호의 자유스러운 놀이를 차연의 논리로 설명한 바 있다. 의미는 어느 한 공간에 갇혀 있는 것이 아니라 차연의 논리에 따라 끊임없이 미끄러져 내린다. 곧 하나의 시니피앙에 셀 수 없는 시니피에들이 실타래처럼 얽혀들어감으로써 궁극에는 하나의 중심으로 모아지지 않는다. 의미의 확정불가능성이 차연의 기본 정신이며, 그것이 현대 산업사회의 기본 특성이라는 것이 그의 판단이다.

그리고 해체의 정신과 이념을 경제적 질서와 결부시켜 자본주의 사회의 병리적 현상으로 해석한 사람은 들뢰즈(G. Deleuse)이다. 그는 프로이트의 생물학적 관계망에서 형성되는 오이디푸스 콤플렉스를 비판하고 그 대신에 자본주의의 의미망을 들이댄다. 자본주의는 중세의 권위주의를 붕괴시키고 신성이나 가족관계, 관습 등을 와해시키면서 새로운 패러다임을 제시했지만, 또다른 한편으로는 그것은 인간을 자본의 노예가 되게 함으로써 자본의 코드를 증식시키는 제도로 이해하는 것이다. 그는 아버지 중심의 편집증이 권력 중심이라는 억압기제를 만들어냈다고 보고 그러한 중심을 와해시키는 코드로서 분열증을 제시한다. 이 정서는 욕망에 기반을 둔 균열의 정신이며 중심화된 권력을 해체하고 경계를 초월하는 창조의 코드로 기능한다.

들뢰즈는 욕망의 흐름과 자본의 메카니즘을 이해하기 위해 분열증 이외에도 기관없는 신체라는 개념을 사용한다. 이는 종합적이고 통일적인 질서를 갖고 있는 유기적 신체와는 상대되는 개념이다. 유기적 신체는 조직적이고 전체적이며 각 하부의 영역들이 하나의 전체를 향해 통일적으로 움직이는 것에 비해 정신분열증 환자의 신체, 곧 기관없는 신체는 분리되거나 조각이 나서 억압되거나 확장된 형태 혹은 축소된 형태로 비정상적인 모양새로 구현된다. 이런 신체는 자본화된 현실에서 욕망이라든가 에네르기가 달라붙는 지표이자 생산과 힘이 만들어지는 통로 역할을 하게 된다고 한다. 따라서 들뢰즈는 자본주의 사회가 자본이라는 거대 권력에 의해 만들어지는 까닭에 자본을 기관없는 신체로 인식하기에 이르른다.

3. 해체의 정신과 방법

지금까지 몇몇 사람들의 이론과 방법적 틀에서 알 수 있듯이 해체의 특성은 무언가 중심지향적인 모든 것을 와해시키는 역능을 갖는 정신으로 이해할 수 있다. 그러한 까닭에 해체의 정신을 근대 사회로 한정시켜 이해하는 것은 어쩌면 어불성설인지도 모르겠다. 지난 과거의 예술사를 일별하여 볼 때, 근대 사회에서 빚어지는 해체의 정신들은 얼마든지 찾아볼 수 있는 까닭이다. 예술사가 우리에게 준 교훈은 카오스적인 것과 코스모스적인 것의 교체와 또다른 반복의 역사였기 때문이다. 이를 고전적인 것과 낭만적인 것의 교체라는 말로 설명하는 것도 그 연장선에 놓이는 발상이 아닐 수 없다.

문제는 해체의 정신이 놓인 정신이랄까 방법의 문제에 있을 것이다. 들뢰즈의 말처럼, 자본주의는 중세의 거대담론이었던 신이라는 중심체계를 와해시켰다. 뿐만 아니라 전통적인 가족제도, 관습, 법, 신분체계 역시 붕괴시켰다. 전복과 위반의 관점에서 보면 자본주의야말로 가장 중요한 해체의 정신이라고 해도 무방할 것이다. 그러나 근대성 논쟁에서 보듯 자본주의는 욕망이라는 기관차를 만들어냈고, 이에 추동되는 자본의 메카니즘을 불러들임으로써 또다른 중심화로 나아가는 오류를 만들어내었다. 한편으로는 욕망이라는 작은 테두리를 만들어냈는가 하면, 다른 한편으로는 제국주의라는 거대 성채를 만들어낸 것이다. 그리하여 결국에는 그 요원한 힘들 앞에 좌절할 수 없었던 인간, 그리하여 중세의 따듯한 신의 품이 그리웠던 인간들은 거대 폭풍처럼 밀려 들어오는 자본의 거대한 수레바퀴를 어떻게 하면 피할까하는 자기고민에 이르게 된 것이다.

그러나 과학의 엄격함과 냉정함에 길들여진 자의식들은 신성의 영원주의를 구가하기에는 너무나 초라한 자신들에 좌절할 수밖에 없었다. 영원과 계몽의 위험한 줄타기는 계속되었고, 그로부터 파생된 난제들을 뚫고 나아가는 것은 지극히 불가능해보였다. 경로와 방법이 차질되긴 하지만 그 모든 것은 중심의 사유가 빚어낸 오류와 함정 때문이었다.

그리하여 그들이 내린 결론은 단 한가지, 바로 중심화하는 힘들이 현재의 위기에 대한 원인이었다라는 것이다. 현대 사회를 이해하고 해석하는 철학적 조류들이 중심을 규정하고, 이를 어떻게 하면 속령화시켜 이를 와해시킬 것인가 하는데 모아진 것은 바로 이런 이유 때문이다. 현대 사회를 이끌어나가는 중심의 원인이 무엇이고 그 실체가 무엇인지에 대한 해석은 인간의 지문만큼이나 다양해서 그것이 어떤 것이다라고 규정하는 것은 쉬운 일이 아니다. 그럼에도 몇가지 공통된 사실을 추출할 수 있다면, 다음과 같은 것들이 아닐까 한다. 과학의 발전과 산업화, 그리고 자본주의의 발달이 그 하나이고, 이를 토대로 한 계몽의 정신이 다른 하나일 것이다. 실상 이 모든 것들을 중심의 사유에 가두어 놓고, 이를 문제시한 것은 근대 물질 문명의 위기에서 비롯된 것이다. 어느 시기에도 위기란 항상 있어온 것이지만, 그것이 현대의 시점만큼 문제시된 적은 한번도 없었던 까닭이다. 현대를 이해하고, 해석하는 주체들이 지금의 위기에 대한 진단과 원인으로 들춰낸 것은 다름아닌 중심이다.

중심으로 향하는 길에 권력이 있고 억압이 있었다. 이러한 전제가 성립된다면, 그러한 권력과 억압이 존재하지 않는 유토피아란 무엇일까. 그러나 이런 단순한 논리에 대한 응답은 지극히 뻔한 곳에 있다. 반중심의 사유만 있으면 가능하지 않겠는가하고. 이런 뜻에서 해체의 정신이란 인간의 유토피아와 밀접히 관련되어 있다고 하겠는데, 문제는 그러한 도정으로 안내하는 길이랄까 방법으로부터 자유롭지 않다는 데 있다.

하나의 중심이 무너지기 위해서는 거대한 패러다임이 필요하다. 어떤 견고한 틀이 무너져 새로운 사회질서가 만들어질 때, 이를 해방의 국면에서 이해할 수 있다면, 문학의 경우도 똑같은 논리가 가능할 것이다. 이는 두가지 경로에서 그러하다. 하나는 정신의 국면이고 다른 하나는 형식의 국면인데, 이는 결국 언어의 문제와 불가분의 관계에 놓이는 항목들이다. 전자의 국면은 의미를 만들어내는 정신적 에너지와 밀접한 관련이 있고, 후자는 그러한 것을 화해시키는 형식적 장치에 관련된다. 해체의 관점에서 보면, 의미란 중심이며, 따라서 정신의 감옥에 해당한다.

일찍기 피들러(L. Fiedler)는 해체의 시대를 선언하면서 그 방법적 의장으로 "경계를 넘어서 간극을 좁히라"고 한 적이 있다. 여기서 경계란 구분이고 간극은 틈이다. 구분이 없고 틈이 없는 물상이야말로 궁극은 하나이지 않겠는가. 이런 분류학이 성립하기 위해서는 기존의 관념이랄까 통념이 전부 와해되어야 한다. 곧 전복과 위반, 교대, 혼합, 재발견의 정신이 었어야 하는 것이다.

전복이란 일종의 뒤집기이다. 이는 고정관념을 와해시키는 좋은 수단이다. 가령, 전통적으로 이것은 시다 혹은 산문이다 하는 인식을 바꿈으로써 독자들의 고정관념을 새롭게 환기시킨다. 위반의 정신 역시 전복의 연장선에 놓인다. 규칙이 있을때, 위반의 정신은 더욱 돋보이게 된다. 통사론적 질서나 예기된 기대치를 무화시키고 정서의 새로운 환기를 가져오는데 있어 위반만큼 좋은 기제도 없을 것이다. 그리고 교대의 방법은 이른바 교체와 관련된다. 해체의 정신이 중심을 와해시키는 것이라 했을 경우, 소위 중심적인 것과 주변적인 것의 교대야말로 이 정신을 구현하는 본보기가 될 것이다. 저급한 대중문화가 고급한 문학으로 교대되는 현상이 바로 그것이다. 그리고 해체의 정신 가운데 중요한 것이 혼합이다. 이는 곧 경계의 소멸이다. 80년대를 풍미했던 문화현상 가운데 하나가 시와 소설의 만남, 문학과 미술의 만남, 혹은 음악과 문학의 만남 등이었다. 교대가 수직적 차원에서 이루어지는 혼성이라면, 혼합은 수평적 차원에서 이루어지는 문화현상이다. 여기에는 패러디나 패스티쉬 정신도 포함된다.

마지막으로 재발견의 정신을 들 수 있다. 그 대표적인 것이 작가와 독자에 대한 새로운 발견 혹은 역할에 대한 인식이다. 하나의 텍스트를 두고 작자가 있고 독자가 있다는 것이야말로 가장 고전적인 인식이었다. 실상 이런 고정된 관념이야말로 문학을 하나의 도그마로 만드는 중심적인 사고였는지도 모른다. 그러나 작자는 텍스트의 소유자도 아니며, 더구나 인형극에서 보여주는 것처럼 인형을 마음대로 조정하는 자도 아니다. 텍스트에서 저자란 하나의 중심이라는 것이 해체 철학의 기본 사고이며, 그러한 중심의 와해란 곧 저자에 대한 새로운 환기가 아닐 수 없다. 이 철학에서 저자의 역할 축소라든가 죽음을 이야기하는 것은 이런 맥락이다. 그런데 작가에 대한 새로운 의미역은 여기서 그치는 것이 아니라 작품 속의 주인공이나 서정적 자아의 존재양태도 전연 엉뚱한 것으로 인식된다. 해체라는 음역 속에 함몰된 자아는 공동체와 일체될 수 없는 자아의 감옥 속으로 갇히게 되는 것이 당연한 일로 굳어진다. 자아는 지나치게 비대화되거나 축소된다. 발전의 논리, 미래의 전망을 투시할 수 있는 발전적 자아, 역사적 자아는 사상되는 것이다.

뿐만 아니라 독자의 역할도 새롭게 환기된다. 독자는 텍스트의 단순한 수용자일 뿐이라는 것은 저자가 텍스트의 능동적 주체라는 관념과 동일선상에 놓이는 말이다. 따라서 독자 역시 새로운 주체로 거듭 태어나게 되는데, 텍스트의 또다른 주체 혹은 능동적 수용자로서의 역할이 바로 그것이다.

4. 근대시사와 해체시의 구현

이러한 것을 특징으로 하는 해체의 방법적 정신은 80년대에 특징적으로 드러나긴 했지만, 그 뿌리를 추적해 들어가면, 우리 근대 문학의 시작과 그 맥을 같이 할만큼 오랜 역사를 가지고 있다. 특히 1930년대 전후 등장한 다다이즘과 초현실주의 정신은 지금의 해체철학과 그것이 가지는 정신사적 사유와 비교해볼 때, 좋은 본보기가 된다. 사회적 조건과 객관적 현실의 차이가 주는 문화적 한계를 감안하면, 그 방법적 구현은 지금 여기의 현실에서 벌어지고 있는 해체의 정신을 읽어내는 데 전연 문제가 없어 보인다. 특히 중심의 와해라는 국면에서 보면 더욱 그러하다고 할 수 있다.

해체의 철학과 그 담론 구현의 양상을 시기별, 혹은 주제별로 살펴보는 것은 긴 글을 요하는 것이거니와 여기서는 그 이론적 뿌리랄까 정신을 이해하는 것으로 대신하고자 한다. 해체적 사유에 바탕을 두고 한국 시단에 처음 모습을 보인 양태는 1920년대 말에 유행하기 시작한 다다이즘에서 그 시원을 찾아볼 수 있다. 그러나 해체의 정신을 방법적으로 잘 구현하고 있는 시인은 아무래도 이상의 경우가 아닌가 한다. 이상의 작품을 올곧게 이해하고 그의 작품세계를 정확히 분석하는 것은 매우 난망한 일이다. 그렇기에 여기서는 그의 작품 속에 구현된 해체의 정신이 무엇이고 그것이 위에서 분석한 것과 어떤 일치성이 있는지에 대해서만 이해하고자 한다.

13인의 *兒孩*가도로로질주하오.
(길은 막다른 골목이적당하오)

제1의아해가무섭다고그리오.
제2의아해도무섭다고그리오.
제3의아해도무섭다고그리오.
제3의아해도무섭다고그리오.
제4의아해도무섭다고그리오.
제5의아해도무섭다고그리오.
제6의아해도무섭다고그리오.
제7의아해도무섭다고그리오.
제8의아해도무섭다고그리오.
제9의아해도무섭다고그리오.
제10의아해도무섭다고그리오.
제11의아해도무섭다고그리오.
제12의아해도무섭다고그리오.
제13의아해도무섭다고그리오.

13인의아해는무서운아해와무서워하는아해와 그렇게뿐이모였소.
(다른사정은없는것이차라리나았소)

그중에1인의아해가무서운아해라도좋소.

그중에2인의아해가무서운아해라도좋소.

그중에2인의아해가무서워하는아해라도좋소.

그중에1인의아해가무서워하는아해라도좋소.

(길은뚫린골목이라도적당하오)

13인의아해가도로로질주하지아니하여도좋소.

이상, 「오감도」 전문

이 작품이 발표되었을 당시 독자들은 매우 당혹하여 시가 아니라는둥하면서 많은 항의를 했다고 했다. 전통적인 시의 가치관에 젖어 있는 독자들이 이런 항의를 것은 어쩌면 당연한 일일 것이다. 우선 이 작품은 시와 비시를 구분하지 않고 있다. 기존 문법을 무시할 뿐만 아니라 띄어쓰기, 단락구분, 역설, 아니러니, 숫자나 기호의 도입 등 일상적인 언어규범조차 제대로 갖춰져 있지 않기 때문이다. 시라는 중심, 독자라는 중심을 여지없이 와해시키고 있는 것이다. 보다 좋게 해석해서 사회적 규준틀을 제시하면, 당시 남아 있던 봉건적인 질서라든가 식민지 사회라는 중심의 저항으로 볼 수도 있겠다.

그러나 이 작품을 해체의 시각에서 이해할 때 가장 주목해서 보아야할 부분이 소위 자아이다. 여기서의 자아는 익히 알려진 대로 공포를 느끼는 존재이다. 자아로 하여금 공포를 일으키게 하는 요소는 '질주'와 '막힌 도로', 서양의 공포숫자 '13'이다. 그러나 그러한 공포를 극명하게 불러일으키는 것은 질주하는 아이들을 미세하게 관찰하는 자아의 시선이다. 자아는 유기적, 조직적 실체로서 움직이는 정신을 갖고 있는 것이 아니라 미세하게 분절되어 낱낱의 아이들을 응시하고 있다. 자아가 유기적 전체에 의해 귀속되지 않고 하나의 개체로 분산되어 흩어져 나올 때, 불안과 공포의 심리를 느낀다. 계속해서 그러한 자아의 시선은 인용시에서 아무런 기준없이 무서워하는 아해와 무서운 아해로 구분시킬 뿐만 아니라 그중의 1이라든가 2이라든가조차도 솎아내려든다. 공포와 전율에 휩싸인 자아에게는 지극히 단순하고 칼날같은 인식만이 남아있는 것인데, 그 예리한 촉수야말로 날카로운 신경의 궁극과 밀접한 상관관계에 놓이는 것이 아닐 수 없는 것이다.

「오감도」에는 서정적 자아인 나는 중심이 있기도 하고 없기도 하다. 또 기존의 전통적 가치관에 대한 전복과 위반의 정서가 내재해 있기도 하고, 저자에 대한 역할과 독자에 대한 역할이 무엇인지도 새삼스럽게 묻고 있다. 언어기적 기호와 숫자와의 혼합도 발견된다. 이 모든 것은 중심의 문제와 관련이 있다. 이상에게 중심은 없으며 언제든 떠도는 부유만이 존재한다. 기의와 관계맺지 못하는 기표 위주의 관계망들이 기호의 유희인데, 이런 놀이에 쉽게 빠져든다. 기표와 만날 수 있는 기의의 끝들이 그에게는 전연 없었던 까닭이다. 그리하여 껍데기만 남은 그 기호 때문에 또다시 절망할 수밖에 없다는 논리는 이런 맥락에서 가능하다고 하겠다. 결국 그가 만드는 기호 유희의 담론 역시 또다른 중심에 해당하기 때문이다. 중심에 다가갈수록 그의 기호놀이는 더욱 심해지는 것은 이와 밀접한 상관관계를 갖는다. 그러면서 그는 거기서 좌절하고 또다른 절망의 늪 속으로 들어가게 되고 다시 그로부터 빠져나오기 위해 새로운 기호놀이를 시작하는 것이다. 그런데 이 과정은 하나의 싸이클에서 끝나는 것이 아니고 끊임없이 이어진다. 중심에 안주하지 못하고 끊임없이 부유할 수밖에 없었던 것이 그의 운명이었기 때문이다.

해체담론의 핵심은 기호를 만들어내는 주체의 불구성에 그 원인이 있다. 시적 주체에게 언어의 실천은 불가해한 일이며, 따라서 의미의 저장소를 만들어내지 못하는 처지에 놓이게 된다. 그의 사유속에는 중심으로부터 일탈된 부유된 기표들만이 흐르는 물결따라 이러저리 다닐 뿐이다. 어두운 터널에 갇혀서 탈출구를 찾지 못한 주체들에게 남아있는 것은 기표로 나오지 못한 숱한 기의들이다. 그러나 그것이 적절한 기표와 결합될 때, 우리는 은유라든가 기호의 실천과 같은 또 다른 담론의 장을 만나게 될 것이다.

해체와 실천의 담론은 동전의 양면과 같은 것이다. 이들은 동일한 시선과 관점에 의해 형성된다. 사회가 중심으로 흘러들어갈 때, 권위가 올곧이 서게 될 때, 그리하여 억압이 드리워질 때, 이를 와해시키기 위한 움직임들은 수면 위로 떠오를 것이다. 해체 담론은 과도기이면서 또다른 층위로 나아가기 위한 예비단계이다.

시의 시간성의 구현과 그 의미

1. 현대시와 시간성

서정시의 시간성의 문제는 그것의 장르적인 특성과 인간의식에 결합되는 시간의 여러 양상에 의해 그 설명이 가능하다. 일반적으로 서정시는 자아의 독립적인 표현으로 나타난다.[1] 따라서 서정시의 본질은 자아와 대상, 혹은 세계와의 동일성이며, 사물에 대한 인격화로 구현된다.[2] 이 사물은 자립적인 존재가 아니라 항상 서정적 자아에 종속되어 있다. 그러나 이 둘 사이의 관계는 수평적인 것이어서 서정적 자아가 사물보다 항상 우월한 요소를 점하지는 않는다. 그것은 사물이 자아가 되기도 하고, 자아가 사물이 되기도 하는 상호 교환의 관계로 나타나기 때문이다. 그리하여 사물도 서정적 자아도 구분되

---

1 W. Kayser(김윤섭 역), 『언어예술작품론』, 대방출판사, 1980, p. 296.
2 N. Frye(김상일 역), 『신화예술론』, 을유문고, 1971, pp. 38~58.

지 않는 융합의 경지가 나타나는데, 이러한 통섭의 경지는 서정적 자아가 황홀경에 빠지는 서정적 순간에 이루어진다. 서정적 순간은 자아와 대상이 완전 하나로 몰입되는 융합의 경지이다. 왜냐하면 서정시는 외부 사건의 연속보다도 체험의식, 즉 내적 경험의 극적 통일성에 의존[3]하고 있기 때문이다.

슈타이거(E. Staiger)는 이런 합일의 경지를 자아와 사물의 상호동화가 가능해지는 회감(Erinnerung)[4]이라고 명명했다. 그는 회감을, 주체와 객체의 거리 소멸일 수 있으며, 서정적인 상호 융화일 수 있다고 하면서, 현재나 과거 심지어 미래의 것도 이 장르 속에 회감될 수 있다고 했다.

서정시에서 과거, 현재, 미래라는 시간성의 도입은 여기서 가능해진다. 즉 과거는 기억의 작용에 의해서, 현재는 지금 여기라는 시간의식의 몰입에 의해서, 미래는 기대와 기획에 의해 시간의 당김에 의해서이다.

서정시의 시간성의 문제는 인간의 의식과 시간의 여러 양상들이 결합에 의해서도 설명할 수 있다. 이들을 대표하는 사람이 베르그송의 순수 지속과 바슐라르의 시적 순간의 개념이다. 순수 지속이란 인간의 자아가 자유롭게 활동하는 상태이다. 그리하여 과거의 상태와 현재의 상태를 분리하는 태도를 중지할 때 생기는, 인간 의식 상태의 계속적인 형태[5]이다. 그러므로 순수 지속에서의 시간은 인간이 느끼고 체험하는 실재적 시간의식이다. 이런 시간의식은 수학이나 물리학에서 측정가능한 추상적인 시간의식과는 구별된다.

---

3 김준오, 『시론』, 문장, 1986, p. 44.

4 E. Staiger(이유영 외 역), 『시학의 근본개념』, 삼중당, 1976, p. 96.

5 A. Bergson(정석해 역), 『시간과 자유의지』, 삼성출판사, 1992, p. 93.

그런데 그의 지속의 개념은 기억의 작용과 밀접한 상관관계를 갖고 있다. 기억이란 개인의 특이한 체험에 근거한 표상이요 직관이다. 또한 시간적으로 순수 과거에 속하는, 객관적 시간과 무관하게 작용하는 의식의 흐름[6]이기도 하다. 기억에는 정신의 흔적이 내재되어 있고, 그 흔적에 대한 탐색은 현재를 설명하기 위한 표상들을 이끌어내기 위해서 과거 속에서 어떤 표상들을 끄집어낸다. 그러므로 의식은 기억과 일치[7]하게 된다.

그러나 베르그송의 이러한 지속의 개념이 현대성을 모두 설명해주는 것은 아니다. 예를 들어 현재성의 몰입으로 특징지어지는, 과거와 미래가 배제되는 탈근대주의적인 시간관이나 모더니즘 문학의 한 특성인 공간성의 원리를 해석하는 데는 일정한 한계를 갖고 있기 때문이다. 잘 알려진 것처럼 베르그송의 시간관은 현재의 순간을 설명하지 못한다. 그는 현재를 지속의 단절로 인식한다. 따라서 기억으로 대표되는 시간의 흐름상 그것은 어떠한 의미도 갖지 못하는 것으로 이해한다. 시간의 연속성 가운데서 현재 순간은 우리의 지각이 흐르는 도상의 덩어리 가운데 존재하는 순간적인 절단에 의해서 형성되는 것이기 때문이다.[8] 이는 그의 철학이 과거와 미래를 철저하게 결합시키는 데서 오는 결과로서, 현재는 하나의 '순수무'의 상태[9]로 빠지게 된다. 이러한 상태에서는 시간을 하나의 점이나 순간으로 인식하는 모더니즘의 동시성의 원리나 병치 등 공간적 형식을 설명할 수 없게 된다. 베르그송에 있어서 지금 여기의 현재시간이란 존재하지

---

6 김형효, 『베르그송의 철학』, 민음사, 1995, p. 46.
7 한계전, 『한국현대시론사』, 일지사, 1986, p. 234.
8 A. Bergson(1991), op. cit., p. 155.
9 한계전, op. cit., p. 235.

않는 까닭이다.

모더니즘의 공간성 원리를 설명해주기 위한 적절한 매개가 바슐라르의 시간성이다. 그는 시간을 베르그송처럼 지속이 아니라 순간으로 이해한다. 그에 있어서 시간의 직관은 비연속적인 특성과 순간의 절대적인 점 형태의 특성을 지니고 있는데[10], 여기서 말하는 순간이란 바로 시간의 선조적 계기가 박탈된 현재의 시간성을 말한다. 이러한 현재는 물론 시적 대상과 서정적 자아의 서정적 통합에 의해 시의 이미지로 구현된다.

이처럼 시의 시간성은 장르적인 측면과 인간 의식이 표방하는 시간의 여러 양상과 결합되는 방식에서 찾을 수 있다. 즉 시간성들이 서정적 자아의 정신 속에서 회감되거나 인간 의식의 단절과 지속에 의해서 이미지의 형태로 시간의 스펙트럼을 만들어내는 것이다.

2. 시간의 두가지 의미맥락

1) 문학적 시간과 자연적 시간

시간이 인간에게 인식되는 층위는 크게 두가지 각도에서 설명이 가능하다. 하나는 객관적 시간이고, 다른 하나는 주관적 시간이다. 시간이 성립되기 위해서는 흔히 3단계의 인식이 있어야 가능하다. 과거, 현재, 그리고 미래라는 감각이다. 즉 과거로서의 현재와 현재로서의 현재, 그리고 다가올 미래로서의 현재가 바로 그것이다. 이 가운데 시간감각이 성립하기 위해서 가장 중요한 매개는 과거라 할

---

10 Ibid., p. 239.

수 있다. 인간에게 과거라는 시간의 작용내지 인식은 기억의 작용 때문에 가능하다. 기억이 없다면 과거가 감각되지 않을 뿐만 아니라 현재도, 미래도 감각되지 않는다.

시간의 성립이 이와 같은 것이라면 시간은 인식주관의 개입여부에 따라 크게 두가지 시간으로 구분하는 것이 가능하다. 앞서의 언급처럼 객관적 시간과 주관적 시간이 바로 그러하다. 우선 객관적 시간이란 인간의 의식 저 편에 존재하는 시간의식이다. 이는 초경험의 영역에 놓여 있는 것으로서 통상 등질적 시간으로 불린다. 가령 1분이 60초로 구성되어 있다든가 1시간이 60분으로, 하루가 24시간으로 구성되는 시간이다. 이러한 시간구성은 아주 규칙적으로 흘러간다. 소위 시간의 길이라든가 압축 등이 일어나지 않는 동질적 시간이다. 이러한 시간은 과학의 영역에 속하는 것이고, 초월적 어떤 영역에 속하는 자연의 시간이라 할 수 있다.

반면 주관적 시간은 인간의 의식과 밀접히 결부되어 나타나는 시간의식이다. 이러한 시간은 인간의 주관과 결부된 것이기에 의식의 흐름과 동일한 질서를 갖고 있다. 가령 즐거운 시간일 경우 시간이 빠르게 지나가는 것을 느낄 수 있을 것이고, 반면 공포스러운 상황이나 지겨운 상황일 경우 시간이 아주 느리게 지나간다는 느낌을 받을 수 있을 것이다. 실제의 시간을 측정해 보면, 즉 객관적 기준으로 보면 이 시간들은 모두 같은 양으로 구성되어 있다. 동일한 시간의 양이 인식 상황과 주관에 따라 다르게 느껴지는 것이다. 실상 문학에서 중요한 것은 이런 주관적 시간이다. 등질적 시간이란 과학의 영역에서 문제시되는 문학 외적인 것이고, 또 그러한 시간성들은 시의 리듬의 측정에나 필요할 뿐, 문학의 내재적 질을 탐색하는데 있어서는 별반 중요성이 없다고 하겠다.

2) 시간의 근대적 맥락

시간을 인식 주체의 개입여부에 따라 주관적 시간과 객관적 시간으로 나누는 것이 가능했다고 했다. 여기서 또 한가지 짚고 넘어가야할 것이 시간의 근대적 맥락이다. 근대의 시간은 그 이전의 시간의식과 매우 다른 영역에 놓인다. 현대문학이 시간의 규율적 힘으로부터자유롭지 못하다는 것을 염두에 둔다면, 시간이 갖는 역사철학적 의미는 매우 중요한 것이라 하겠다. 근대의 시간의식과 그 역사철학적의미를 이해하려면, 근대 특유의 시간관을 역사적 맥락 속에서 고찰해야 한다. 어떤 시대라도 인간 행위의 근저에는 반드시 시간의식이존재하기 마련이므로, 경험적으로 인식되는 근대성의 시간의식을 한시기의 고유한 범주와 질적 특수성으로 파악하기 위해서는 역사철학적인 이해가 선결조건이 되기 때문이다.

근대의 시간의식은 고대와 중세의 시간의식, 즉 근대 이전의 시간의식과의 차질 속에서 개념화할 수 있다. 근대 이전의 삶은 농경 생활에 바탕을 두고 있었던 까닭에, 모든 시간 의식은 바로 이와 밀접한 관련 속에서 구성된다. 이런 삶이 영위되기 위해서는 기본적으로태양의 운행과 계절의 순환을 토대로 하는 시간의식을 갖는 것이 일반적 현상이다.[11] 아침, 저녁, 밤이라든가, 봄, 여름, 가을, 겨울이라든가 하는 따위의 자연의 측정법이 바로 그러하다. 이렇게 자연의 운동 속에서 이루어지는 시간의 특성은 주기적, 순환적이며, 무한히 반복되는 양상을 보인다. 따라서 근대 이전의 시간은 시간의 일탈이라든가, 상위(相違), 불가역적(不可易的)인 성격과는 무관하다. 자연적순환시간에 있어서는 인간이 자연으로부터 자유롭지 못하다는 것,

---

[11] 今村仁司,『近代性の構造』, 講談社, 1994, p. 63.

그리하여 그의 의식이 계절의 주기적 순환에 종속되어 있다는 것을 말해준다. 그 결과 자연과 인간 의식이 일치하는 이런 사회의 특성은 '영원한 순환(eternal recurrence)'이라는 의식 속에서 구현된다.[12] 인간과 영원의 의식이 한데로 모아져서 분열성이란 존재하지 않는 것이다.

자연과 합일된 전근대적 시간의식에 합입된 시간관에는 미래에로 흘러가는 선조적인 시간관이 존재하지 않는다.[13] 오직 과거와 현재만이 인간의 의식에서 구성되며, 미래라는 의식은 원리상 닫히게 된다.[14] 고대인들에게는 대상의 신기성이라든가 경이성, 혹은 낡은 것의 소멸과 새로운 것의 생성 등 발전적인 진취성은 존재하지 않았다. 고대 사회에서의 이러한 시간적 전망의 부재는 미래라는 관념의 부재에서 오는 것으로, 그들에게는 이처럼 미래에 대한 진정한 개념[15]이 없었던 것이다. 그들에게 다가오는 경험으로서의 시간들은 주기성과 반복성만이 전부였던 셈이다.[16]

근대의 시간의식은 고대의 시간의식과는 정반대의 위치에서 직조된다. 곧 미래의식을 떠나서 성립할 수 없는 것이 근대의 시간관인 것이다. 주기적 시간론이 방향이라든가 인과성 같은 진보의 관념들보다는 반복, 순환, 회귀, 비인과성 등의 관념과 밀접히 관련되어 있는 것은 미래에 대한 닫힌 시간성 때문이다. 따라서 순환론이 현재

---

12 A.J. Gurevich, op. cit., 1976, p. 231.

13 Ibid., p. 231.

14 今村仁司, op. cit., p. 64.

15 M. Bakhtin(전승희 외 역), 『장편소설과 민중언어』, 창작과 비평사, 1988, p. 61. 바흐찐은 고대와 근대의 기본적인 차이점을 미래 관념의 유무에서 찾고, 그러한 미래에 대한 관념이 처음으로 생성된 시기를 르네상스로 보고 있다.

16 Colin Wilson(권오천 외 역), 『시간의 발견』, 한양대학교 출판원, 1994, p. 29.

를 포함한 과거지향적인 특성을 가지고 있다면, 근대의 시간의식은 미래지향적인 특성을 가지고 있다고 할 수 있다. 그런 면에서 자연적인 시간의식의 소멸과 미래지향적인 시간의식이 어떻게 하여 생성되었는가 하는 것은 근대성을 이해하는 데 핵심적인 요인이라 판단된다.

선조적인 특성을 갖는 근대의 시간의식은 기독교적 세계관과 시계의 발명, 그리고 근대의 여러 자연과학의 성장과 더불어 생성되었다. 우선 근대 이전의 주기적 시간관은 기독교적 세계관의 전파와 더불어 일정 정도의 변화를 겪는다. 잘 알려진 것처럼 기독교는 인간의 삶과 죽음, 그리고 부활이라는 존재론적 세계관에 바탕을 두고 있다. 물론 인간의 탄생과 죽음, 부활이라는 견지에서 보면 기독교의 시간관은 순환론적 시간관과 비슷한 국면을 갖고 있다. 특히 정신적인 영생을 희구하는, 종교적 인간의 기복적(祈福的) 욕망의 관점에서 보면 더욱 그렇다고 말할 수 있다. 그러나 예수의 탄생과 죽음이라는 역사성은 중세의 주기적 순환시간을 극복하는데 주요한 매개가 되었다. 그런 패러다임의 변화는 시계의 발명에 의해 촉진되었고, 가속도를 비롯한 수학의 발전으로 더욱 가속화되었다. 그것은 곧 미래라는 시간 관념에 형성에 절대적인 형향을 끼치게 된 것이다. 이런 미래성에 대한 인식들이 근대의 시간성을 태동케 한 근본 동인이 되었음은 잘 알려진 일이다. 그러나 근대의 제반 부정성들은 또다시 시간에 대한 재인식을 요구하게 되었고, 그것을 정확히 담아내는 것이 현대문학의 주요한 과제가 되었다. 현대시에 등장하는 시간성의 의의들은 이런 맥락에서 고찰되어야 한다.

3. 현대시에 구현된 시간의 맥락들

1) 서정시와 시간의 지속

① 현재시제

서정시의 가장 큰 특징은 시간구성상 현재시제의 사용에 있다. 서정시가 현재시제일 수밖에 없는 것은 그것의 장르적 특성 때문이다. 서정시란 순간의 정서적 표현이다. 즉 서정적 황홀의 순간에 창조되는 것이 서정시이기에 시간은 항상 현재시제로 나타난다.

해바라기 씨를 심자.

담모롱이 참새 눈 숨기고
해바라기씨를 심자.

누나가 손으로 다지고 나면
바둑이가 앞발로 다지고
괭이가 꼬리로 다진다.

우리가 눈감고 한밤 자고 나면
이실이 나려와 같이 자고 가고,

우리가 이웃에 간 동안에
햇빛이 입맞추고 가고,

해바라기는 첫시약시 인데
사흘이 지나도 부끄러워
고개를 아니 든다.

가만히 엿보러 왔다가
소리를 깩! 지르고 간놈이―
오오,사철나무 잎에 숨은
청개고리 고놈이다

정지용, 「해바라기씨」 전문

  인용시는 고향의 정서를 매우 사실적으로 그려놓은 작품이다. 고향의 아름다운 모습과 그 일체화된 세계 속에서 천진난만하게 놀고 있는 유아의 모습이 거의 동시의 세계를 연상시킬정도로 평화롭게 나타나 있다. 이 시는 서정시의 기본 특성답게 현재시제로 되어 있다. 단지 눈앞에 다가오는 감각만을 재구성시켜 이를 표출시키고 있기 때문이다. 서정시에서 흔히 쓰이는 기억의 작용이나 변용조차 없다. "해바리기씨를 심자", "바둑이가 앞발로 다지고/괭이가 꼬리로 다진다", "청개고리 고놈이다"에서 보듯 모두 현재 진행형으로 이루어져 있는 것이다. 시적 주체가 해바라기 씨를 심고 개와 고양이가 그것을 다지고, 다시 이슬과 햇볕이 입을 맞추는 조화로운 공간, 유토피아적인 고향이 현재의 시간 속에서 신비롭게 펼쳐져 있는 것이 이 시의 특징이다. 서정시는 이렇듯 지금 이순간의 감수성으로 씌어지는 현재 시재를 기본 속성으로 한다.

② **과거시제**

　서정적 순간에 만들어지는 것이 서정시의 일반적 특징이다. 서정시가 현재시제를 유지할 수 있는 것도 그것이 현재의 정서를 바탕으로 하고 있기 때문이다. 그럼에도 서정시에 이야기성이 들어오게 되면, 시제가 현재시제로 한정되지 않는다. 통상적인 관점에서 볼 때, 사건은 지금 현재에 일어나는 진행적인 성격을 갖기도 하지만 대부분은 과거적인 성격을 띤다. 말하자면, 서사는 과거에 일어난 과거시제를 그 밑바탕으로 하고 있다. 그렇기에 체험을 형상화한 시들에서는 시간구성상 현재시제로 재현되지 않는다.

　　목련이 활짝 핀 봄날이었다. 인도네시아 출신의 불법 체류 노동자 누르 푸아드(30세)는 인천의 한 업체 기숙사 3층에서 모처럼 아내 리나와 함께 단란한 시간을 보내고 있었다. 목련이 활짝 핀 아침이었다. 우당탕거리는 구둣발 소리와 함께 갑자기 들이닥친 출입국관리사무소 직원들이 다짜고짜 그와 아내의 손목에 수갑을 채우기 시작했다. 겉옷을 갈아입겠다며 잠시 수갑을 풀어달라고 했다. 그리고 그 짧은 순간 푸아드는 창문을 통해 옆 건물 옥상으로 뛰어내리다 그만 발을 헛디뎌 바닥으로 떨어져 숨지고 말았다. 목련이 활짝 핀 눈부신 봄날 아침이었다.

이시영, 「봄날」 전문

　이시영의 「봄날」은 체험을 바탕으로 씌어진 시이다. 소위 코리안 드림을 꿈꾸는 이주노동자의 비극적 삶을 다룬 체험위주의 시로써 거의 산문에 가까운 장르적 특성을 보이고 있다. 이 작품에는 체험시의 특성답게 인물이 있고, 사건이 있으며, 약간의 서사구조가 있다. 서정시의 기본 특색인 순간 형식이 아니라 서사의 기본 특성인 완결형식으로 구성되어 있다. 완결형식은 그 특성상 과거 지향적인 시간의식을 특성으로 한다. 이 시에는 80년대에 유행하던 이야기시라고 해도 무방할 정도로 산문성과 이야기성이 있다.

그럼에도 이 시는 두가지 시간의 착종에 의해 직조된다. 먼저 노동자의 사망 사건은 과거에 일어난 것이다. 그러나 이 사건을 시화하고 있는 시인의 정서는 현재의 순간에 놓여 있다. 사건은 과거지만 시가 만들어지는 시간은 현재의 순간이다. 시간의 혼종 현상이 일어나고 있는데, 이를 굳이 모순이라고 인식할 필요는 없을 것이다. 이는 시간의 속성상 가운데 하나인 지속으로 그 설명이 가능하다.

하지만 그것이 어떤 것이든 간에 이 작품은 과거시제를 그 밑바탕으로 하고 있다는 사실이다. 현재시제라고 하는 서정시 일반의 특성을 넘어선 이러한 과거시제의 등장은 체험 위주의 시들에서 흔히 발견되는 양상들이다.

③ 역설의 시간

순간의 형식을 주된 특성으로 하고 있는 서정시는 현재의 시간성으로 구성되는 것이 일반적이다. 지금 여기의 시선으로 대상을 주관화함으로써 현재의 시간의식을 작품 속에 구현해내기 때문이다. 그럼에도 현대시의 시간이 현재라든가 과거 등 어느 하나의 시간만으로 꼭 구성된다고 말하기는 어렵다. 시적 자아가 대상을 바라보는 관점에 따라서 시간의식은 얼마든지 다양한 양태로 구현될 수 있기 때문이다. 그러한 예를 1920년대 대표시인이었든 김소월의 작품을 통해서 확인할 수 있다.

먼 훗날 당신이 찾으시면
그 때에 내 말이 「잊었노라.」

당신이 속으로 나무리면
「무척 그리다가 잊었노라.」

그래도 당신이 나무리면
믿기지 않아서 「잊었노라.」

오늘도 어제도 아니 잊고
먼 훗날 그 때에 「잊었노라.」

김소월, 「먼 후일」 전문

　김소월 시의 특성은 님과의 관계망 속에서 드러난다. 님은 서정적 자아인 나로부터 항상 떠나는, 아니 떠난 존재로 구현된다. 시인은 그러한 님에 대한 그리움의 정서를 감추지 못한다. 「먼 후일」이 이야기하고자 하는 것도 이 부분이다. 이 작품에서 서정적 자아는 님과의 이별을 전제하어 있다. 그러나 그는 자신을 버리고 떠난 님에 대해 잊지 못하고 애틋한 정서를 드러내고 있다. 이 작품은 이런 맥락에서 직조되는데, 시의 시간성의 국면에서 그런 정서가 더 극대화되어 나타나는 것이 이 작품의 특색이다.

　이 작품 속에 표현된 시간은 통상적인 관점에서 접근되는 것을 허락하지 않는다. 1연 첫 번째 행을 보면 "먼 훗날 당신이 찾으시면"으로 되어 있는데, 여기서의 시간은 미래로 되어 있다. '먼 훗날'도 그러하고, '찾으시면'이라는 가정법도 미래의 시간을 나타낸다.

한편 이와 대조되고 있는 "그 때에 내 말이 「잊었노라..」"은 과거의 시간이다. 말하자면 하나의 문장 속에서 미래와 과거가 공존하고 있는 것이다. 이는 통사론적 질서에서 볼 때, 모순에 해당된다. "미래에 잊을 것이다"는 가능해도 "미래에 잊었다"는 말은 성립하기 어렵기 때문이다. 그러나 이런 장치를 하게 된 시인의 의도가 무엇인지 알게 되면, 이런 역설적의 시간의식이 전연 엉뚱한 것이 아니라는 사실을 알게 된다. 시적 자아는 현재 님과의 이별 속에서 고통스러워하고 있다. 그러나 이런 힘겨운 시간도 먼 미래가 되면, 현재의 괴로움은 과거 속의 어떤 추억으로 변할 것이다. 그렇기에 "잊었노라"라는 과거적 표현도 가능해질 것이다. 즉 김소월은 시간의 역설 속에 님과의 이별 속에서 얻어진 현재의 고통을 초월하고자 하는 빼어난 시적 의장을 보여주고 있는 것이다. 이렇듯 현대시에서는 계기적 질서에 의해서 시간의 정확하게 순차적으로 구성되는 것은 아니다.

2) 서정시와 무시간성

서정시에 드러나는 시간의식은 기본적으로 현재시제를 바탕으로 한다. 종종 과거시제의 양상을 보이기도 하지만 현재시제로 구성되어 있는 것이 서정시의 일반적 특성인 것이다. 그런데 이러한 특성들은 주로 통사론적인 국면에서 고찰한 시간의식들이다. 가령, 서술어가 현재인가 과거인가, 혹은 시속에 담긴 내용들이 현재의식에서 이루어진 것인가 아니면 과거의 어떤 사건인가에 따라서 시간의 구현 양상이 달라지고 있었던 것이다.

서정시의 시간성은 서술어나 사건과 같은 시의 내용에 의해서도 구현되기도 하지만 기법이나 역사철학적인 관점에서도 고찰하는 것이 가능하다. 그 대표적인 경우가 시에서 시간이 추방되는 소위 무시간성이 바로 그러하다. 모더니즘의 기법 가운데 하나인 공간화 양식(spatial form)이 그 단적인 보기가 된다. 공간 예술은 병치(juxtaposition)의 기법을 기본 특징으로 하고 있는 반면 시간 예술은 연속성(consecutive)에 의존한다. 전자의 경우를 회화나 조각과 같은 공간예술에서 볼 수 있고, 후자는 시나 소설과 같은 문학 예술에서 볼 수 있다. 그러나 현대는 복잡한 의식을 기본 특징으로 하고 있다. 그러한 현대인의 의식을 한순간에 드러내려는 자의식적 열망이 강렬히 내포되어 있는 것 또한 사실이다. 그런데 이러한 분열상을 한순간에 드러내는 데 있어 공간화의 기법만큼 좋은 예도 없다고 하겠다. 가령 현대인의 분열된 의식을, 인물의 행위와 플롯이 지닌 시간적 지속의 원칙을 깬다든가 일상 어순이나 문법과 같은 연속의 원리를 파괴함으로써 표현하는 사례가 바로 그것이다. 이렇게 시간이 해체되는 현상을 두가지 인식론적 모형을 통해서 살펴보도록 하자.

① 시간의 공간화

넓은 벌 동쪽 끝으로

옛이야기 지줄대는 실개천이 휘돌아 나가고,

얼룩백이 황소가

해설피 금빛 게으른 울음을 우는 곳,

――그 곳이 참하 꿈엔들 잊힐리야.

질화로에 재가 식어지면

뷔인 밭에 밤바람 소리 말을 달리고,

엷은 조름에 겨운 늙으신 아버지가
짚벼개를 돋아 고이시는 곳,

--그 곳이 참하 꿈엔들 잊힐리야.

흙에서 자란 내 마음
파아란 하늘 빛이 그립어
함부로 쏜 활살을 찾으러
풀섶 이슬에 함추름 휘적시든 곳,

--그 곳이 참하 꿈엔들 잊힐리야.

전설바다에 춤추는 밤물결 같은
검은 귀밑머리 날리는 어린 누의와
아무러치도 않고 예쁠것도 없는
사철 발벗은 안해가
따가운 햇살을 등에지고 이삭 줏던 곳,

--그 곳이 참하 꿈엔들 잊힐리야.

하늘에는 석근 별
알수도 없는 모래성으로 발을 옮기고,
서리 까마귀 우지짖고 지나가는 초라한 지붕,
흐릿한 불빛에 돌아 앉어 도란 도란 거리는 곳,

  --그 곳이 참하 꿈엔들 잊힐리야.

정지용,「향수」전문

  정지용의 「향수」는 총 5연으로 되어 있는 작품이지만 기승전결의 완결된 짜임으로 구성되는 유기적 통일성을 가지고 있는 작품은 아니다. 각 연들마다 고향의 모습이 단편 단편으로 고립 분산되어 표현되고 있기 때문이다. 말하자면 고향의 장면 장면이 하나의 그림 모양으로 제시됨으로써 서정시에서 흔히 볼 수 있는 기승전결이나 감정의 클라이막스와 같은 점층적 구조를 읽어낼 수가 없다. 계몽적 사고에 바탕을 둔 시간이 통상 연속적인 흐름으로 나타나는 것에 비춰볼 때, 이는 그러한 시간관과는 상당한 거리가 있는 것처럼 보인다. 이 작품을 하나의 유기적 작품으로 만들어 주는 요소는 각 연의 마지막에 반복적으로 나타나는 "그 곳이 참하 꿈엔들 잊힐리야"라는 반복구뿐이다.

  「향수」의 이러한 비유기적 구조는 모더니즘의 한 기법인 공간화로 그 설명이 가능하다. 고향의 여러 가지 모습이 장면 장면으로 교체되어 나타나는 것은 영화적 요소 혹은 몽타쥬의 기법 때문에 그러하다. 정지용이 근대문명의 불구화된 감각을 기반으로 하는 모더니스트 시인이라는 것은 잘 알려진 일이다. 정서의 파편화, 감성의 파편화라는 인식의 불완전성이 모더니스트들의 주요한 인식론적 기반이라는 사실을 감안하면, 「향수」에서 영화나 몽타쥬의 기법은 당연하다고 하겠다. 이 기법은 그러한 인식론적 구조에서 생기하는 시간의 해체를 잘 보여준다.

患者의容態에關한問題

• 0 9 8 7 6 5 4 3 2 1
0 • 9 8 7 6 5 4 3 2 1
0 9 • 8 7 6 5 4 3 2 1
0 9 8 • 7 6 5 4 3 2 1
0 9 8 7 • 6 5 4 3 2 1
0 9 8 7 6 • 5 4 3 2 1
0 9 8 7 6 5 • 4 3 2 1
0 9 8 7 6 5 4 • 3 2 1
0 9 8 7 6 5 4 3 • 2 1
0 9 8 7 6 5 4 3 2 • 1
0 9 8 7 6 5 4 3 2 1 •

診斷 0:1

26.10.1931

以上 責任醫師 李 箱

이상, 「詩第四號」 전문

  현대시에서 시간의 해체는 모더니스트들에게 흔히 나타나는 바, 인용시는 그러한 극단적인 예를 잘 보여주는 작품이다. 근대성의 제반 양상 가운데 하나가 자의식의 해체이다. 이성의 지배가 더 이상 자유롭지 못하고, 무의식의 전능 현상이 나타남으로써 의식의 영역은 더 이상 실효적인 지배를 하지 못하게 된다. 그런 자의식의 해체는 기호를 형성하게 하는 능력을 더 이상 어렵게 한다. 작품 속에서 드러나는 통사론적 질서의 해체는 그 단적인 보기이며, 시간의 계기적 구성 역시 파괴된 채 구현된다. 포스트모더니즘 수법에서 흔히 볼 수 있는 혼성모방이나 키치, 패러디, 패스티쉬 등은 모두 시간의 부재와 밀접한 관련이 있는 것이라 할 수 있다.

30년대 모더니스트를 대표하는 이상의 경우도 이와 비슷한 예를 발견하게 된다. 「詩第四號」에서는 통상적인 의미에서의 통사론이나 의미론적 연계성과는 무관하다. 흔히 이야기되는 시간의 순차적인 질서가 존재하지 않는다. 행을 이루는 통사에서도 그렇고 연과 연 사이를 이어주는 통사도 마찬가지이다. 시간이 없다는 것은 원인과 결과가 같은 인과론이 존재하지 않는다는 뜻이 된다. 인과론이 존재하지 않을 때 예기된 기대나 의미의 영역은 완전히 부정되게 된다.

그런데 이러한 부정성은 시인 자신의 의식의 세계에서만 그치는 것이 아니다. 이는 시인 자신의 문제만이 아니라 이를 수용하는 독자에게도 똑같이 적용되는 문제이다. 이런 기대치를 부정하는 것 자체가 이미 기호론적 질서를 뛰어넘는 것이고, 인식의 지평을 초월하는 것이다. 여기에 남아 있는 것은 시간성이 추방된 현재의 의식만이 존재한다. 그런 현재성이 지나온 과거와 나아갈 미래에 대한 철저한 부정과 관련되어 있는 것은 틀림없는 사실일 것이다. 이렇듯 시에서 시간성이 추방된다는 것은 다른 한편으로 인식 주관의 해체와 밀접한 관련이 있다. 그것은 기호를 구성할 능력을 상실한 근대인 초상이며, 근대성의 한 단면에 그 원인이 있는 것이다.

② 시간의 영원성

    좁丹아 그넷줄을 밀어라

    머언 바다로

    배를 내어 밀듯이,

    좁丹아

이 다수굿이 혼들리는 수양버들 나무와
벼갯모에 뇌이듯한 풀꽃뎀이로부터,
자잘한 나비새끼 꾀꼬리들로부터
아조 내어밀듯이, 香丹아

珊瑚도 섬도 없는 저 하눌로
나를 밀어 올려다오.
彩色한 구름같이 나를 밀어 올려다오
이 울렁이는 가슴을 밀어 올려다오!

西으로 가는 달 같이는
나는 아무래도 갈수가 없다.

바람이 波濤를 밀어 올리듯이
그렇게 나를 밀어 올려다오
香丹아.

서정주, 「추천사」 전문

이 시는 춘향 설화를 가지고 씌어진 작품 가운데 하나로, 전후 서
정주의 시간성을 보여주는 대표적인 작품이기도 하다. 「추천사」의
표면적인 구성은 춘향의 이도령에 대한 사랑의식으로 되어 있지만,
심층적으로는 그러한 사랑의 완성을 통해서, 세속적인 일시성을 벗
어버리고 영원성으로 나아가기 위한 의미를 담아내고 있다.

우선 이 시의 1연은 춘향이 향단에게 머언 바다로 나아가기 위해
그네줄을 밀어 달라고 한다. 여기서의 머언 바다란 자신의 연인인 이

도령이기도 하지만, 다른 한편으로는 현실의 질긴 끈으로부터 벗어나고자 하는 시적 자아의 의도 역시 내포된다. 2연에서는 그러한 사랑이 성립하는 데 있어서의 장애물, 그것은 곧 속세의 장애물이기도 한데, 그러한 장애물의 이미지들이 구체적으로 나타난다. 수양버들이나 풀꽃뎀이, 나비새끼, 꾀꼬리 등이 그러한 예들로서, 이것들은 모두 사랑의 장애물이며 동시에 시간적 구속력을 가지고 있는 속세의 유한한 것들이기도 하다. 3연에서는 1연의 바다와 비슷한 속성을 갖는 이상향, 즉 사랑의 완성과 이상향으로서의 하늘이 등장하는데, 이는 곧 그러한 구속에서 벗어나 이상향 속에 안주하려는 시적 자아의 의지적 표명에 해당된다고 하겠다.

「추천사」는 세속적인 삶의 유한성을, 영원한 삶으로 전환시키고자 하는 인간의 유토피아적 욕망에서 나온 작품이다. 그것이 영원 반복하는 윤회사상이다. 이는 영원주의이고 시간구성상으로 볼 때도 지금 여기의 세속의 시간이 아니다. 시간의 흐름이 지배하지 않는 이러한 영원의 시간들은 모두 무시간의 영역에 속한다. 영원성을 시간의 추방으로 보는 근거는 두가지이다. 하나는 세속의 시간처럼 시간의 압축이라든가 팽창이 일어나지 않는다는 점이 그 하나이고, 다른 하나는 영원의 시간이란 무한히 반복되는 시간이라는 점에서 그러하다. 즉 영원주의는 시간의 압축과 팽창 없이 언제든 환기되어 나타나는 순동시적으로 살아있는 무시간인 것이다.

현대시에서 드러나는 영원의 문제는 인식 주체의 사유와 밀접한 관련을 맺고 있다. 잘 알려진 바와 같이 현대란 분열을 특징으로 하고 있는 시대이다. 그러한 분열이 현대의 특성이며, 모더니즘의 한 경향이기도 하다. 그런데 그러한 분열을 딛고 새로운 세계로 나아가는 방향은 크게 두가지 각도에서 그 설명이 하나이다. 하나는 분열 그 자체를 그냥 놔 두는 방식이 있을 수 있고, 다른 하나는 새로운 대안을 모색하는 경우이다. 전자의 사례는 이상의 경우처럼 분열된 자의식을 그대로 기호속에 노출하는 것을 들 수 있다. 여기서는 미래에 대한 기대라든가 과거의 기억이 없이 현재를 분열 그 자체로 인식하는 것이다. 현재 의식으로 몰입되는 포스트모더니즘의 시간의식이 이를 대표한다.

반면 후자의 경우는 현재의 분열성을 극복하고 새로운 세계나 역사에 대한 예비의식을 대망한다. 이는 역사를 인식하는 두가지 시각 가운데, 순환론에 그 바탕을 두고 있는 것이다. 현재의 불안과 인식을 완결하기 위한 의장으로서 영원의 양상을 도입하는 것이 그것인데, 문학에서 영원성이란 그 대표적인 시간의식이다. 영원으로 몰입될 때, 현재의 불안을 극복하고 인식을 완결시킬 수 있다. 시에서 영원성이 중요한 것은 이 때문이다. 즉 순환론적 시간의식이 역사의 새로운 패러다임을 창출할 수 있다는 명확한 증표이기에 그러하다.

시적 감각와 시어의 특성

1. 낯설게하기와 인식 감각의 확장

시어를 포함한 예술의 언어가 일반 산문의 언어와 크게 다를 것은 없다. 언어가 시로 표현될 때는 시어 혹은 예술어가 되고 산문으로 표현되면 일상어가 될 뿐이다. 이런 맥락에서 보면 시와 산문의 언어가 동일한 자장 속에서 구현된 것이라는 사실이 크게 틀린 것은 아니다. 그럼에도 예술에 표현된 언어가 산문에 표현된 언어와 뭔가 다를 것이란 생각이 좀처럼 수그러들지 않았다. 이런 의문에 처음 문제점을 제기한 그룹은 러시아 형식주의자(Russian formalist)들이다. 형식주의자들이 시의 언어를 산문의 언어와 구분한 것은 문학연구를 과학적인 차원으로 승화시키기 위한 노력의 일환에서 나온 것이었다. 상징주의 전통이 짙었던 서구의 전통에서 문학을 하나의 객관적인 학문 체계로 정립하는 것은 쉬운 일이 아니었다. 가장 문제시 되었던 것이 감상성이었는데, 감상이란 객관과는 무관한 것이고, 또 그것을 하나의 학문체계나 과학적 위상으로까지 정립시키는 것은 매우 어려운 일처럼 느껴졌기 때문이다. 문학도 다른 학문처럼 과학화할 수 있고, 객관화시킬 수 있다는 것이 형식주의자들의 근본 목표였다. 뿐만 아니라 이들은 문학이 사은유화되는 것, 곧 문학이 클리쉐되는 것에 대해서도 경계했다. 이들은 똑같은 모양으로 계속 나오는 문학적 표현이야말로 활력이 없고, 상상력이 거세된 것으로 생각했던 것이다.

이런 이해를 바탕으로 형식주의자들이 주목했던 것이 바로 시어 분야였다. 시 속에 쓰이는 언어는 일상의 언어와 달리 뭔가 달라야 한다고 이들은 믿었다. 그리하여 이들은 기존의 관습과 일상의 관념을 과감하게 떨쳐내는 시어의 혁명을 생각해내게 되는데, 바로 '낯설게 하기'(defamiliarization) 효과가 그것이다. 이들이 설명하는 이 장치는 대략 이러한 것이다. 일상의 언어는 자동화, 습관화되어 있기 때문에 이를 자각하는 인식주체는 이 언어에 대해서 어떤 신선한 감각도 얻지 못한다고 본다. 반면, 일상의 언어를 조금 뒤틀리게 하고, 약간 왜곡시키게 되면, 매우 참신한 감각으로 되살아난다는 것이다. 가령 다음과 같은 사례를 보자.

비늘
돋힌
해협(海峽)은
배암의 잔등
처럼 살아났고
아롱진 「아라비아」의 의상(衣裳)을 두른 젊은, 산맥(山脈)들.

바람은 바닷가에 「사라센」의 비단폭처럼 미끄러웁고

오만(傲慢)한 풍경은 바로 오전 7시의 절정(絶頂)에 가로 누웠다.

헐떡이는 들 위에

늙은 향수(香水)를 뿌리는

교당(敎堂)의 녹슬은 종소리.

송아지들은 들로 돌아가려무나.

아가씨는 바다에 밀려가는 윤선(輪船)을 오늘도 바래보냈다.

김기림, 「바다와 나비」 부분

이 작품은 30년대 대표적 모더니스트였던 김기림의 「바다와 나비」이다. 이 시의 전언을 산문으로 풀어쓰면, 파도가 치는 해협의 모습 정도일 것이고, 또 파도에 휩싸인 해협의 바위정도가 될 것이다. 그런데 바닷가의 파도치는 해협의 모습을 보고 "파도가 치는 해협"이라고 단순히 말했다면, 이 표현속에서는 어떤 새로운 감각이나 참신한 정서를 얻는 것이 쉽지 않다. 반면 파도치는 해협을 「바다와 나비」와 같이 묘사했다고 하면, 이는 앞의 경우와 매우 다르다. 이 시에서는 일상어의 차원과 달리 파도를 '비늘 돋힌'으로 표현했고, '배암의 잔등'으로 묘사했다. 뿐만 아니라 '아롱진 아라비아의 의상'이라는 지극히 감각적인 언어까지 동원했다. 이렇듯 이 작품에서 구사된 시어는 일상의 언어와는 전연 다른 곳에서 직조되고 있다. 형식주의자들의 말처럼, 일상의 언어에 조직적인 폭력을 가해서 그것을 왜곡시키고 뒤틀리게 만들고 있는 것이다. 이는 속된 말로 하면 아닌척 시치미떼는 것이며, 언어의 구체적인 의미가 가급적 드러나지 않게 의도적으로 우회하는 표현인 것이다.

「바다와 나비」 속에 씌어진 시어가 '낯설게 하기'의 효과에 의한 것이라면, 우리는 여기서 두가지 중요한 사실을 알게 된다. 우선 이 효과는 인식주체의 사고작용을 되도록 길게 가져간다고 하는 점이다. 시어의 의미가 쉽게 간취되지 않고 길게 인식됨으로써 낯설게 하기의 목적이 달성되고 있다는 점이다. 즉 언어를 인식하는 주체의 사고작용을 가급적 오래 가져감으로써 이것이 노리는 효과가 완성된다는 사실이다. 따라서 지각작용이 길면 길수록 이 효과는 더욱 성공적인 것이 된다. 그리고 다른 하나는 일상의 평범한 대상을 독자의 정서에 새롭게 환기시키게 함으로써 이를 심미적 대상으로 승화시킨다는 사실이다. 아무리 비시적인 대상이라고 하더라도 인식주체의 사고작용이라는 프리즘을 통해 걸러져서 언어화된다면, 그것은 심미적 대상으로 새롭게 거듭 태어난다는 뜻이다.

형식주의자들이 개념화한 '낯설게 하기'는 시어의 특징을 설명하고 시를 이해하는데 있어 하나의 기준점이 되었다. 이들이 등장하기 이전에 시어를 하나의 원리적 설명의 차원으로 제시한 문학적 사례는 거의 없었다고 해도 무방하다. 시어에 대한 이러한 미몽의 상태들이 이들에 이르러서 과학의 차원으로 객관화되기에 이른 것이다. 이들이 표방한 '낯설게하기'의 의의는 여기서 찾아진다.

2. 신비평과 정서적 순화의 언어

형식주의자들이 정초해 놓은 시어의 특색은 신비평주의자들에 의해서 더욱 정교화되고 세분화된다. 신비평주의자들에 의해 정의된 시어의 특색 역시 형식주의자들의 그것과 크게 다르지 않다. 이들도

시어의 특색을 일상적 언어과 비일상적 언어의 구분에서 시작하고 있기 때문이다. 신비평주의자들이 말하는 시어의 구분 기준은 전언(message)의 직접적 전달이냐 아니냐의 차이에서 온다.

우선, 신비평주의자들이 시어의 특색을 설명하기 위해 끌어들인 준거는 소쉬르의 구조 언어학이다. 소쉬르는 언어가 시니피앙과 시니피에로 이루어져 있고, 이들의 자의적 결합으로 의미가 구현되어 있다고 보았다. 시니피앙과 시니피에, 곧 기표와 기의의 정확한 일치에 의한 의미화가 과학적 언어이다. 이 언어는 전언의 의미를 충실히 전달하면 되기 때문에 어떠한 수사적 장치도 필요하지 않다. 어떤 대상을 설명하기 위해 끌어들인 전언을 직접적으로 전달하는 언어는 일상적 언어, 혹은 과학적 언어에 해당된다. 반면 비일상적 언어는 시니피앙과 시니피에의 직접적인 결합이 이루어지지 않는 언어이다. 오히려 이 둘의 관계가 정확히 일치하면 비일상적 언어에서는 실패한 것으로 보고 있다. 신비평주의자들은 시니피앙과 시니피에가 이렇게 정확히 결합하지 않는 언어를 정서적 언어라고 불렀다. 학자마다 약간의 편차는 있지만 이런 계통의 유형에 속하는 언어들은 정서적 언어 외에도, 함축적 언어, 내포적 언어라 부르기도 했고, 이와 상대되는 언어를 일상적 언어, 과학적 언어, 외연적 언어라 했다.

하이한 暮色속에 피어 있는

山峽村의 고독한 그림 속으로

파-란 驛燈을 달은 마차가 한 대 잠기어 가고

바다를 향한 산마룻길에

우두커니 서 있는 電信柱 위엔

지나가던 구름이 하나 새빨간 노을에 젖어 있었다.

바람에 불리우는 작은 집들이 창을 내리고
갈대밭에 묻히인 돌다리 아래선
작은 시내가 물방울을 굴리고

안개 자욱-한 花園地의 벤치 위엔
한낮에 少女들이 남기고 간
가벼운 웃음과 시들은 꽃다발이 흩어져 있다.

外人墓地의 어두운 수풀 뒤엔
밤새도록 가느란 별빛이 내리고.

공백(空白)한 하늘에 걸려 있는 촌락의 시계가
여윈 손길을 저어 열 시를 가리키면
날카로운 고탑(古塔)같이 언덕 위에 솟아 있는
퇴색한 성교당(聖敎堂)의 지붕 위에선

분수(噴水)처럼 흩어지는 푸른 종소리

김광균, 「외인촌」 부분

　이 작품은 1930년대 대표적 이미지스트였던 김광균의 「외인촌」
이다. 이미지즘에 기반한 시에서 볼 수 있는 현란한 이미지가 돋보
이는 이 작품이 묘사하고 있는 곳은 외인들만이 사는 촌락의 모습
이다. 이 작품의 주조적 정서는 고적함 내지는 쓸쓸함이다. 이런 정

서들을 뒷받침 해주는 시어들이 '공백한'이나 '여윈', '퇴색한' 등등
이다. 그런데 우리가 여기서 주의해야 할 단어가 '여윈'이다. 이 단
어의 사전적 의미는 '마른', '살이 찌지 않은'이다. 시계의 바늘을 여
윈, 곧 마른 모습으로 묘사한 것은 일견 적절해 보인다. 그러나 이
의미를 이 시에 곧바로 대비해서 이해하는 것은 이 시가 지향하는
의미의 전부를 살리지는 못한다. 이 시를 이끌고 가는 주된 주조는
쓸쓸함이나 무기력함, 폐쇄성 등등이다. 그러한 정서들의 토대들이
근대의 부정성에 기반하고 있는 것임은 두말할 필요도 없다. 게다
가 이런 정서를 더욱 배가시킨 것은 식민지 시대의 암울한 현실일
것이다. 이런 맥락을 고려하게 되면, '여윈'의 사전적 의미를 이 시
에 곧바로 대입해서 읽게 되면 이 시의 맛을 살리지 못하게 된다.
시계의 바늘이 열시를 가리키는 것은 물리적인 사건, 혹은 과학적
인 사실이지만 그것이 여위었다는 표현에는 왠지 힘겨움이 느껴진
다. 그러한 버거움이란 이 시가 지향하는 것처럼 근대라는 아우라
혹은 식민지라는 아우라를 떠나서는 설명할 수 없을 것이다. '여윈'
이 이런 의미를 갖는 것은 시 속에 쓰인 언어가 여타의 맥락을 모두
포함시킬 수밖에 없는 내포적 성격 때문이다. 그것은 시니피앙과
시니피에가 곧바로 결합할 수 없는 시어의 독특한 특성에 그 원인
이 있다.

3. 시어의 사회성

시어가 사회적 맥락에 의해서 생성될 수밖에 없음을 처음 제기한
것은 마르크스주의자들이다. 이들은 언어란 곧 계급의식의 반영이

기 때문에 사회적 맥락을 떠난 언어란 성립할 수 없다고 이해했다. 이러한 면들은 굳이 마르크시즘에 기대지 않더라도 우리가 흔히 이야기해왔던 언어의 특성 가운데 하나이다. 언어의 발생과 성장, 사멸의 과정도 사회성에 그 원인이 있고, 또한 언어가 사회적 약속에 기반하고 있는 것도 언어의 사회성을 말해주는 국면이기 때문이다. 이런 맥락에서 이해하면, 맑시즘에서 말하는 사회성과 일반 언어학에서 말하는 사회성이 다른 것은 계급적 층위에서이다.

언어의 사회성을 설명해주는 유명한 근거는 마르크스의 유명한 테제 가운데 하나인 "인간의 사회적 위치가 인간의 의식을 결정한다"에서이다. 이 맥락에서 인간의 의식이 언어의 층위를 결정한다는 말도 성립한다. 그러나 이런 정식에 서게 될 때 가장 경계해야 할 것이 소위 기계론적 오류이다. 토대가 상부구조를 직접적으로 결정한다거나 인간의 의식이 언어의 사회적 국면에 그대로 나타난다고 하는 것은 모두 기계적 유물론이 보여준 한계들이다. 특히 마르(Marr)의 언어학이 기계적 유물론에 기반을 둔 계급언어학의 대표적인 사례이다. 그는 인간에게는 계층이 있고, 이 계층이 곧바로 언어에 나타난다는 계급언어학을 주장했다. 이런 기계적 유물론의 한계들은 레닌 등 다른 마르크스시트들에 의해 곧바로 비판받는다. 상부구조의 자율성이나 이데올로기의 다양성을 인정하지 않고 있기 때문이다. 언어학의 경우에서는 마르의 계급언어학에 대해 신랄한 비판을 가했는데, 그 가운데 한 사람이 미하일 바흐찐(M. Bakhtin)이다.

바흐찐은 정통 마르크스주의는 아니지만 언어학의 분야에서는 마르크스주의 이념을 충실히 받아들인 사람이다. 그는 이 때문에 흔히 절충주의자로 알려져 있다. 이런 절충주의가 그에게 기회주의자라는 오명을 안겨 주었지만, 모든 이론이 쉽게 빠질 수 있는 독단론의 함정을 적절히 비껴가게 해 준 것 또한 사실이다. 그러나 인접한 사회환경에서 형성된다는 시어에 대한 그의 혜안만큼은 아무리 강조해도 지나치지 않을 정도로 매우 탁월한 면을 보여주었다.

절충주의자답게 바흐찐은 문학연구에서 언어적 의미의 중요성도 받아들였고, 마르크스주의에서 표방하는 사상적 측면도 받아들였다. 바흐찐은 문학연구에 있어서 언어에 대한 관심을 표방했다는 점에서는 형식주의를 수용했지만, 언어가 결코 사회적 국면으로부터 벗어날 수 없다는 사실을 받아들였다는 점에서는 마르크스주의를 수용한 것이다. 그러나 그가 언어적 국면을 받아들이고 이를 문학연구의 토대로 사유했다고해서 형식주의를 어느 정도 수용했다고 말하는 것은 쉽게 판단할 일이 아니다. 그는 처음부터 형식주의자들이 사유했던 언어의 비사상성에 대해서는 철저히 거부했기 때문이다. 특히 시어가 일상어와 구분되어 따로 존재한다는 사실에 대해서는 거의 인정하지 않았다. 언어 속에 시어가 따로 있고, 비시어가 따로 있다는 것이야말로 인간과 동물이 마시는 공기가 각각 따로 있다고 주장하는 것과 흡사하다고 생각했다. 바흐찐은 시어와 비시어를 구분하는 근거는 없고, 언어의 의미를 결정하는 것은 오직 인접한 사회적 맥락뿐이라고 단언했다.

　　한 송이의 국화꽃을 피우기 위해
　　봄부터 소쩍새는
　　그렇게 울었나 보다

　　한 송이의 국화꽃을 피우기 위해
　　천둥은 먹구름 속에서

또 그렇게 울었나 보다

그립고 아쉬움에 가슴 조이던
머언 먼 젊음의 뒤안 길에서
인제는 돌아와 거울 앞에 선
내 누님같이 생긴 꽃이여

노오란 네 꽃닢이 피려고
간 밤엔 무서리가 저리 내리고
내게는 잠도 오지 않았나 보다.

서정주, 「국화옆에서」 전문

인용시는 우리에게 너무 친숙한 서정주의 「국화옆에서」이다. 이 시의 주된 시어들은 '국화꽃'과 '소쩍새', '천둥' 등등이다. 이를 바탕으로 이 작품을 이해하면 다음과 같이 된다. 한송이 국화꽃을 피위기 위해 소쩍새의 울음이 있었고, 천둥이 먹구름 속에서 우는 과정이 있었다는 것이다. 즉 국화꽃을 피워내기 위해서 여러 편편치 않은 과정들이 있었음을 이 시는 일러주고 있는 것이다. 실상 이 작품을 이런 맥락 정도로 이해해도 크게 잘못된 것은 아니다. 구조주의적 틀에서 이 작품은 그 나름의 독특한 의미국면을 형성하고 있는 까닭이다. 뿐만 아니라 신비평주의자들이 말하는 시니피앙과 시니피에의 불일치, 곧 언어의 정서적 측면이나 함축적 국면 역시 잘 드러나 있다.

그러나 이 작품을 이런 정도로 이해하는 것은 어딘지 모르게 허전한 구석이 있다. 이 작품의 제작 배경을 설명한 작가 자신의 말을 들어보면 더욱 그러하다. 작가는 이 작품을 해방직후에 쓴 것이라 했다. 작가는 해방의 감격을 목도하고 이 작품을 창작했다는 것인데, 이런 사회적 의미망을 사상한채 이 작품을 이해하게 되면, 이 작품이 쓰여지게 된 처음의 동기나 의도는 없어지게 된다. 그렇다고 작가의 의도만을 정확히 밝혀내어 시를 해석하는, 그리하여 의도의 오류(Intentional fallacy)를 범하자는 뜻은 아니다. 다만 여기서 문제삼고자 하는 것은 이 작품이 말하고자 하는 본뜻이다. 그 의미를 정확히 이해하려면 해방이라는 상황을 알아야 한다는 것이다. 그럴 경우 이 시에서 쓰여진 시어의 의미들이 좀더 구체적으로 의미화된다. 이 작품을 생성케 한 인접한 사회적 상황을 적용하면, '국화꽃'의 개화는 조국의 독립이고, '소쩍새의 울음'이나 '천둥의 울음'은 조국 독립이 있기까지의 고통의 과정이 될 것이다.

인접한 사회적 상황이 담론의 의미를 규정한다는 바흐찐의 주장은 두가지 측면에서 그 의미가 있는 것이었다. 하나는 앞서 말한 기계론적 유물론의 오류에 대한 극복이다. 언어의 의미를 규정하는 것은 토대와 상부구조의 직접적 작용이 아니라 인접한 사회적 상황에 의해 결정된다는 것이다. 이 정식은 기계적 유물론의 한계를 극복하는 것이거니와 사회변혁의 유연한 틀과 다변성을 인정한 개방적 유물론의 소산이었다. 그리고 다른 하나는 신비평주의자들이 말한 정서적, 함축적 언어와의 상관관계이다. 이들이 말한 시어의 이러한 특색들도 바흐찐의 말한 언어의 맥락과 거의 흡사하다. 다만 차이가 있는 것은 전자에 비해 후자는 사회적 맥락이라는 보다 거대한 구조론을 제시했다는 데에 있다. 인접한 사회적 상황이란 범박하게 말하면, 사회구조론에 가까운 시어의 의미화작용이기 때문이다.

4. 시어의 탈구조성

언어의 존재이유는 의미전달에 있다. 언어가 시어로 사용되었든 아니면 일상어로 사용되었든 간에 의미화되지 않는 것은 언어로서의 기능을 상실했다고 해도 무방하다. 그럼에도 언어가 의미화되지 않는 것이 미적으로 승인되는 사례가 있다. 바로 포스트모던 시대인 요즈음의 언어전략이 바로 그러하다. 포스트모더니즘에서의 언어는 의미화되지 않는다. 단지 존재하는 것으로서의 언어만 있지 거기서 어떤 특별한 의미를 간취해내는 것은 불가능할 뿐만 아니라 또 그렇게 해서도 안된다.

모든 것이 과학의 힘으로 유지되는 게 근대의 특성이다. 계몽의 기획과 그 적극적 실천만이 이 세상을 이끌어가는 중심축이 되었다. 그것들이 중세의 신을 대신하는 새로운 질서체계였기 때문이다. 근대는 "나는 생각한다 고로 존재한다"라는 테제가 일러주는 것처럼, 자아의 전능화 내지는 절대화를 지향한다. 이러한 자아의 절대성에 의해서 창출되는 것이 언어의 의미화전략, 곧 언어의 실천 전략이었다. 그러나 근대의 빛은 그리 지속되지 못하고, 새로운 질서에 대한 갈망만을 노출시켰다. 근대의 좌절은 언어의 좌절과 맞물리는 것이어서 새로운 담론 질서를 필연적으로 요구하게 되었던 바 그 대표적인 것이 담론의 해체 전략이었다. 이는 궁극적으로 언어로부터 의미를 배제시켜 언어가 처음 존재했던 시절의 순수상태로 되돌아가는 것을 의미했다. 하나의 시니피앙에 하나의 시니피에가 곧바로 결합되는 것이 과학 언어였다면, 신비평주의자들이 말하는 정서적 언어는 하나의 시니피앙에 여러 개의 시니피에가 연결되는 형국이었다. 그럼에도 이런 언어형태에서 의미는 곧바로 뭉게뭉게 피어났다. 그러나 포스트모더니즘의 시대에 이르면 언어의 의미들은 더욱 분산화되어 하나의 시니피에로 귀결되지 않는다. 하나의 시니피앙을 두고 수많은 시니피에들이 연결되고 있기 때문이다. 이를 시니피에의 연쇄라고 할 수 있으며, 궁극적으로는 어떤 정해진 시니피에의 실체도 나타나지 않게 되는 상황이다.

> 열 오른 눈초리, 하잔한 입모습으로 소년은 가만히 총을 겨누었다.
> 소녀의 손바닥이 나비처럼 총끝에 와서 사뿐 앉는다.
> 이윽고 총끝에선 파아란 연기가 몰씬 올랐다
> 뚫린 손바닥의 구멍으로 소녀는 바다를 내다보았다.
>
> --아이! 어쩜 바다가 이렇게 똥구랗니?
>
> 놀란 갈매기들은 황토 산태바기에다 연달아 머릴 처바곤 하얗게 화석이 되어 갔다.
>
> 조향, 「EPISODE」 전문

인용시는 1950년대 대표적 초현실주의자인 조향의 작품이다. 전쟁의 상황을 담고 있는 이 작품은 이렇게 구성된다. 우선 소년과 적이 마주하고 있다. 적을 겨누는 소년의 눈초리는 매우 열이 오른 상태이지만, 그러나 소년은 총을 가만히 겨눈다. 그런데 그 소년의 총부리에 다가온 것은 적이 아닌 나비같은 가냘픈 소녀이다. 소녀는 다가와 총구를 가린다. 그럼에도 총은 발사되고, 파아란 연기가 오른다. 손을 다친 소녀는 아픔을 느끼지 못하고 오히려 그 구멍으로 바다를 들여다본다. 그리고나서는 "--아이! 어쩜 바다가 이렇게 똥구

랗니"라고 말한다.

이 작품에서 구사되고 있는 통사법은 전체적으로 완결되어 있긴 하지만, 의미가 명쾌하게 포착되는 것은 아니다. 이미지들 사이의 결합이 거의 이루어지지 않을 뿐만 아니라 특히 사건의 꼬리를 물고 있는 의미의 인과관계는 전연 엉뚱한 귀결로 종결되고 있기 때문이다.

> 무례한 송충이 가든 파티를 꾀하고
> 나분이 내려앉은 헬리코프터는 호랑나비科에 속하는데
> 멀거니 서서 曠野에 붙박힌 내 귀에 소리가 야릇한 소
> 리가 있어 소스라치는 소라들
> 계엄령은 검은 굵은 네모진 안경테이니라
> 시시하게 시시덕거리는 정칫군들, 가
> 는 눈 실눈 뜨고 얄밉게 교활을 피우면
> 군중들의 怒號는 세종로에 촘촘하고
> 요긴한 까마귀들은 寒天의 汚點이다.
> 평생이 굴비처럼 엮어져 있는 발코니에서
> 생명들은 모개흥정에 바쁜데, 은방울꽃들
> 을 주섬주섬 챙겨서 마지막 계단을 오르자.
> 인간은 모욕당한 강아지다.
> 간헐적으로 奸點이 솟구치는 디멘쉬어 프리콕스를 거느리고
> 醫師의 손가락을 잘라서 옥상정원에다 심었다. 觀賞用植物.
> 자자브레한 고독들이 골목 으슥한 데로 몰려드는 황혼 무렵
> 유럽에서는 銃傷을 입은 대통령이 바래진 연설을 되뇌고 있는데,
> 그를 따르던 오뚝이들은 배신을 컴퓨터 出力에서 찾고 있다.
> 위스키 잔 위에 위기가 윙윙거리고

해해거리는 白奴들은 백로지 假面이다.

광대들은 아직 메이컵이 끝나질 않았어.

야! 뒤통수에다 구멍을 내고 똥물을 뭐 넣어 줘얄 놈들! 나

를 보라! 나는 暗黑의 ＋字架다.

조향, 「디멘쉬어 프리콕스의 푸르른 算數」 부분

이 작품 역시 의식의 흐름을 통한 데뻬이즈망의 기법으로 쓴 시이다. '헬리코프터'와 '호랑나비과', '계엄령'과 '검고 네모진 안경테', '의사의 잘려진 손가락'과 '觀賞用植物' 등의 병치 기법이 그것을 보여주는 것으로써, 시어의 탈구조성을 아주 적절하게 예시해주고 있다.

이들 작품의 의도가 일러주듯, 시어의 탈구조성은 전통 서정문법을 파괴하는데 있다. 그리고 그것의 목적은 시니피앙이 하나의 시니피에로 귀결되지 않는 데에 있다. 이런 시적 의장은 일찍이 20년대 초 다다이스트들에게서 시작되어 이상과 〈3·4문학동인〉들에 의해서 시도된 바 있다. 이들이 노린 것은 언어 속에 축적된 이성의 때를 벗어던지는 데에 있었고, 그 때란 다름 아닌 정신의 억압이었다. 이들의 목표는 이런 억압과 구속에서 벗어나 정신의 궁극적인 해방을 구가하는데 있었다.

이상을 비롯한 모더니스트들에 의해 비롯된 의미의 해체전략은 1980년대 들어 다양한 형태들로 나타났다. 현대인이 가지고 있는 기호상실능력, 다시 말해 기호를 구성할 능력이 없음을 이들은 다양한 시형태를 통해서 보여준 것이다. 문화의 담론을 그대로 시속에 등장시킨 유하의 키치시의 형태가 그러하고, 다른 사람의 시나 글을 혼성화시킨 박상배의 패스티쉬 계통의 시가 그러하다. 그리고 이들을 모두 아우르는, 이성복 등이 보여준 패러디의 시들 역시 이 범주에 포

함시킬 수 있을 것이다.

그리고 여기서 더 나아간 것이 형태시의 등장이다. 형태시에 집착하는 이들은 시를 창작하는데 있어 더 이상 언어에 의존하지 않겠다는 태도를 보였다. 시의 창작에 있어 언어를 더 이상 믿지 않겠다는 극단적인 언어 불신 시대를 연 것이다. 가령, 황지우의 꼴라쥬 기법에 의한 다양한 형태시의 제시가 그러하고, 박남철의 급진적인 실험시들이 여기에 속한다. 이런 양상들은 모두 언어가 더 이상 의미를 전달하는 수단이 아니라 의미의 덫일 뿐이라는 포스트모던의 탈구성 전략에서 나온 것들이다. 요컨대 시어란 더 이상 아름다운 서정성을 담아내는 수단도 아니고 독자를 교훈시키는 교술성을 담지한 매개도 아닌 것이 되었다. 사회의 제반 형태들이 다양해질수록 시어도 그러한 추세에 맞게 다양한 방식과 의장으로 무장하면서 서정시의 영역 속에서 새롭게 침투해들어오고 있는 것이다. 그러한 다층성과 실험성이 오늘날 서정시가 가지고 있는 시어의 근본 특색이라 할 수 있다.

서정시학의 이념적 특성

1. 서정주 문학에서의 시론의 위치

서정주의 시는 김소월과 김억 등의 민요시파와 정지용, 이병기와 같은 문장파, 자연과의 유기적 세계를 보였던 청록파의 시들과 더불어 전통적 서정시로 분류된다. 여기에서 문제되는 것은 서정주 시의 독자적 특징으로 귀속되는 전통성을 어떤 것으로 볼 것인가와 서정성의 개념은 무엇인가에 관한 논의일 것이다. 가령 문장파의 전통성이 상고취미로 구체화되는 유가적 세계관이고 청록파와 민요시파의 그것이 구전되어 온 재래의 가락으로 나타난다면 서정주 시의 전통성은 무엇일까? 그리고 우리 근대시의 큰 획의 하나인 모더니즘 시나 리얼리즘 시, 소위 민중시와 구별되는 서정시의 명칭은 어느 자리에 놓이는 것일까? 이런 의문이 서정주 시론의 본질에 접근하는 지름길이 아닐까 한다.

　한편 전통의 근거를 어느 시점으로까지 거슬러 올라갈 수 있는지가 여전히 모호한 문제로 남아 있게 되는데, 모더니즘 시나 참여시가 통칭 서정시와 같은 의미로 사용되는 시의 하위 개념이기 때문에 '전통적 서정시'라는 말은 다분히 편의적으로 사용된 개념이라고 할 수 있다. 지금까지 서정주에 대한 연구는 이 범주 위에서 전개되어 온 것이 사실이다. 가령 서정주 시의 동력으로 분석되었던 '영원'이나 '풍류'에 대한 논의는 동양미학의 실체를 드러내는 것인데[1], 이들 연기설이나 윤회설 등의 영원주의는 고대로부터 이어져 온 우리 민족의 전통적 세계관이자 삶의 양식이었던 것이다. '질마재'라는 협소한 지방색을 통해 우리 민족의 생활이 묘사되었을 때에도 '전통성'은 여전히 유효한 범주였다. 아울러 모더니즘 시나 민중시가 아니라는 의미에서 '서정시'라 명명한 것 역시 어떠한 문제의식을 불러일으키지 않았다.

　따라서 서정주에 관한 대다수의 연구들은 영원주의를 가장 분명하

---

1 서정주 시에 대한 연구는 본능적 관능을 보인 초기시『화사집』에 대한 것과『귀촉도』이후의 변모 과정을 영원성 추구의 관점에서 살피는 것, 혹은 이 두 과정 사이의 변모를 밝히는 것, 그리고 후기시『질마재 신화』나『떠돌이의 시』들을 민간적 신화의 세계로 보는 것으로 크게 구분해 볼 수 있다. 첫 번째에 해당되는 것으로는 조연현의「원죄의 형벌」(『문학과사상』, 세계문화사, 1949.12), 남진우의「남녀 양성의 신화」(『시운동』, 1987.3.) 등이 있고 서정주의 시적 변모 과정을 살피는 연구로는 송욱의「서정주론」, 김인환의「서정주의 시적 여정」, 천이두의「지옥과 열반」, 황동규의「탈의 완성과 해체」, 김재홍의「미당 서정주」(모두『미당연구』, 민음사, 1994.에 수록됨)등이 있다. 후기시에 관한 연구는 김윤식의「전통과 藝의 의미」, 신범순의「질기고 부드럽게 걸러진 영원」(같은 책)을 참고할 수 있다.
이들 연구에서 초기시 이후의 시적 편력은 동양적 세계관으로 침윤되어 가는 과정으로 나타나고 있다.

고도 안정되게 그리고 있는 『신라초』, 『서정주시선』, 『동천』 등 중기시에 그 초점이 맞추어져 있었다. 그러는 한편으로 이것과 이질적인 경향을 보이고 있는 초기시집 『화사집』과의 단절성을 부각시키는데 주력해왔다. 『화사집』에 대한 논의가 중기시들과의 차이점을 드러내는 데에 초점을 맞춘 것은 서정주를 영원주의라는 전통적 세계관의 범주로 확고히 위치시키는 결과를 낳는다. 서정주를 근대 미달인가 혹은 반근대인가 하는 근대성을 중심으로 한 부정적 혹은 긍정적 평가가 뒤이은 것도 바로 여기에 그 원인이 있다.[2]

그런데 서정주 시에 대한 관심에 비하면, 서정주의 시론은 거의 주목의 대상이 되지 못하였다.[3] 서정주 시가 규모나 깊이, 그리고 언어적 매력으로 연구자들을 흡인하였다면 시론의 경우 피상적인 언급이 대부분이다. 「시작법」이나 「현대시사」같은 것들은 강의 자료로 쓰여진 까닭에 개괄적인 소개에 그치고 있어 그만의 득의의 영역은 검출되지 않는다.

그러나 그의 시론 중 「시의 체험」, 「시의 상상과 감동」, 「시의 영상」, 「시의 지성」, 「시의 언어Ⅰ」, 「시의 언어Ⅱ」, 「시의 암시력」, 「시작과정」 등은 이들과 비교해볼 때, 그의 시학을 보여주는 중요한 자료가

---

2 서정주에게 리얼리즘 정신이 결여되어 역사의식으로 이탈된 시세계를 보인다고 지적한 경우는 대표적으로 김우창의 「한국시와 형이상」과 최두석의 「서정주론」 (위의 책)이 있다. 이들은 서정주의 영원주의적 시들이 전근대적인 것이며 현실인식이 없는 것이라며 부정적으로 보고 있다.

3 서정주의 시론에 대한 연구는 이승훈의 것이 있으나 기존의 모더니즘과의 변별을 드러내는 측면만을 다룸으로써 서정주 시론에 대한 본격적인 연구는 이루지 못하고 있다. (이승훈, 「서정주의 시론」, 『한국현대시론사』, 고려원, 1993) 한편 신범순의 「서정주에 있어서 '침묵'과 '풍류'의 시학」(『한국 현대 시론사』, 한국현대문학연구회, 1992)는 김춘수와의 대담과 관련하여 서정주 시 창작의 문제를 다루고자 한 시도로 보여진다.

된다. 이들 시론에서는 먼저 리얼리즘 시와 주지주의, 주정주의 시관의 편견과 오해에 대해 다루고 있다. 시가 다룰 수 있는 '현실'의 범위가 상당히 넓은 것이며 위대한 시는 지(知)와 정(情)이 서로에게 우월적으로 존재하는 것이 아니고 특히 동양에서는 이들이 '마음'으로 합치된다고 한다. '시심'이란 곧 동양적 '마음'이란 과잉되지 않도록 절제와 지혜로 다스려지는 감정을 의미한다. 시인은 이러한 시심을 다루는 데 있어서 개념적인 언어가 아닌 민족 생활어를 바탕으로해서 시어로 써야 한다고 했다. 그 연장선에서 그는 시의 암시성과 산문문학에 대비된 시의 정형성을 말하기도 했다.

시에 대한 서정주의 이런 언급들은 리얼리즘과 모더니즘이 지배하던 시단의 주류와는 상당히 거리가 있는 것들이다. 그것이 그의 시학이 갖는 독창성이며 그의 시론이 갖는 우수성이라 할 수 있다.

2. 동양적 세계내의 시 창작법

1) 지, 정의 통합과 시심의 표현

서정주가 '생명파'라는 용어를 처음 사용하면서 김동리, 오장환, 유치환과 더불어 하나의 유파를 형성하였을 때 이들의 입지는 주지주의 문학이나 계급주의 문학과는 상대적인 위치에 놓여있었다. 즉 관념적이고 편지성적인 성향을 띠고 있었던 것이다.[4] 이들은 생의 궁극적인 의미를 탐구하는 것을 문학의 과제로 보았고 이에 따라 원시

---

[4] 서정주는 〈現代朝鮮詩略史〉에서 처음으로 '生命派'라는 명칭을 사용했다고 하면서 "이것(생명파)은 鄭芝溶氏流의 感覺的 技巧와 傾向派의 이데오로기- 어느쪽에도 安着할 수 없는 心情의 필연한 발현이었듯이 기억된다"고 한 바 있다.

적 본능과 충동이라는 존재론적 조건과 이것의 초극을 주된 주제로 설정했다. 이러한 태도는 서구 생철학자들의 정신과 유사한 것이었다. 서정주는 "이들(생명파)의 정신은 東洋에 발을 디디고 있은 게 아니고, 그 基礎는 西洋의 르네상스 언저리에 있었"[5]다고 했기 때문이다.

생명파의 한 축을 담당했던 유치환도 비슷한 진술을 한 바 있다. 그는 생명파가 지성주의에 대한 대타의식으로 성립되었을 뿐만 아니라 동시에 생명의 본질에 대한 탐구 의지에 기반을 두고 있다고 했다. 그 대강의 맥락은 다음의 글에서 확인할 수 있다.

> 오늘날 시의 조류가 대체로 深部意識과 言語가 가진 次元의 세계를 동원함에 있는 경 향이긴 합니다마는 그 본질은 어디까지나 서정시에 있을 것입니다. 왜냐하면 무릇 예술 이란 인간의 심리 활동의 세 가지, 커다란 방향인 知, 情, 意에 있어 그것은 情, 즉 느낌 에 바탕을 두고 있음은 두말할 것 없기에 말입니다.[6]

이 글에서 유치환은 시의 본질이 서정시인 만큼 그 바탕은 '情'에 있다고 했다. 그의 이러한 시각은 당시 생명파들에게 공유되었던 정서이다. 뿐만 아니라 서정주의 초기시 「화사집」은 이와 밀접하기까지 했다.

하지만 '知'에 대응하는 '情'을 내세우고 또 그것을 강조하기 위해 '서정시'를 거론한 것은 주의를 요하는 부분이다. 해방 후 집필된 서

---

5 서정주, 「한국 현대시의 사적 개관」, 『전집2』, p. 134.

6 유치환, 『구름에 그리다』, 신흥출판사, 1958, p. 156. 오세영, 『20세기 한국시 연구』, 새문사, 1989, p. 213. 재인용.

정주의 시론 「시의 체험」, 「시의 지성」 등에 이르면 '情'의 강조가 현저하게 줄어들기 때문이다. 서정주는 유치환이 '서정시'를 '主情的'인 것으로 보았던 것과 달리 주정적 경향의 서정시는 일본에 의해 왜곡된 성격이 강하다고 비판했다. 그 대안으로 그는 '서정시'를 전통적인 개념, 즉 Lyric의 차원에서 새롭게 규정했다.

서정주는 Lyric을 서정시라 부르게 된 것은 명치유신 직후 일본이 도입한 서구 문물에서 그 기원을 찾고 있다. 이때는 낭만주의 시대에 속했던 만큼 당시 시의 이미지를 주정적인 것(Sentimentalism)으로 인식하던 시기이다. 그러나 사전적으로 Lyric은 '感情과 思想을 표현하는 비교적 짧은 형식의 詩'를 의미한다. 이 리릭은 낭만주의와 고전주의가 교차됨으로써 어느 정도 주정적 혹은 주지적으로 성격을 달리하지만 이는 어디까지나 상대적인 것이라고 본다. 따라서 리릭 자체는 감정과 함께 '지혜의 정신'을 담아내는 용기라고 인식한다.[7]

그런데 서정주가 말한 '지혜'는 주지주의에서 말하고 있는 위트나 풍자와 같은 단순한 지성이 아니고 나라와 민족 마다 갖고 있는 고유한 지성에 해당한다. 그는 이 내부에 민족의 독자적인 성격이 있다고 함으로써 '지혜'와 '恒情'이라는 동양적인 지성과 정서를 제시한다. 항정(恒情)이란 희로애락과 같은 감정의 다양성이 아닌, 가령 '한 개의 사과를 어떻게 하면 늘 맛있게 味覺하고 사느냐'하는 문제에 속한다.[8] 즉 대상을 가장 심미적인 차원에서 전유하려는 의지가 서정주에게 있어서의 '恒情'이고 이것을 드러낼 수 있는 힘이 '지혜'인 것이다. 그 결과 백퍼센트의 감동과 백퍼센트의 앎이 이루어졌을 때 이것을 '시의 體得'이라고 이해했다.[9]

---

7 서정주, 「시의 체험」, 『전집2』, pp. 15~17.
8 위의 글, p. 17.

그러나 해방 후 서정주는 생명파가 형성되던 초기의 담론과는 다른 시각을 보여준다. 이때에는 주로 지성에 관한 부분들을 보다 표나게 강조하기 시작했다. 그럼에도 이를 감성의 영역보다 우위에 두려는 편향적인 시각을 보여주지는 않았다. 오히려 이 둘 사이의 차이점보다는 종합에 그 우선을 두고 있기 때문이다. 이러한 변화는 그의 시론에서 매우 중요한 위치를 차지하게 된다. 바로 동양적 시정신을 도출하는 계기로 삼고 있기 때문이다.

> 東洋의 전통적 指導精神이라는 것은 오랜 옛날부터, 主知的으로 知性을 偏重한다든지 主情的으로 感性을 더 重視한다든지 하는 일이 없이, 말하자면 그 좋은 종합체로서의 '마음'이라는 걸로만 經營되어 왔기 때문이다. 詩의 知性이니 感性이니를 따로 따질 必要 없이 그 綜合體인 '詩心'만을 생각하면 족했으니 말이다.[10]

이런 결론에 이른 데에는 서정주의 전기적 요인 큰 배경으로 작용한 듯 보인다. 유년기에 그는 동양 고전을 익히고 '唐詩'를 읊조리는 환경 속에서 보냈는데,[11] 이는 유년기의 전통적 교양 습득에 힘입은 바 있다고 할 수 있다. 시를 知, 情, 意의 통합체로 보는 유기적 사고는 물론 동양적 생명사상과 분리하기 어려운 것이다. 또한 이러한 사고가 유교나 불교 혹은 도교의 세계관과 밀접한 관련이 있다고 할 때, 중기시를 기점으로 서서히 전개되어 온 서정주의 동양주의가 이 시기 그가 펼쳐보인 시론의 자장에 놓인다는 것은 흥미로운 사실이

---

9 위의 글, p. 18.

10 「시의 지성」, 『전집2』, p. 33.

11 유종호, 「소리지향과 산문지향」, 『미당연구』, 민음사, 1994, p. 340.

다. 50년대 이후 자신의 시론에 본격적으로 전개하기 시작한 전통론 수용도 그 연장선에 놓이는 경우이다.

2) 시각적 영상과 운율의 창조

동양의 전통관에서 비춰볼 때 서정주가 이를 기반으로 자신의 시어로 삼을 수 있었던 것은 무엇일까? 그는 주지주의를 비판하면서 문학적 언어는 마땅히 철학적 언어와 질적으로 차이가 나야하고 개념어가 아닌 민족생활어 속에서 그 언어를 길어올려야 한다고 했다.[12] 개념어가 인식을 위한 것이라면 문학어는 정서를 유발하는 것이기 때문이라는 것이다.

그런데 정서 유발을 일으키는 언어라는 것이 문학 전반에 걸친 언어 규정이라면 시에 고유한 언어는 어떠한 양상을 띨 것인가? 이에 대해 그가 가장 표나게 내세우고 있는 것이 '시의 암시성'이다.

> 말하자면 소설은 표현하고 싶은 무엇을 언어의 全範圍를 전부 動員하여 말해 보는 길 이지만, 시란 백 마디 천 마디 만 마디로 말해야 할 것을 될 수 있는 대로 적은 수효의 言語 안에 含蓄, 암시하여 표현해야 하는 문학인 것이다.[13]

이런 언급은 매우 평범한 진술이지만 주지주의나 프로시의 입장에서 보면, 그의 이러한 언급은 도전적일 만큼 매우 당당한 것이라 할 수 있다. 이것은 곧 리얼리즘 문학에 대한 대타의식의 발로였으며 자유시를 포함한 산문지향문학에 대한 저항 의지이기도 하다. 실제로

---

12 「시의 언어 I」, p. 40.
13 「시의 암시력」, p. 47.

그는 고도의 함축성을 빚어내는 시어의 방법으로 오랜 '침묵'을 요구했다. 이 침묵 끝에 떠오르는 '전형적인 이미지'와 '정형적 언어구성'에 대한 노력은 그의 시학의 핵심 요소가 되었다.

개념적인 언어보다는 구상적인 언어가 상상을 자극하고 암시력을 갖는다는 것은 상식에 속하는 일이다. 그런데 이 이미지를 통해 감동을 전달하겠다는 것은 곧 '回感'을 원리로 하는 서정시[14]를 곧추 세우겠다는 의지의 표현에 다름 아니다. 암시가 강하면 강할수록 정서의 울림 정도는 크기 때문에 여기에서 함축적인 이미지를 찾아내는 것은 매우 중요한 작업이 될 수밖에 없다.[15]

이때 이미지를 환기시키는 경우는 모두 오감에 해당되지만 이중 시에서 가장 풍부하게 활용할 수 있는 것은 시각적인 것과 청각적인 것이라 한다.[16] 그런데 시의 이미지와 관련하여 그의 시론이 갖는 특징은 그가 시각적인 이미지를 상당히 강조한다는 점이다. 그는 김영랑의 시들을 분석하면서 청각적 이미지가 효과적으로 실현된 예라 칭찬하였지만 섣불리 음악성에 편승하는 것에 대해서는 경계했다. '음향의 조화'까지를 부여하게 되는 것은 시각의 이미지들을 충분히 구축한 뒤의 일이라야지 영상의 조직이 불철저할 때 음악성을 추구

---

14 회감(回感,Erinnerung)주체와 객체가 상호융화됨을 의미하는 개념이다. 우리가 마주 대한 것에 심취되어 情調 속에 놓일 때, 그 속에 시인이 동화되는 것을 일컬어 '회감한다'고 한다. 따라서 '회감'의 순간 주체는 객체와 거리를 느끼지 않는다. E. 슈타이거, 『시학의 근본개념』, 오현일, 이유영 역, 삼중당, 1978, pp. 95~96.

15 본래 서정시Lyric는 리라라는 악기에 맞추어 불렀던 노래로부터 연원하므로 음악성을 주된 속성으로 갖게 되지만 오늘날 발전된 서정시 이론에서는 음악성뿐 아니라 시의 이미지 비유, 역설, 상징 등의 기제를 통해 시의 서정성을 보증하고 있다. 이들 기제들의 상상과 암시 작용은 동일하게 회감을 불러일으키며 이를 통해 자아는 세계와의 동일성을 성공적으로 이루게 된다.

16 「시의 암시력」, p. 48.

하는 것은 '유행가'로 전락하기 쉽다는 이유 때문이었다.[17] 그런데 그의 이러한 주장은 「시의 언어II」에서 설파한 시에 있어서의 음악성의 강조와는 일견 모순되는 것처럼 보인다.

> 그것(자유시)은 19세기 이래 全盛期를 現出한 산문 문학의 餘勢的 표현인 것이고 詩의 정도는 역시 定型에 있어 왔다.
>
> 일본과 우리 나라와 중국이 新開化 後 自由詩를 쓰게 된 것은 19세기 末과 20세기 初 西洋思潮와 西洋文學을 移入하기 시작하면서부터로서, 東洋 在來의 守勢的 安定思潮와 安定情緖와는 다른, 저쪽(서구—필자 주)의 攻勢的, 急進的 정신의 영향들을 담기에는 당시 서양에서도 상당히 유행하고 있었던 自由詩의 형식이 어울린다고 자각한 데에 공통의 이유가 있었다. 그리고 또 일본과 우리 나라만이 갖는 이유로선, 우리 나라와 일본의 在來 의 詩歌傳統이 가져온 定型詩에 있어서의 未備를 들 수가 있다. 중국 사람들은 옛부터 韻律學을 원만히 이루어 왔지만, 우리 在來詩歌나 일본의 그것에선 겨우 글자 定數를 맞 추는 것 외엔 별다른 韻律學의 적용도 볼 수 없으니 말이다.[18]

서정주가 자유시를 일시적이고 파행적인 형식으로 보는 것도 의외이지만 시에 있어 "우리 민족 정신의 호흡에 맞는 定型的 韻律形式"을 탐구하자고 거듭 촉구하는 대목도 쉽게 납득되지 않는다. 무의식

---

[17] 「시의 암시력」, p. 51. 서정주는 음악성을 배타적으로 지향할 경우 나타날 수 있는 문제를 옳게 지적하고 있다. 김영랑의 음향시가 사고나 의미의 깊이를 희생한 위에서 생겨난 것임은 일반적으로 동의되는 바이다. 다만 현대시가 사고나 의미를 추구할 경우 개념적이고 산문화되기 쉬운데 서정주는 시각적 구상을 통해 이 두가지, 깊이 없는 음악성과 개념화 모두를 견제하고 있다고 볼 수 있다.

[18] 「시의 언어2」, p. 45.

의 심연에 남아있는 시의 정형적 요소에 대해 쉽게 포기하지 않고 있음을 보여주는 대목이 아닐 수 없다. 서정주는 차제에 우리 시의 정형화에 대해 언급하겠다는 의욕을 보여주기도 했지만, 그러나 실제로 그가 자신의 계획을 실행에 옮기지는 않은 것으로 보인다.

그렇다면 그가 염두에 두고 있었던 시의 정형이란 무엇이었을까. 현상되지 않은 것에 대해 어떤 결론을 내리는 것은 어려운 일이지만, 이를 유추해보는 것은 가능한 일이 아닐까. 그의 시론을 추측컨대, 분명한 것은 우리의 재래의 시가, 가령 민요조나 시조의 음수율을 상정한 것은 아니라는 사실이다. 우리는 민요조 서정시를 실험한 김억이 경직된 자수율을 고집함으로써 결국 우리 민족의 서정시형에 모색이 실패로 돌아갔던 것을 보았거니와[19] 서정주에게 일정한 자수를 추구하는 것이 현대적 의미의 정형시는 아니었을 것으로 이해된다. 음수율이 문제되지 않았다고 한다면 서구의 정형시나 한시적 특성인 운이나 율을 하나의 모델로 가정하였을 수도 있고 우리말의 음운을 통해서 얻어지는 유사한 효과를 상정했을 수 있었을 것이라는 추측도 해 볼 수 있을 것이다. 「시의 암시성」에서 볼 수 있었듯이 김영랑류의 청각적 음향만을 추구한 것도 아니었다. 따라서 시각적 영상을 주요하게 다루고 있는 한시의 전통 속에 그의 시론의 강조점이 놓여 있다면 이러한 추측을 예측해보는 것이 전혀 무의미하지는 않을 것으로 보인다.

---

19 오세영, 『한국낭만주의시연구』, 일지사, 1980, p. 147.

3. 동양적 시세계의 특성과 안정된 서정성

시에서 소리가 차지하는 비중은 매우 중요하다. 특히 언어의 속성과 그 미학을 바탕으로 창작된 서정주의 시에서 음악성은 주목을 요하는 부분이다. 우리 시사에서 서정주 만큼 우리 언어의 맛갈스러움을 자유로이 구사한 사람은 없다는 것이 정설로 되어 있을 만큼 그의 언어 사용에 있어서의 창의성은 독보적인 경지에 올라와 있는 것이 사실이다. 방언과 속어의 적절하고도 유연한 사용, 민중의 생활어에 밀착함으로써 얻어진, 오랜 시간 속에 배어든 리듬감의 구현, 특히 남도 토속 민요 가락인 육자배기 리듬의 모방은 그의 시에서 음악성이 차지하는 비중을 잘 암시해주는 것들이다.

그러나 청각적 이미지를 단일하게 구한다거나 앙상한 음수율을 고집하는 것은 서정주 스스로 경계했던 시학의 한계라는 점을 고려하면, 그의 서정성은 그가 말한 바 몇몇 요건의 보완으로 이루어진다. 가령 민족 생활어를 시어로 사용하고 있고 현대적 음운을 통한 음악적 완전성을 지향한다는 점, 또 한편으로 시각적 영상의 면모를 강하게 위치지우고자 하였던 점이 그것이다.

언뜻 보기에도 『귀촉도』 이후 시편들에서 이러한 요건이 가장 완전하게 구현되고 있는 시들은 동양적 세계에 바탕을 두고 있는 작품들이다. 가령, 『귀촉도』의 「귀촉도」, 『신라초』의 「무제」, 『동천』의 「동천」, 「연꽃 만나러 가는 바람같이」 등이 그 좋은 본보기들이다.

「귀촉도」는 서정주 시학의 서정성이 어느 정도로 완미하게 구현되고 있는가를 잘 알게 해주는 작품이다. 그러나 같은 시집에 실린 「밀어」나 「견우의 노래」 등도 음악성이 강하게 나타나지만 「귀촉도」의 세계만큼은 아니다. 따라서 이들의 작품들이 완전한 리듬감이 구현되는 시들이 아니라는 점을 감안해 보면, 서정주 시의 서정성을 확인할 수 있는 것은 위에서 언급한 몇몇 작품들이라 할 수 있다.

> 눈물 아롱아롱
>
> 피리 불고 가신 님의 밟으신 길은
>
> 진달래 꽃비 오는 西域 三萬理.
>
> 흰 옷깃 여며 여며 가옵신 님의
>
> 다시 오진 못하는 巴蜀 三萬里.
>
> 신이나 삼아 줄걸, 슬픈 사연의
>
> 올올이 아로새긴 육날메투리.
>
> 은장도 푸른 날로 이냥 베어서
>
> 부질없는 이 머리털 엮어 드릴걸.
>
> 초롱에 불빛 지친 밤하늘
>
> 굽이굽이 은핫물 목이 젖은 새
>
> 차마 아니 솟는 가락 눈이 감겨서
>
> 제 피에 취한 새가 귀촉도 운다
>
> 그대 하늘 끝 호올로 가신 님아.

「귀촉도」 전문

정병욱은 한국 시가의 운율은 음수율이 아니라 음보율이라 하면서 한국 시가의 기본 음보율에는 3음보격과 4음보격이 있고 이중 3보격은 경쾌한 느낌을 주고 4보격은 장중한 느낌을 준다고 밝힌 바 있다.[20] 「귀촉도」는 3음보가 엄밀하게 지켜지는 시이지만, 이 시의 음악성은 여기서 그치지 않는다. 먼저 첫째행 '눈물 아롱아롱'의 'ㄴ, ㅁ, ㅇ, ㄹ' 음운들은 상호간의 친연성이 강한 것으로 구성되어 있는 특징을 갖고 있다. 또한 1연의 둘째 행부터 다섯째 행까지 3음보에 해당하는 '밟으신 길은', '서역 삼만리', '가옵신 님의', '파촉 삼만리'를 살펴보면 둘째 행과 넷째 행, 셋째 행과 다섯째 행이 음운상 서로 완전한 댓구를 이루고 있음을 알 수 있다. 그리고 네 행 모두 동일하게 'ㅅ' 음운이 배치되어 있는데 이것은 유음인 'ㄴ'과 'ㅁ'과 함께 3음보의 청각적 이미지를 지배하는 기능을 한다. 이러한 음운 구성은 한시에서의 각운과 유사한 효과를 내는 것들이다. 또한 이들 3음보는 각 행의 의미를 맺는 기능을 하는데 앞의 1음보와 2음보의 시각적 이미지의 역할에 힙입어 그 의미가 구현되고 있는 경우이다.

2연의 경우는 리듬감이 특히 강조되고 있다. 각 행의 각 음보는 동일한 음운으로 구성되어 있기 때문에 그러한데, 가령 첫째행의 'ㅅ' 음운, 둘째행의 'ㅇ', 셋째행, 넷째행의 'ㅇ'음운은 각 음보의 첫음절에 반복적으로 배치해놓음으로써 강약강약강약의 음향 효과를 가져온다. 셋째행의 2음보와 넷째행의 1음보가 예외에 속하지만, 인접한 음보의 의미와 시각적으로 연결시킴으로써 이를 벌충하고 있다.

이 시의 경우 음보율이라는 우리 시가의 기본적 단위에 한국어 음운의 성격을 가미함으로써 강한 음악성을 드러내고 있다. 한편 이 시의 시각적 이미지들은 음악성을 유연하게 운용하도록 하면서 청각적 이미지들을 보완하는 기능을 하고 있다. 이러한 사실은 서정주가 말한 '시의 암시성'이 바로 '전형적 이미지'와 '응축된 언어'를 통해 직조

---

20 정병욱, 「고시가운율론서설」, 최현배 환갑 기념 논문집, 1954. (오세영, 위의 책, p. 305 재인용.)

되고 있음을 보여주는 것이며, 이는 곧 그의 시학이 내재하고 있는 서정성의 원리를 밝히는 것이다. 여기에서 '응축된 언어'란 서정주가 정형시의 율격을 염두에 두고 의미한 시어이다.

서정주 시 가운데 또다른 수작에 해당되는 「동천」 역시 시각적 영상의 기능이 보다 강조되는 경우에 속한다.

> 내 마음 속 우리 님의 고운 눈썹을
>
> 즈문 밤의 꿈으로 맑게 씻어서
>
> 하늘에다 옮기어 심어 놨더니
>
> 동지 섣달 날으는 매서운 새가
>
> 그걸 알고 시늉하며 비끼어 가네.

「동천」 전문

자연과 인간의 유기적 세계라는 인식을 드러내고 있는 위의 시는 시적 화자의 정서가 시각적 대상으로 처리된 대표적 예라 할 수 있다. 마음 속 고이 간직한 님이 절대적 존재임이 시각적 이미지를 통해 매우 적절하게 표현되고 있는 것이다. 그의 표현대로라면 '항정(恒情)'의 지적인 구현이다. 앞에서 '恒情'이란 '한 개의 사과를 어떻게 하면 늘 맛있게 味覺하고 사느냐'하는 문제라고 했거니와 어떻게 하면 님을 향한 고운 마음을 가장 효과적으로 그릴 수 있는가 하는 것이 시인의 의도였을 것이다. 따라서 그러한 시적 의미 구현을 위해 '눈썹'을 '하늘에 심'는 것이라든가 '매서운 새'의 '시늉하듯' '비껴가는' 행위 등으로 이미지화한 것은 시각적인 효과를 노린 대표적인 사례라 할 수 있다. 여기에서 정서의 시각화는 한시의 '선경후정(先景後情)'에서와 같이 정서와 사물을 유비적으로 구성하는 것과 유사한 것으로 여겨진다. 이 작품에서 안정된 효과 구실을 하고 있는 기승전결의 구조 또한 한시의 영향에서 빚어진 것이다.

이 시는 3음보가 지니는 경쾌함을 제대로 살리고 있는데, 각 행의 3음보에 규칙적으로 제시되는 'ㅅ' 음운은 역시 각운의 효과와 함께 경쾌한 3음보의 정조를 상승시키는 주요 요소이다. 또한 2음보의 마지막 음절들은 '-의', '-로', '-어', '-는', '-며'의 모음 혹은 약한 자음으로 이어지면서 완만한 리듬감을 만들어낸다. 첫행을 예외로 하면 1음보의 마지막 음절들도 같은 효과를 가져온다.

4. 서정주의 서정 시학

우리 현대시의 역사이자 민족 언어의 아버지라고까지 칭할 수 있는 서정주의 시세계가 갖는 매력은 계속해서 빛을 발하고 또 탐구될 것이다. 그런데 지금까지의 연구가 대부분 그의 시 작품에만 집중되었고 시의 연구주제 또한 동양적 세계관 분석에만 치우쳐져 있었다. 그의 언어 의식에 관련된 관심이 종종 있어 왔으나 그것에 대해 본격적인 분석으로까진 이어지지 못한 듯하다.

그러나 시론에 주목할 경우 서정주가 언어에 대해 강한 자의식을 지니고 있었음을 알 수 있고 그 속에 그가 내세운 언어관이 희미하게나마 윤곽을 드러내고 있었다. 결론부터 말하자면 그것은 곧 서정시의 본질과 관련되는 것이다. 요컨대 서정주의 시론에서 확인할 수 있었던 시각적 영상의 강조라든가 정형시에 가까울 정도로 강조되고 있는 시적 음악성 추구는 본격적인 의미의 '서정시'를 구현하기 위한 요건이었다고 할 수 있다.[21] 이때의 서정시의 원리는 시인의 표현에

의하면 '시적 암시성'이다. 즉 '회감'의 기능인 것이다.

서정주는 시의 음악성을 정형화시키고자 했다. 우리는 그의 시를 '전통적 서정시'로 분류할 수 있거니와 그때의 전통성을 정형적 음악성 구현이라는 언어적 특성에서 찾는 것도 가능할 것이다. 이때의 전통성은 그러나 민요나 시조 같은 재래의 양식을 답습하는 것은 아니다. 뿐만 아니라 한시를 모델로 인유하면서도 또 그와 동일한 것도 아니다. 그것은 우리 민족의 내면의 리듬감에 부응하는 우리 언어의 발굴인 것이다. 따라서 이것은 전통적인 동시에 현대적이라는 이중적 성격을 갖고 있는 것이라 할 수 있다. 우리는 현대적인 서정시의 모델을 다른 형태를 통해 발견할 수 있을 것이지만 전통적 서정시에 이르러서는 서정주의 서정미학이 하나의 의미 있는 형태로 대표될 수 있을 것으로 판단한다.

이러한 서정주의 시학은 비판 정신이나 참여 자세를 내세우지는 않지만 완미한 서정성을 추구함으로써 서정시가 갖는 본질적인 기능을 발휘하고 있다. 그러한 노력은 산문지향적 시 혹은 리얼리즘 지향적인 시에 비해 볼 때 그 나름의 독립적 영역을 구축하는 것이라 하겠다. 완전한 서정성 자체는 분열된 자의식을 치유하고 세계와 자아의 화해를 이끌어내기 때문에 근대에 대해 혹은 사회와 역사에 대해 긍정적 기능을 하고 있는 것으로 이해된다. 이 점에서 볼 때 서정주의 서정시가 근대에 역행하는가 혹은 미달하는가 등의 평가보다는 과연 자아와 세계의 동일성이 어떻게 이루어지는가를 살펴보는 것이

---

21 『시학의 근본개념』에서 슈타이거는 독일의 낭만적 가요시를 분석하면서 서정시에 있어서의 음악성을 대단히 중요하게 취급하고 있다. 서정시를 서정적으로 만드는 것은 정조와 화음을 이루며 변화하는 율격이라고 하고 있다. 이 운율이 있음으로써 자아와 대상은 상호 대면하지 않는다고 한다. 슈타이거, 앞의 책, p. 38.

보다 적실한 문제제기라 할 수 있을 것이다.

서정주의 시론을 통해 그의 전통적인 의미에서의 서정 시학을 도출해내는 것이 이 글의 의도였다. 그의 시론이 체계적이고 풍부하게 정립되어 있는 것이 아닌 까닭에 분석의 초점이 되지 못한 것이 사실이나 그가 언급한 단편적 진술을 통해 일정 정도의 가정을 이끌어 낼 수가 있었다. 그 가정이란 한시를 모델로 한 정형시의 실험이었다. 그가 동양적 세계관에 침윤되어 있음은 기존의 여러 논자들에 의해 밝혀진 바 있기에 이것이 시 작법에까지 어떻게 연결되었는가가 관심의 초점이었다. 즉 지성과 감성의 통합체는 곧 '시심(詩心)' 혹은 '항정(恒情)'이었으며 이를 효과적으로 드러내는 방법이 회감의 원리인 '시의 암시성'이었다. 시인은 이를 위해 시각적 이미지와 음악성을 주요한 시적 의장으로 이해했다.

음악성은 서정시의 어원과 직접적으로 관련된 것인만큼 서정시를 논할 때 빼놓을 수 없는 요소이다. 그러나 전대적인 요소와 형태를 벗어던지고 나름의 발전을 거듭해 온 현대의 서정시가 음악성만으로 그 방법적 원리를 다 체득했다고는 볼 수 없을 것이다. 지적인 요소를 비롯한 여러 방법적 기제들이 고려되어야 그 정확한 실체가 드러날 것이다. 이런 한계에도 불구하고 서정주의 시론에서 하나의 서정 시학이 가능할 수 있음을 이미지와 음악성을 중심으로 살펴보았다. 그리고 이 점으로부터 서정주의 서정시가 한시와 유사성을 지니고 있음을 확인할 수 있었다. 그러나 이는 어디까지나 유사성일 뿐이지만, 언어 체계의 상위성을 고려하게 되면 이는 거의 그만이 포지하는 독자적인 모델이라해도 과언이 아닐 것이다.

서정주의 서정시는 지금 여기의 내면의 소리에 부응한 현재의 언어 예술이라는 점에서 현대적이며 우리 민족 고유의 리듬과 함께 어우러지고 있다는 점에서 전통적이다. 그는 한국의 근대시가 성립된 이래로 소위 근대적인 것과 반근대적인 것의 길항관계 속에서 이를 자신의 시론 속에서 적절하게 길러낸 경우이다. 이런 면들은 다른 시인들에게서는 찾아볼 수 없는 그만의 득의의 영역이었다는 점에서 매우 독특한 자리를 차지하고 있다. 근대시의 이념과 형식을 탐색해 들어간 대부분의 시인들이 어느 하나의 지점이나 이념에 치우쳐 그 나름의 객관성을 확보하기가 매우 어려웠었다는 사실을 염두에 두면, 서정주의 서정시학이 갖는 시사적 위치가 더욱 돋보이는 경우라 하겠다.

『만인보』의 장르적 성격

1. 『만인보』의 자계와 시적 의장

80년대의 어두운 감옥에서 싹트기 시작한 고은의 『만인보』가 전작 30권으로 간행됨으로써 30년 가깝게 진행된 창작과정이 일단락을 짓게 되었다. 30권의 시집 규모와 등장인물 3000여명을 포괄하고 있는 『만인보』는 그 양적인 면에서 타의 추종을 불허한다. 어느 특정 시인에 의해서 이만한 정도의 소재가 단일 시집으로 묶여나온 것은 창작 주체뿐 아니라 시사적 맥락에서도 그 의의가 매우 큰 것이라 할 수 있다.

이런 거대 성채에 대해 연구자들이 많은 관심을 가졌던 것은 당연한 일이거니와 그 방향은 대략 두가지 차원에서 이루어졌다. 내용적 국면과 형식적 국면이 그러한데, 전자의 경우는 이 시집 속에 내재된 시인의 사상이라든가 인물들의 성격에 그 초점이 맞추어졌고, 후자의 경우는 한국 시사에서 초유의 일로 받아들여지고 있는, 이 방대한 시집이 가지고 있는 양식적 성격에 대해서였다. 여러 지형도로 그려지고 있는 이 시집의 인물이나 사건에 대해 어떤 단선적인 해석이나 이해를 구하는 것은 극히 어려운 일일 뿐만 아니라 몇몇 단편적인 주제로 엮어내기는 더더욱 난망한 일이 아닐 수 없다. 그리고 이 시집에 등장하는 인물군들에 대해서도 어느 일정한 잣대에 의해 분류해내는 것도 쉽지 않은 일이다. 거친 분류가 가능할지라도 그 하위를 구성하는 다양한 인물군이나 소재 등이 매우 다변적이기 때문이다.[1]

두 번째는 장르에 관한 것인데, 실상 이 문제 역시 시의 내용 못지않게 많은 함수관계를 갖고 있다. 이런 혼란은 작품 자체에서 오는 다양성에서 기인하는 것이었는데, 작자 자신도 이 형식이 갖는 장르의 미정형에 대해 이야기한 바 있다. 『만인보』의 연재를 마치고 쓴 글에서는 그는 『만인보』의 본질이 끝이 없다는 것, 둘째, 『만인보』는 대의를 내걸지 않았다는 것, 셋째, 『만인보』 쓰기가 오랫동안 정착된 캐논이나 고전의 속박으로부터 벗어난 또 다른 서사형식의 한 영역이 되기를 바란다고 했다.[2] 이 가운데 우리의 주목을 끄는 것은 세 번째의 경우이다. 고은은 『만인보』의 글쓰기가 자신의 경우에만 한정되지 않고 국내외의 서사세계에서 보편적인 한 문학장르로서의 『만인보』가 되는 것을 소망했다. 그 연장선에서 그는 타인들에게도 이 형식이 차용되어 하나의 특수성이 보편성으로 자리매김되기를 원했다. 그리고 이를 위해서는 서사와 서정의 경계, 묘사와 서술의 그것, 시와 시 아닌 것의 그것을 허무는 모험도 뒤따라야 한다고 했다.[3]

---

1 김태현, 「이웃을 위한 시」, 『고은을 찾아서』(황지우 편), 버팀목, 1995, pp. 427~428.

2 고은, 「만물 혹은 만인─『만인보』를 마치면서」, 『창작과 비평』148, 2010,6, pp. 317~318.

작가에 따르면, 서사와 서정의 경계, 시와 시 아닌 것의 경계를 허무는 것이 『만인보』의 장르적 성격이 되는 것인데, 실상 이런 논리에 기대게 되면, 『만인보』는 기존의 장르와는 다른 새로운 시형식이 된다. 『만인보』에서 드러난 장르적 모호성은 이를 평가한 평자의 경우에서도 똑같이 드러난다. 개인적 서정성이 집단의 역사성으로 나아간 형태가 『만인보』이며, 이런 시적 구성 방식은 주제의 지속성보다는 주제의 확대에 알맞은 시적 의장이라는 것도 이 작품이 갖는 장르의 모호성에서 나온 말이다.[4] 또한 『만인보』는 가까이서 낱낱을 보면 넓은 의미의 서정시 연작이고, 몇걸음 물러나 전체를 보면 서사시적 구도의 전작(全作)이 된다[5]는 해석도 그 연장선에 놓여 있는 것이다. 이른바 서정성과 서사성의 교묘한 배합 속에서 이루어진 것이 『만인보』가 되는 셈이다.

『만인보』의 장르적 특성을 한정하기 위한 혼란은 이 시집이 갖는 파격성 때문이다. 이 시집은 기존의 서정시 개념으로 설명할 수 없는 요소들이 많이 등장한다. 규범적 장르이론의 관점에서 보면, 서정시는 일인칭 화자의 주관적 독백으로 이루어진다. 뿐만 아니라 대상과의 교감에 의한 회감의 형식, 곧 서정적 황홀이 서정시의 또다른 표현적 특색이 된다. 일인칭 화자에 의해 대상이 통어되는 것이기에 서정시에서는 인물이나 사건 등이 구현되지 않는 것이다. 설사 등장한다고 하더라도 일인칭 화자의 주관이나 정서에 의해 포섭되는 형태로나타날 뿐이다. 즉 극히 협소한 부분에서 등장인물이나 사건이 등장하는 서정시를 배역시로 분류하여 광의적 의미의 서정시로 인정하

---

3 위의글, p. 319.
4 권영민, 「개인적 서정성에서 집단적 역사성으로」, 『고은을 찾아서』, p. 414
5 김흥규, 「개체와 역사」, 위의책, p. 458.

기는 하지만, 어떻든 서정시는 일인칭 화자의 독백적 발언 형태로 표현되는 것이 일반적이다.

서정시의 규범적 특성과 달리『만인보』는 시양식임에도 불구하고 대부분 비서정의 요인들로 구성되어 있다. 일인칭 화자에 의해 제어되지 않는 인물이나 사건이 등장하는가 하면, 서정적 자아의 주관성과 무관한 객관적 형태의 자아들, 곧 3인칭의 형식들이 나타나기도 한다. 이런 요소 외에도 문학관의 편차에 따라 달라지는 것이긴 하지만, 서정시는 일차적으로 상상력이 강조되는 양식이다. 리얼리즘적인 요소가 서사구조에 보다 적합하다는 것은 지극히 뻔한 상식에 속하는 것이지만,『만인보』에는 체험의 정서가 보다 강화되어 나타난다. 체험은 시적 요소보다는 서사적 요소에 가까운 것이다.

이런 서사적 특성 이외에도 언어 구성에 있어서『만인보』는 기존의 서정 양식을 뛰어넘는다. 서정시가 주로 개인의 주관에 의해 직조되는 문학 양식이기에 그 직접적 표현인 언어 역시 주관적인 형태로 나타나는 것이 통례이다. 그런데『만인보』의 언어는 그러한 개인성이나 주관성보다는 광장의 언어 형태로 구성된다. 언어가 주관을 초월한다는 것[6]은 시인의 세계관과 불가분의 관계에 있는 것이긴 하지만, 어떻든 이는 기존의 서정시와는 판이하게 다른 것이라는 점은 부인하기 어려울 것이다.

어떤 특정 장르를 규범화된 양식에 따라 분류하고 정의하는 일은 매우 어렵다. 특히 견고한 모든 것이 휘발유처럼 날아가는 포스트모

---

[6] 바흐찐은 광장은 항상 민중의 것이고, 그런 공간에서 나오는 언어들은 주관성이 아니라 객관성에 그 기반을 두고 있다고 본다. 곧 민중성을 획득할 때, 시의 개별성이라든가 주관성은 사라지게 된다는 것이다. M. Bakhtin,『프랑수아 라블레의 작품과 중세및 르네상스의 민중문화』(이덕형 외 역), 아카넷, 2001, p. 240.

던 시대에 장르의 규범성을 말하는 것은 더더욱 어려운 일이 되었다. 규범적, 이론적 장르는 없고, 당대를 풍미했던 혹은 현재 유행하는 역사적 장르만이 이 시대의 진정한 양식적 진실인지도 모를 일이다. 『만인보』는 서정과 서사의 경계를 넘나드는 곳에 위치해 있다. 그러므로 이 작품을 서사시라 규정하기도 어렵고, 서정시라고 말하는 것도 쉽지 않다. 『만인보』는 작가의 말대로, 서사와 서정, 묘사와 서술, 시와 시 아닌 것의 경계에 놓인 작품집이기 때문이다.

2. 이야기 시의 계통과 『만인보』

시에 이야기성이 도입된 것은 멀리 1920년대까지 거슬러 올라간다. 한국 시사에서 이야기 시들의 등장은 카프 시대의 경향시와 김동환이 창작한 일련의 서사시들에서 찾아볼 수 있다. 익히 알려진 대로 카프의 이야기시는 단편서사시라는 명칭으로 우리 앞에 등장했다. 개념위주의 프로시들이 갖는 한계를 딛고 나온 임화의 「우리 오빠와 화로」를 매개로 서사시의 가능성에 대해 탐구하기 시작했다. 팔봉은 임화의 이 작품을 두고, 프로시가 나아가야할 올바른 지향성으로 평가했는데[7], 이를 위해 시에 인물과 사건을 도입함으로써 소위 아지 프로적 경향시의 목적을 달성할 수 있다고 이해했다. 단편서사시에 대한 팔봉의 그러한 이해는 경향시의 대중화에 따른, 이념편향의 시들을 극복하기 위한 단초로 준비된 것이긴 했지만, 서정시의 장르적 한계와 그 확장 가능성에 대해 처음으로 언급했다는 데에서 그 중요

---

7 김팔봉, 「단편서사시의 길로」, 『조선문예』, 1929, 5.

한 함의를 갖는 경우였다. 단편서사시의 방법적 특징은 시인 개인의 주관성 배제와 타자지향적인 창작방법, 그리고 인물과 사건의 도입 등에서 찾아진다.

단편서사시의 함께 주목해야 할 작품이 김동환의 『국경의 밤』이다. 이 작품을 두고 김억은 한국 최초의 서사시라고 했다. 그 언급이후 『국경의 밤』이 과연 서사시인가 아닌가, 혹은 서사시의 한 변형인가에 대해 많은 논란을 불러왔다.[8] 장르의 역사성을 받아들이고 그것의 변형가능성에 대한 인식의 폭을 넓히게 되면, 『국경의 밤』은 얼마든지 서사시의 영역에서 논의될 수 있을 것이다. 이 작품의 양식적 특성은 단편 서사시 계열의 작품들과 달리 형식적으로 길 뿐만 아니라 사건의 구성 또한 복합적으로 구성되어 있다는 데에서 찾아진다. 단일한 주제와 단일한 세계관, 그리고 인물들의 성격 발전 양상의 국면을 놓고 보면 『국경의 밤』은 이야기시라든가 장시, 혹은 서사시의 범주에서 충분히 논의될 수 있는 양식적 특색을 갖고 있는 것이라 할 수 있다.

단편서사시 계열이나 『국경의 밤』을 잇는 서사시 계열의 작품들은 신동엽의 『금강』이나 고은의 『백두산』, 그리고 80년대의 이야기시로 꾸준히 이어져 오면서 그 장르상의 명맥을 유지해왔다. 곧 세계관이나 양적인 규모에 있어서 약간의 차질이 드러나긴 해도 장시라는 범주 혹은 이야기시라는 범주 내에서 동일한 권역으로 묶여서 논의되어 왔던 것이다.

이런 맥락에 비춰보면, 『만인보』를 어느 특정 장르 범주로 귀속시

---

8 오세영, 「『국경의 밤』과 서사시의 문제」, 『한국 근대문학론과 근대시』, 민음사, 1996.

조남현, 「김동환의 서사시에 관한 연구」, 『인문과학논총』, 건국대학교, 1978.

키는 일은 쉽지 않아 보인다. 이 작품이 기존의 서사시계열 형식과는 매우 다른 곳에 놓여 있기 때문이다. 『만인보』는 단일 인물의 성격 발전 구조나 일관된 주제가 아닌 각각의 개별 작품으로 구성되고 있다. 이들 작품들은 간단한 인물평을 담은 짧은 형식이 있는가 하면, 단편서사시의 경우처럼, 하나로 완결된 긴 양식도 있다. 또한 그러한 작품들이 수천편 모여서 전작 『만인보』를 구성하고 있는 것이다. 이런 작품 구성은 매우 이례적인 것이어서 당대에도 없었고, 이전에도 없었다. 그러한 비완결성이 이 작품의 고유성이기도 하고 난해성이기도 하다. 그럼에도 한가지 거친 분류나 성급한 판단이 허용된다면, 우선 『만인보』는 일종의 연작시라 할 수 있다.

연작시란 동일한 소재나 주제를 확대시켜서 한편 한편 만들어진 시들의 모음으로 구성된다. 이런 연작시의 형태들은 우리 시사에서 전봉건이라든가 오세영, 김종철 등의 시인의 경우에서 찾아볼 수 있다. 가령, 전봉건은 돌1, 돌2 등등의 제목으로 시를 계속 썼다. 오세영과 김종철도 똑같다. 오세영은 '그릇'계열을, 김종철은 '못' 계열의 연작시들을 썼다. 제목은 판이하게 다르지만 『만인보』의 경우 이들 각각의 작품들을 인물123--등으로 붙이는 것도 가능하지 않을까. 앞의 시인들처럼, 연작시로 묶게 되면, 제목에 부제를 붙이는 방식으로 하면, 현재의 『만인보』가 지향하는 형식과 내용을 전연 손상시키지 않고 이 시집은 틀림없는 연작시가 되는 것이다. 이런 비유는 이성선 시인의 사례를 유비시켜 보면 더욱 명확해진다. 『벌레시인』을 비롯해서 이성선이 만들어낸 시 세계는 자연과의 올곧은 교감이라는 주제였다. 그는 설악산이라는 자연과 교감하며 시작업을 해왔는데, 「자연의 악기」, 「자연의 이불」처럼, 제목을 달리 하긴 했지만 그 주제는 똑같은 것이었다. 자연과의 영원한 교감이라는 주제가 바로 그것이다. 따라서 그는 일종의 자연 연작시를 쓴 셈이 되었다.

 이런 분류에 기대게 되면,『만인보』는 기왕의 연작시나 시적 방법들과 차질되지 않는다. 그러나 다른 점이 분명 또 있다. 소위 세계관의 문제이다. 서정시는 일인칭 독백의 장르라고 했다. 독백이란 지독한 주관성으로부터 벗어나지 못한다. 그것은 오직 나의 경험(i-experience)에 국한된 담론이기 때문이다. 이를 토대한 담론이 집단의 이념이나 이상을 담아내는 데에는 한계가 있는 것이 사실이다. 이 담론에는 사회적인 경험이나 지향성이 거의 나타나지 않는다. 그런데, 예외가 전연 없는 것은 아니지만『만인보』속에 구현된 담론들은 나의 경험과 무관한 것들이 대부분이다.『만인보』를 지배하는 담론의 특성들은 우리들의 경험(we-experience)에 기반을 두고 있기 때문이다. 이런 담론 형태들은 모호한 경험이 아니고 사회적 지향의 확고함과 안정성에 정비례하는 것[9]들이다. 강력한 이데올로기적 지향과 불가분의 관계에 있는 것이 우리들의 경험인 셈이다.『만인보』를 지배하고 있는 담론은 개인성이 아니라 집단성과 결부되어 있다. 그러한 방법적 특색이 기존의 연작시들과 구별된다고 할 것이다.

 또하나 고려해야할 것이 집단의 이념성이다. 서사시의 현재적 가능성 여부를 떠나서 이 장르가 여전히 유효할 수 있는 것은 이 양식이 지향하는 집단의 꿈이랄까 이상과의 관련 때문이다. 고전적 의미에서 서사시가 집단의식과 분리될 수 없는 것임은 잘 알려진 일이다. 서사시는 민족의 전설, 건국의 이야기, 천지창조 등 모두 집단의 이데올로기와 깊은 관련을 맺고 있다. 물론 이런 집단의식들은 모두 과거적인 것이어서 지금 여기의 현실과는 무관한 서사적 거리로 닫혀

---

9 M. Bakhtin,『마르크스주의와 언어철학』(송기한 역), 한겨레, 1988, p. 121.

있는 것들이다. 그러나 서사시의 현재적 가능성을 이야기하게 되면, 이런 선험적 거리는 개방될 수밖에 없는 운명을 지니게 된다. 그런 필연성들은 당대성과 선험성의 변증법적 통일로 나타나게 되는데, 민중성이나 계급성으로의 전이와 같은 집단의식은 그 좋은 본보기라고 할 수 있다. 가령, 북한과 80년대 한국 사회가 그러하다. 북한 사회에서 당대를 영웅화하고 사회주의 이상과 같은 집단의식을 고양시키기 위해 서사시 창작이 활발히 이루어진 것은 잘 알려진 일이다. 이는 남한의 경우도 예외가 아닌데, 특히 80년대가 그러했다. 성장하는 민중, 투쟁하는 노동층에 선험성을 부여하기 위한 일련의 노력으로 집단의식을 고양시키는 서사시가 활발히 창작되었기 때문이다. 『만인보』를 집단의식과 떼어놓는 것은 매우 어려운 일이다. 그렇다고 해서 이 작품집이 당파성이나 노동 계급성같은 보다 확고한 이념 지향성으로 편향돼 있는 것은 아니다. 이런 요인들 때문에『만인보』는 기존의 서정시나 서사시, 혹은 연작시의 범주로 쉽게 분류되지 않는 것이다.

3.『만인보』의 장르적 특성과 그 시사적 의미

바흐찐은 예술의 미학적 본질에 대해서 정확히 특정하는 것은 불가능한 일이라 했고, 그것은 사회환경과 상호 작용하는 한 변형태로 보았다. 예술은 외적인 사회환경의 작용을 받아들여 이를 통해 즉자적으로 내적인 반향을 갖는다고 한다. 곧 문학 작품이라는 담론은 사회 생활의 흐름에 통합된 채 여러 종류의 의사소통 형식들과 힘의 상호작용 및 교환의 관계에 놓임으로써 스스로 창조적 수용과 쇄신을 반복한다고 한다.[10] 그러한 창조와 수용, 그리고 쇄신의 정신은 고정된 체계나 양식을 거부하는 기제로 작용한다.

고은이 『만인보』를 창작한 계기는 그가 많은 사람들을 만나고 싶은 욕망 때문이라고 했다. 특히 자신이 살아오면서 만났던 사람들과 문학적으로 만나고 대화하고자 하는 욕망의 표현이 『만인보』를 낳게 했다는 것이다.[11] 각각 고립 분산된 채 시인의 뇌리 속에 스치는 사람들, 기억의 심연 속에서 다시 살아나오는 사람들, 지금 여기의 사람들, 역사의 주체이거나 혹은 비주체이거나 자신의 세계관 속에서 편입되어 재생산되는 사람들과 대화하기 위한 시적 의장이 『만인보』를 빚어낸 소재였다는 것이다. 인물이라는 단일한 소재와 각각의 고유성을 지니는 인물의 복합성이 빚어낸 것이 『만인보』인 셈이다. 따라서 『만인보』는 단일한 소재와 그 소재로부터 솟아나는 각각의 개별성이 만나는 곳에서 태어난 작품집이 된다. 『만인보』는 시적 특성과 서사적 특성이 교직하면서 태어난 장르인 까닭에 서정성과 서사성이 동시에 드러나는 양식적 특색을 갖고 있다. 그렇기에 이를 어느 한 요소를 특정하여 그 양식적 고유성을 이야기하는 것은 어려운 일이다. 이 시집은 새로운 내용과 형식을 가진 장르인데, 이는 다음과 같은 요인들 때문에 그러하다.

우선, 수많은 작품들이 모여서 이루어진 『만인보』는 소재의 단일성이라는 특성을 갖는다. 그러한 소재의 단일성은 『만인보』를 하나의 전작시집으로 만들어주는 필요조건이 된다. 만약 소재가 다양한 형태의 것으로 분산되어 나타난다면, 『만인보』는 단일 시집이 되기

---

10 M. Bakhtin, 「생활 속의 담론과 시속의 담론」, 『문학사회학과 대화이론』(최현무 역), 까치, 1987, pp.161~162

11 황지우 엮음, 앞의 책, p. 71.

어려웠을 것이다.

둘째는 집단의식의 구현이라는 측면에서『만인보』는 기존의 서정성을 뛰어넘는다. 물론 이 의식은 이 시집의 도처에서 발견할 수 있는 민중성에서 드러난다. 그러나 이때의 민중성은 시인 자신의 세계관으로부터 표출되는 민중성과는 차이가 있다. 노동자나 민중에 대한 각성된 의식이나 이들에 대한 편향적 사유 태도에서 표출되는 민중성과는 엄밀히 구별되는 것이기 때문이다. 『만인보』의 민중성은 반지배성이고 반계급적이고 반위계질서적인 것이다. 이는 소재 차원에서만 그치는 것이 아니라 시인 자신의 예술적 자의식과도 관계된다. 모더니즘의 고급예술이나 역사의 객관적 필연성에 따른 이념문학의 토양과도 무관한 예술의 형태이다.『만인보』의 민중성은 예술이 어느 특정 작가의 소유물이 아니라 전 민중의 것이라는 미적 의사소통에 기반을 두고 있는 것이다.

셋째는 민중어의 구현이다. 이는 민중성과 분리하기 어려운 것으로서,『만인보』의 언어들은 광장에서 솟아나온 것들이다. 고립된 자의식이나 주관의 우위에 의해 형성된 언어 형태들이 아니다. 인접한 사회적 상호작용에 의해 특정화된 발화들이 모여서『만인보』라는 거대 성채를 만들어내었다. 실상 서정시에서 민중어의 구현은 자못 중요한 국면을 형성한다. 서정시가 일인칭 독백의 언어가 될 때, 이 언어는 지극히 개인적인 체험이나 영역에 갇힐 수밖에 없는 것이고, 그럴 경우에 시는 일반 다수의 것으로부터 멀어질 수밖에 없을 것이다.『만인보』는 개인의 정서나 이를 토대한 개인의 언어가 아니라 전민중이 소유하고 공유할 수 있는 민중어를 바탕으로 구성된 시집이다.

넷째는 인칭의 변화이다. 서정시는 일인칭의 언어이다. 대상을 회감하거나 서정적 순간을 표출시킬 때, 일인칭의 언어만큼 효과적인 것도 없을 터이다. 『만인보』의 작품들 속에서 일인칭의 언어로 된 작품들도 제법 많이 있긴 하지만, 대개의 경우는 서정시의 영역에서 거의 나타나지 않은 2인칭과 3인칭의 언어들이 등장한다. 그것의 필연적 등장을 고은은 다음과 같이 말한 바 있다. "인간과 세계에 대한 서사구조의 상상력과 인간의 자아발견에 반드시 전제되는 정신의 '외부성(外部性)'이 없는 상태의 '나'라는 화자는 허깨비"라고 하면서 3인칭 화자의 등장을 정당화시킨다.[12] 근대를 이끈 것은 '나'이고, 역사발전의 객관적 주체가 '나'임을 감안하면, 고은이 말하는 '나'의 배제는 그의 민중성과 일견 모순되는 듯이 보인다. '나'에 대한 인식의 발전구조 없이 역사의 주체로 거듭나는 것은 매우 어려운 까닭이다. 그럼에도 그가 서정시에서 '나'의 역할을 배제하고 싶은 것은 이 장르가 갖고 있는 주관의 허약성 때문이었을 것이다. 이는 민중성이라든가 집단의식과 분리하기 어려운 것들이다.

다섯째는 대화성이라든가 비고립성의 문제이다. 『만인보』에서 이 문제는 아무리 강조해도 지나치지 않는데, 그것은 다음과 같은 이유 때문이다. 하나는 장르적인 관점이고 다른 하나는 이 작품이 갖는 내용상의 의미이다. 예술은 사회와의 끊임없는 대화속에서 탄생한다. 그러한 대화적 상상력 속에서 예술은 새로운 형태의 규범이나 장르를 만들어낸다. 시인이 삶의 과정에서 만났던 사람들에 대한 형상화의 욕구가 『만인보』의 소재가 되었다고 했다. 그런데 그 많은 사람들이 서정시에 등장하기 위해서는 단일 시편으로는 불가능했을 것이다. 그런 객관적 필연성이 인물 연작시라는 형태를 만들어냈다. 그

---

12 고은, 『만인보』16, 창비, 2004, pp. 8~9.

러나 그의 시적 작업은 단순한 연작이 아니라 일정한 서사성을 갖고 있는 연작이었다. 시인의 삶이라는 서사성이 서정이라는 양식을 만나 빚어낸 것이 『만인보』였기 때문이다. 이런 맥락에서 『만인보』는 서정과 서사가 결합된 서정서사시의 모양새를 취한다. 이런 장르적 실험이야말로 고정적인 것을 거부하는 현대성의 한 표명이며, 권위적 체계를 부정하는 열린 사유일 것이다. 서정적 자아의 경험적, 역사적 체험이라는 서사적 삶 속에서 재구성되는 인물들이 『만인보』라는 새로운 양식, 곧 서정서사시라는 독특한 형태의 새로운 장르를 만들어내고 있는 것이다.

장르의 그러한 개방성은 이 작품의 내용과도 밀접한 상관관계를 갖고 있다. 『만인보』는 완결의 미학과는 거리가 있다. 이 작품은 연작의 형식이 갖고 있는 개방성으로 인해, 그 확장이 얼마든지 가능하기 때문이다.[13] 작가 역시 이를 부정하지 않았다. 『만인보』를 마치면서 그는 "30권의 완간은 만인보의 끝을 뜻하지 않는다. 실제로 30권은 세상과의 소박한 약속일뿐더러 그 뒤로 있게 될 만인보의 미래는 그리고 싶은 그림들과 노래하고 싶은 노래들이 나의 자동서술을 막지 않을 것이다. 요컨대, 이후에도 널려 있을 현재와 지난 시대의 무궁무진한 소재들은 내 욕망의 부침과는 상관없는 기대를 날로 달구어내고 있다. 아무래도 내가 써온 것은 제 1단계일 뿐인지 모른다. 그만큼 만인보의 세계는 더 유보적이다"[14]라고 했기 때문이다. 완결되지 않은 양식, 종결되지 않는 글쓰기가 『만인보』인 셈이다. 그러한 열린개방성은 그의 대표시 가운데 하나인 「선제리 아낙네들」에도 잘 나타나 있다.

---

13 권영민, 앞의 글, p. 416.
14 고은, 「만물 혹은 만인−만인보를 마치면서」, p. 318.

먹밤중 한밤중 새터 중뜸 개들이 시끌짝하게 짖어댄다.

이 개 짖으니 저 개도 짖어

들 건너 갈뫼 개까지 덩달아 짖어댄다.

이런 개 짖는 소리 사이로

언뜻언뜻 까 여 다 여 따위 말끝이 들린다.

밤 기러기 드높게 날며

추운 땅으로 떨어뜨리는 소리하고 남이 아니다.

앞서거니 뒤서거니 의좋은 그 소리하고 남이 아니다.

콩밭 김치거리

아쉬울 때 마늘 한 접 이고 가서

군산 묵은 장 가서 팔고 오는 선제리 아낙네들

팔다 못해 파장떨이로 넘기고 오는 아낙네들

시오릿길 한밤중이니

십리길 더 가야지

빈 광주리야 가볍지만

빈 배 요기도 못 하고 오죽이나 가벼울까

그래도 이 고생 혼자 하는게 아니라

못난 백성

못난 아낙네 끼리끼리 나누는 고생이라

얼마나 의좋은 한세상이더냐

그들의 말소리에 익숙한지

어느 새 개 짖는 소리 뜸해지고

밤은 내가 밤이다 하고 말하려는 듯 어둠이 눈을 멀뚱거린다.

「선제리 아낙네들」 전문

이 작품이 말하고자 하는 것은 섣부른 화합도 아니고, 폐쇄적 자의 식에 갇힌 자아가 인식의 완결을 위해 막연히 기투하고자 하는 의지 의 단순한 표명도 아니다. 근대가 가르쳐 준 것은 자아의 고립이나 계급적 위계이다. 그리하여 모든 근대성의 과제는 그러한 견고성을 딛고 일어서는 것이다. 소위 인간적 삶이 위협받지 않은 세계야말로 근대가 부과한 최대 과제였던 셈이다. 그러나 「선제리 아낙네들」에 는 권력이나 지배도 없고, 위계도 없다. 그런 체계성이나 권위성들은 모두 이 마을에 녹아서 흘러들어가 흩어져 있다. 이른바 모든 것이 열려 있는 형국이다. 그 열린 개방성이 마을 공동체를 이루고 중심 모티프가 되고 있다. 인간적 삶들이 자연스럽게 소통되는 서정주의 『질마재 신화』가 선제리 마을에서 또다시 실현되는 듯한 느낌을 받 는다. 그러나 행상의 피로감이라든가 못난 백성에서 보듯 이 작품은 『질마재 신화』보다 더 깊게 민중 속으로 스며들어가 있다.

『만인보』는 완결되지 않은 양식이고 또 과정으로서의 글쓰기에 놓인 작품집이다. 서정과 서사의 중간 형태인 서정서사시의 양식적 특색을 보이는 것이 이 시집인데, 그러한 비종결성은 이 작품이 지향 하는 세계와 교묘하게 연결되어 있다. 억압은 닫힌 체계나 견고한 개 념 속에서 발생한다. 당연스럽게도 해방이란 그 반대의 사유에서 가 능해진다. 『만인보』의 민중적 의미, 시사적 의미는 바로 이와 연결 되어 있다.

서정적 자아의 경험 서사를 통해 걸러진 민중들이 『만인보』 속으 로 모여든다. 그들은 이곳에서 구분되지 않은 양식과 열린 세계를 만 들면서 하나의 생활공동체, 민중공동체를 만들어나간다. 이런 맥락 에서 『만인보』는 시인이 이 시대의 민중과 대화하고 소통하고자 한 공동의 무대이면서, 또 이 시대가 나아가야할 공동체의 이상이 무엇인가를 일러준 새로운 글쓰기 양식이었다. 장르적인 측면에서나 내용적인 측면에서『만인보』가 말해주는 것은 닫힌 체계가 아니라 열린 가능성이었다는 점에서 그 시사적 의미가 큰 경우라 할 수 있다.

찾아보기

● 인명색인

ㄱ

고은	288, 289, 297, 299, 300
고한승	106
권구현	188
권오천	237
권환	89, 91
今村仁司	236
김광균	105, 107, 109, 111, 118, 119, 258
김기림	105, 107, 108, 109, 111, 112, 113, 116, 174, 175, 177, 255
김기진	82, 84, 85, 87, 88, 97
김달진	61, 211
김동리	272
김동환	59, 60, 292, 293
김명순	91
김상일	231
김소월	60, 145, 147, 184, 242, 243, 244, 269
김억	269
김영랑	33, 40, 41, 42, 43, 44, 47, 277, 279
김우창	271
김윤섭	231
김윤식	105
김윤정	115
김종삼	33, 34, 35, 36, 37, 38, 39, 40, 42, 46, 47
김종철	294

김준오	232
김지하	133, 134, 135, 191, 196
김창술	85, 89, 158, 159
김춘수	271
김태현	289
김팔봉	99
김해강	85
김형원	82, 84, 85, 157
김형효	233

ㄴ

노천명	61

ㄷ

데리다(J. Derrida)	219, 220
들뢰즈(G. Deleuse)	221, 222

ㄹ

레닌	260
로트레아몽	104
리오타르(J.F. Lyotard)	218, 219
리차즈	108

ㅁ

마르(Marr)	260
마르크스	260
마리네띠	104

말라르메　104
목월　61, 62, 64, 73, 74, 77

ㅂ

바슐라르　232, 234
바흐찐(M. Bakhtin)　99, 100, 237, 260, 261, 263, 291, 295, 296
박남철　268
박노해　137
박두진　77, 78, 79
박목월　62, 75, 78, 79
박상배　267
박세영　89
박영희　108
박종화　108
박주관　192
박팔양　85
베르그송(A. Bergson)　232, 233, 234
보들레르　51, 104
브라끄　104
브르통　104

ㅅ

서정주　123, 126, 127, 207, 208, 250, 262, 269, 270, 271, 272, 273, 274, 275, 276, 278, 279, 280, 281, 282, 283, 284, 285, 286, 287
소쉬르　257
소월　60, 124
슈타이거(E. Staiger)　232, 277, 285
슐레겔　66
신동엽　100
신석정　55, 56, 57, 188, 189
신채호　203

ㅇ

야콥슨　35
오세영　70, 104, 212, 273, 279, 294
오오와다 타케키　23
오장환　129, 138, 175, 177, 178, 179, 180, 272
유완희　85
유종호　275
유치환　131, 138, 180, 272, 273, 274
유하　267
육당　17, 18, 19, 21, 22, 23, 24, 25, 27, 28, 29
이건청　49
이광수　18
이무영　188
이상　109, 111, 113, 114, 115, 143, 226, 228, 229, 248, 249, 267
이상화　82, 108
이성복　267
이성선　189, 294
이승훈　271
이시영　241
이양하　105, 107
이유영　232
이재무　195, 196
이차돈　197
이찬　89
임화　85, 86, 88, 89, 91, 93, 96, 97, 99, 106, 107, 167, 170, 171, 172, 175, 179, 180, 292

ㅈ

장만영　52, 53
전봉건　294
전승희　237

정병욱 281, 282
정석해 232
정지용 105, 107, 108, 109, 111,
　154, 155, 186, 187, 240, 247, 269
조명희 82, 85
조이스 104
조지훈 75, 76, 79
조향 151, 152, 154, 265, 267
지젝 31
짜라 104

ㅊ

최남선 18, 23, 164, 166, 172,
　177, 184
최두석 271
최재서 105, 107
춘원 19, 23, 24, 25, 27, 28, 29

ㅋ

Colin Wilson 237

ㅍ

팔봉 86, 87, 93, 99
플로베르 104
피들러(L. Fiedler) 224
피카소 104

ㅎ

하버마스(J. Habermas) 218, 219
한계전 233
한용운 124, 199, 200, 202
홍명희 18
황지우 268
흄 108, 109, 110, 144

● 서명&작품명 색인

ㄱ

「가는 길」	147
「개펄」	195
「견우의 노래」	280
「경부철도가」	29
「경부철도노래」	23
〈開闢〉	84
「고사(古寺)」	211, 212
「고시가운율론서설」	282
『고은을 찾아서』	289
「고향 가는 밝은 길이 4」	192
『구름에 그리다』	273
『국경의 밤』	293
「국화옆에서」	262
「歸路」	52
「귀촉도」	280, 281, 282
『귀촉도』	270, 280
「그 먼 나라를 알으십니까」	55, 189
「그날이 오면은」	38
『금강』	293
「기상도」	113
『기상도』	112
「김광균 시의 전향과 그 의식변이 연구」	120
『김기림전집』 2	108
「金基鎭君에게 씀함」	88

ㄴ

「나의 寢室로」	108
「남녀 양성의 신화」	270
「내 마음을 아실 이」	41
「네街里의順伊」	86
「네거리의 순이」	91, 93
「勞動者인나의아들아」	91
「누구나왓스면」	84
「님의 침묵」	202, 203
『님의 침묵』	199, 200, 201

ㄷ

「단편서사시의 길로」	86, 93, 97
「대중소설론」	93
「毒을 차고」	42
「돌각담」	35
「돌담에 속삭이는 햇발」	41
「동천」	280, 283
『동천』	271, 280
「디멘쉬어 프리콕스의 푸르른 算數」	267
『떠돌이의 시』	270

ㅁ

「마당 앞 맑은 새암」	41
『마르크스주의와 언어철학』	295
「만물 혹은 만인 -만인보를 마치면서」	300
「만물 혹은 만인 -『만인보』를 마치면서」	289
『만인보』	288, 289, 290, 291, 292, 293, 294, 295, 296, 297, 298, 299, 300, 302, 303
『滿韓鐵道歌』	23
「末世의 歎嘆」	108
「망각」	44, 45
「賣淫婦」	178
「먼 후일」	243

「모더니즘의 역사적 위치」 108
「無産者의 絶叫」 82
『무정』 23, 29
「무제」 280
「문둥이」 127
『문장』 70, 71, 73
「미당 서정주」 270
『미당연구』 270, 275
「微笑의 虛華市」 108
「밀실로 도라가다」 108
「밀어」 280

ㅂ

「바다와 나비」 174, 255, 256
「바라건대는 우리에게 우리의
　보섭 대일 땅이 있었더면」 184
「바위」 131, 132
『백두산』 293
「白鹿潭」 154
「백록담」 76, 117
「白手의 歎息」 84
『백조』 70
『벌레시인』 189, 294
『베르그송의 철학』 233
『보병과 더불어』 130
「봄날」 241
「북치는 소년」 36
「불길한 노래」 129, 130
「불놀이」 200

ㅅ

「사감」 27
「死의 禮讚」 108
「산 너머 남촌에는」 59
「山桃花1」 75

「산문(山門)에 기대어」 212
《삼사문학》 152
『생리』 123, 125
「생명」 134, 135
「서정주의 시론」 271
「선제리 아낙네들」 300, 301, 302
「姓氏譜」 128
「성씨보」 176
「세기말 성자의 기도」 137
「少年工의노래」 91
「少年大韓」 25
『소년』 17, 18, 20, 24
「순례기의 권두에」 184
「숨쉬이는 木乃伊」 82
「슬픈 印象畵」 108
『시간과 자유의지』 232
『시간의 발견』 237
『시론』 232
『시운동』 270
「시의 상상과 감동」 271
「시의 암시력」 271, 276, 277, 278
「시의 암시성」 279
「시의 언어 I」 271, 276
「시의 언어 II」 271, 278
「시의 영상」 271
「시의 지성」 271, 274, 275
「시의 체험」 271, 274
『시인부락』 123, 125, 128, 130, 132
「시작과정」 271
「시작법」 271
「詩第四號」 248, 249
『시학의 근본개념』 232, 277, 285
「新大韓少年」 25
『신라초』 271, 280
『신화예술론』 231
「十二音階의 層層臺」 39

310 현대시의 유형과 인식의 지평

ㅇ

「아데라이데」 46
「앗을대로앗으라」 159
「어느날 어느때고」 44
『언어예술작품론』 231
「엄마야 누나야」 60, 145
「EPISODE」 151, 265
「旅程」 177
「연꽃 만나러 가는 바람같이」 280
「오감도」 228, 229
「오감도-시제12호」 114
「五月의 薰氣」 158
「외인촌」 258
「우리 오빠와 화로」 87, 88, 89,
　93, 96, 97, 292
「우리를가난한집여자라고」 91
「우리옵바와 火爐」 86
「우산 받은 요코하마의 부두」 93
「웅계」 180
「園丁」 37, 38
「원죄의 형벌」 270
「幽靈의 나라」 108
『유심』 199
「이상의 성천 체험의 내적 의미」 115
『20세기 한국시 연구』 273
「이웃을 위한 시」 289
『이정표』 53
「因緣說話調」 207, 208, 209
「임화시의 담론구조와
　장르적 성격 연구」 97

ㅈ

「자연의 악기」 294
「자연의 이불」 294
「장수산」 117

「田園으로」 188
「전쟁」 175
『전집2』 274, 275
「젊은 순라의 편지」 93
「정문」 176
「정지용시집을 읽고」 116
「제야」 41
『조선문예』 86
「조선범」 28
「조선열차」 28, 29
『朝鮮之光』 86
「宗家」 128
「종달린 자전거」 34
「죽음의 美」 82
「지구와 박테리아」 106
「지옥과 열반」 270
『질마재 신화』 270, 302

ㅊ

「청노루」 62, 63, 64
「청록집의 자작시 해설」 62
『촛불』 56
「秋日 抒情」 119
「추천사」 250, 251

ㅋ

「카페-프랑스」 108

ㅌ

「濁流에 抗하여」 88
「탈의 완성과 해체」 270
「태백산과 우리」 27
「통속소설소고」 93

ㅍ

「파도」 180
「爬蟲類動物」 108
「풍경」 39
『프랑수아 라블레의 작품과 중세
　및 르네상스의 민중문화』 291
「프로詩歌의 大衆化」 88
「프로시가의 대중화」 93

ㅎ

「한국시와 형이상」 271
「한줌 흙」 43
「해바라기씨」 240
「해에게서 소년에게」 20, 21, 166
「햇빛 못보는 사람들」 82, 84
「향수」 186, 247
「香峴」 78
「현대시사」 271
「현해탄」 170, 172
「花岡石」 84
「화사」 129, 130
『화사』 126
「화사집」 273
『화사집』 270, 271
「花體開顯」 76
「幻影의 黃金塔」 108
『황무지』 113
「황조가」 48, 71
「황톳길」 191
「黑房悲曲」 108

● 일반색인

ㄱ

가람	73
感傷主義	108
경향시	92
계몽주의	18, 19, 24, 26, 29, 71, 172
고전주의	66
舊모더니즘	104
구인회	125
구축적 모더니즘	104
기교주의	107
꼴라쥬	268

ㄴ

낭만적 아이러니	58, 60, 68, 72
낭만주의	58, 59, 65, 66, 67, 68, 69, 70, 71, 72, 73, 79, 108, 109, 144
낭만주의자	61, 79
노장사상	56

ㄷ

다다이스트	267
다다이즘	104, 105, 107, 226
단편서사시	86
대중화	92
대중화론	87
데뻬이즈망	267

ㄹ

러시아 형식주의자	253
로고스	220
Lyric	274
리얼리즘	80, 81, 86, 92, 98, 100, 125, 269, 272, 276, 285, 291

ㅁ

마르크스시트	260
마르크스주의	85, 259, 260, 261
마르크시즘	108, 260
맑시즘	91, 260
메카니즘	214, 221, 222
모더니스트	247, 248, 255, 267
모더니즘	80, 102, 103, 104, 107, 115, 125, 175, 245, 269, 270, 272
몽타쥬	247
몽환주의	109
미래파	104

ㅂ

바다	175
반계몽주의	71, 75, 76
반고전주의	69
반리얼리티	98
반이성주의	69, 71
병치	245
볼셰비키화	89
부르주아	19, 24
불연속적 세계관	110
브레이크	194

ㅅ

상고정신	71
상고주의	70
생명사상	135
생태주의	183
서사시	96
서정시	98, 124
선민의식	29

스펙트럼 234
시니피앙 220, 257, 259, 262, 264, 265
시니피에 220, 257, 259, 262, 264, 265
신경향파 157
신비주의 109
신선한 충격 93
실증주의 143
실험주의 155
심리주의 104

ㅇ

아르카디아 61
아방가르드 104, 218
아우라 191
아유슈비츠 219
아지프로적 292
애니미즘 184
에네르기 214, 221
에크리튀르 220
엑조티시즘 107, 155
엘리어트 57, 108, 113
영미 이미지즘 109
오리엔탈리즘 210
오이디푸스 콤플렉스 221
原모더니즘 104
유미주의 31, 47
유토피아 22, 48, 49, 50, 56, 57, 58, 60, 61, 72, 79, 144, 189, 223
이데올로기 183, 190
이미지스트 258
이미지즘 104, 107, 115, 258

ㅈ

전언(message) 257
전원시 48, 49, 50, 53, 57, 61
조선주의 26

ㅊ

청록파 61, 77, 79
초현실주의 104, 106, 114, 115, 226
추상화 104

ㅋ

카프 85, 86, 87, 88, 89, 92, 108, 125, 171
카프문학 157
칸딘스키 104
코스모스 222
큐비즘 104
클라이막스 247
클리쉐 254
키치 249
키치시 267

ㅌ

탈모더니즘 115
트라우마 183

ㅍ

파운드 108
파인 60
패러다임 221, 224, 238
패러디 225, 249, 267
패스티쉬 225, 249, 267
포멀리즘 107

포스트모더니즘　35, 80, 104, 248,
　　252, 264
포스트모던　264, 268, 291
푸르스트　104
프랑크푸르트학파　218
프로시　88, 276

ㅎ

합리주의　20, 152
해체(deconstruction)　217
해체적 모더니즘　104
회감(Erinnerung)　232
후기모더니즘　104

송기한

충남 논산 생
서울대학교 국어국문학과 졸업
동 대학원 졸업. 문학박사. 문학평론가
UC Berkeley 교환교수(2011~12)
현재 대전대학교 인문예술대학 교수

| 주요저서 및 역서 |
『마르크스주의와 언어철학』(역서, 1988)
『프로이트주의』(역서, 1991)
『한국 전후시와 시간의식』(1996)
『문학비평의 욕망과 절제』(1998)
『한국 현대시의 서정적 기반』(2002)
『고은: 민족문학의 길』(2003)
『한국 현대시사 탐구』(2005)
『시의 형식과 의미의 이해』(2006)
『1960년대 시인연구』(2007)
『21세기 한국시의 현장』(2008)
『한국 현대시와 근대성 비판』(2009)
『한국 현대시와 시정신의 행방』(2009)
『한국 개화기시가 사전』(2011)
『한국 시의 근대성과 반근대성』(2012)
『문학비평의 경계』(2012)
『서정주 연구』(2012)

현대시의 유형과 인식의 지평

초판 인쇄 | 2013년 4월 24일
초판 발행 | 2013년 5월 3일

저   자   송기한

책임편집   윤예미

발 행 처   도서출판 지식과교양
등록번호   제 2010-19호
주   소   서울시 도봉구 창5동 262-3번지 3층
전   화   (02) 900-4520 (대표)/ 편집부 (02) 900-4521
팩   스   (02) 900-1541
전자우편   kncbook@hanmail.net

ISBN 978-89-6764-020-0 93810   정가 22,000원

이 도서의 국립중앙도서관 출판도서목록(CIP)은 e-CIP홈페이지(http://www.nl.go.kr/ecip)에서
이용하실 수 있습니다. (CIP제어번호: CIP2013004181)